*Elogios para* El canto del agua

*de* **Nelly Rosario**

"Un debut electrizante. Escrita con gran energía, meticulosamente planeada, cautivadora hasta en su esencia, esta novela de Nelly Rosario es un fulgor para el corazón y la mente, uno de esos que se agradecen eternamente".

—Junot Díaz, autor de *Drown*

"Entrelaza sin esfuerzo tres generaciones de mujeres, intercalando diálogos sin adornos y una prosa tersa y bella". —*Entertainment Weekly*

"Rosario realiza una excelente labor al conjurar estampas de la vida en el Caribe llenas de vida y de color". —*Los Angeles Times*

"En cada pequeña escena que Nelly Rosario escribe, apunta hacia una verdad mayor en el mundo, así como también hacia una verdad más pequeña, más íntima... Hay una fisicalidad en el lenguaje que indica espiritualidad humana, y una desafiante lucha por la vida".

—*The Oregonian*

"Como una Sheherezada caribeña, Rosario logra el encantamiento de sus lectores con la historia de tres generaciones de mujeres en una familia dominicana, con cuyas ansias nos identificamos los lectores. Lo que ellas anhelan y lo que nosotros logramos al leer *El canto del agua* es la sensación de un mundo luminoso, complejo a varios niveles, lleno de pasión y de aventura".

—Julia Alvarez,
autora de *En el tiempo de las Mariposas*

"Una hermosísima primera novela, épica y poética".

—Edwidge Danticat,
autora de *Palabras, ojos, memoria*

"Poética sin ser florida ni exagerada: . . . un fuerte estudio de carácter, de un desnudo realismo".

—*Mosaic*

"Una novela de rica textura, donde imágenes brillantes y perfectamente trazadas aparecen en contraposición a la ruda realidad".

—*Dominican Times*

"Cautivadora y bellamente escrita. . . Magnífica".

—*Austin American-Stateman*

**Nelly Rosario**

# El canto del agua

Nelly Rosario nació en la República Dominicana. Cuando sólo tenía tres meses, su familia se trasladó a Nueva York, ciudad en la que se crió. Es licenciada en ingeniería por el MIT, y estudió narrativa en la Universidad de Columbia. *El canto del agua*, su primera novela, ganó el Pen Open Book Award en 2002, y la ha llevado a ser considerada por el *Village Voice Literary Supplement* como una joven promesa de 2001. Vive en Brooklyn, Nueva York.

# El canto del agua

**Nelly Rosario**

# El canto del agua

*Traducción de Patricia Antón*

Vintage Español
*Vintage Books*
*Una división de Random House, Inc.*
*Nueva York*

PRIMERA EDICIÓN DE VINTAGE ESPAÑOL, SEPTIEMBRE DE 2003

 Editado en los Estados Unidos de América por Vintage Books, una división de Random House, Inc., Nueva York, y simultáneamente en el Canadá por Random House of Canada Limited, Toronto. Este libro fue editado originalmente en inglés, bajo el título *Song of the Water Saints*, por Pantheon Books, una divisón de Random House, Inc., Nueva York, en 2002.  Esta traducción fue editado originalmente por Emecé Editores, una división de Editorial Planeta, S.A., Barcelona, en 2003. 

La Biblioteca del Congreso de los Estados Unidos tiene la información de catalogación de publicaciones archivado.

www.vintagebooks.com

Impreso en los Estados Unidos de América
10 9 8 7 6 5 4 3 2 1

# Índice

# El canto del agua

## Escena y Modelo E32

*Postal con marco blanco*
*País desconocido, alrededor de 1900*
*Impresa por Peter J. West & Co./Otto Näther Co.*
*Hamburgo, Alemania*

*Están desnudos. El muchacho acuna a la muchacha. Su piel es cobriza. Están recostados en un sofá victoriano rodeados de cerámica egipcia de cartón, un tigre salvaje disecado, un tambor de juguete y cocoteros glaseados. Una pradera americana se extiende tras ellos en apagados colores al óleo.*

*Las sombras tiznan los músculos de los brazos, muslos y pantorrillas del chico. Su pene está flácido. Tiene los pómulos salientes, como si la talla de sus huesos se estuviese deleitando cuando Ella los esculpió.*

*La muchacha está recostada contra él. Hay un océano en sus ojos. Nubes de cabello le camuflan un pecho. En su mejilla florece una orquídea.*

# Canción primera

# Invasiones

*1916*

*Santo Domingo, República Dominicana*

Graciela y Silvio estaban de pie en el malecón, de la mano y con la brisa marina puliéndoles los rostros. Silvio arrojaba piedras a las olas y Graciela se recogía la falda para buscar más guijarros. Tenía las rodillas cenicientas y llevaba su esponjoso cabello sujeto en cuatro rodetes. Una oxidada lata de manteca llena de guandú, con la etiqueta gastada de tantos viajes al mercado, se hallaba junto a sus pies. Graciela sostenía el sombrero de paja de Silvio, y se volvió rápidamente para arrojarlo al agua. El sombrero revoloteó cual gaviota hambrienta para luego ser lamido por la espuma. El beso de Silvio inmovilizó a Graciela contra la barandilla.

Hacía un día neblinoso. Los besos ardientes la hicieron entrecerrar los ojos bajo la luz plateada. Más allá de sus pestañas, Silvio era un príncipe en sepia.

—Ese yanqui de allá nos está mirando —murmuró él contra los labios de Graciela. Apartó la mano del desgarrón en su falda.

Ella se volvió para ver a un hombre de piel enrojecida a unos metros de ellos. Advirtió que el yanqui llevaba sombrero y chaleco; desde luego no parecía un marine. Cuando estaba con Silvio, Graciela olvidaba preocuparse de que alguien les fuera con cuentos sobre ella a Mai o Pai, y no digamos ya de sentir pánico de los yanquis y sus botas de marine raspando los adoquines del Barrio Colonial.

La pasión ardía con mayor fuerza que el miedo. Graciela se volvió de nuevo hacia Silvio.

—Olvídate de él. —Su pelvis se hincó contra la de Silvio hasta que sintió hierro.

Graciela y Silvio estaban demasiado perdidos en su maraña de lenguas como para que les preocupase que, a sólo unos metros, el yanqui agradeciese el breve respiro de aquel sol brutal que le atormentaba la piel. Mientras recorría con su lengua el cuello de Silvio, a Graciela no podía importarle menos que «la voz dulce y la mano dura» de Theodore Roosevelt en Latinoamérica hubiesen llevado al yanqui lo más al sur que nunca estuviera de Nueva York. Las manos de Silvio volvieron a introducirse en el desgarrón en la falda de Graciela; ella no se habría ruborizado de haber sabido que el yanqui que los espiaba había fotografiado ya a los marines apostados en su parte de la isla, que estaban allí para instaurar «la paz y el orden», en toda su disipación; que docenas de sus compatriotas dominicanos poblaban melancólicos los negativos del yanqui; y que el exuberante paisaje dominicano había dejado marcas en las patas de su trípode. A esa Graciela que gemía no le interesaban las postales picarescas que el yanqui planeaba vender en Nueva York y, confiaba, en Francia y Alemania. Y como ella misma siempre había sido pobre y anónima, desde luego no le daría lástima que los bodegones del yanqui, sus imágenes de la naturaleza o de acorazados para los periódicos no le hubiesen reportado grandes sumas de dinero o el reconocimiento.

—Te dije que te olvides del maldito yanqui. —Graciela pellizcó el brazo de Silvio cuando sus labios dejaron de succionar los de ella.

—Viene para acá —dijo Silvio. Se volvió y se apartó de ella para ocultar su erección contra el espigón.

Graciela observó al hombre acercarse. Cojeaba ligeramente. De cerca, comprobó que su piel estaba en efecto enrojecida y que tenía el cabello de un naranja intenso. Graciela nunca había visto de cerca un yanqui auténtico. Sonrió y se arregló un poco la falda para disimular el desgarrón.

El hombre sacó un pañuelo del bolsillo del chaleco y se secó el cuello. Se aclaró la garganta y tendió la mano derecha, primero a Silvio y luego a Graciela. Su apretón engulló la mano de Graciela hasta la muñeca, pero ella se lo devolvió con la misma energía. Se presentó en un español macarrónico: se llamaba Peter West.

Peter. Silvio. Graciela. Todos estaban encantados de conocerse. El hombre se apoyó contra el malecón y extrajo un fajo de pesos del bolsillo de la chaqueta. Sus ojos no se apartaron un instante de los de Graciela y Silvio.

—¿Está usted con los marines, entonces? —preguntó Silvio una octava por debajo de lo normal, y Graciela hubo de sonreír porque su príncipe en sepia no era aún lo bastante mayor como para llevar pantalones largos.

El yanqui negó con la cabeza.

—No, no —respondió con cierto aire de importancia. Con el pulgar y el índice formó un círculo en torno a su ojo derecho. Graciela miró a Silvio. Los dos arrugaron la nariz. Luego vino más español macarrónico.

Peter West les explicó que, con la ayuda de un vendedor ambulante gallego, había reunido una serie de fotografías especialmente sabrosas: cuarteronas de burdel bañándose en plumas, una camarera negra desnuda de cintura para arriba y, por supuesto, recordó con la sonrisa más boba que Graciela había visto, marineros borrachos con lamparones. De hecho, a él el sol no lo trataba tan mal cuando llevaba el sombrero y la chaqueta. Y la fruta era dulce y las putas baratas.

Graciela alargó una mano hacia los pesos antes de que lo hiciera Silvio; después de todo, Peter West se los había tendido a ella al acabar con sus complejas explicaciones. Pero el yanqui retiró los pesos con rapidez, dejando a Graciela con la mano abierta.

Con la promesa de los pesos, Graciela y Silvio se encontraron en el almacén del vendedor gallego, donde entre las bolsas de arroz Peter West tenía el escenario para muchos actos procaces. Qué contentos se habían sentido al ayudar a aquel yanqui a empujar los árboles de papel maché, a desplegar la lona acartonada con la tierra agrietada y el cielo. Silvio se sentó a horcajadas en el tigre con su gruñido congelado mientras Graciela abría de un tirón las patas de un trípode roto para mirar en su centro. Cuando West prendió las luces Graciela y Silvio soltaron un chillido.

—¡Mira, mira cómo se trajo el sol acá adentro!

Silvio se protegió los ojos con una mano.

—Este yanqui es un loco.

El susurro de Graciela reverberaba por todo el almacén cuando la fantasía se volvió amarga. La mano del yanqui le tiró de la falda y señaló con energía los pantalones de Silvio. Se volvieron para mirarse mientras la misma mano balanceaba pesos ante ellos.

—¿Todavía quieres marcharte conmigo, mami, o no? —Silvio lo dijo con un susurro ronco.

Graciela hundió los hombros. Se soltó el pelo y se quitó la blusa y la falda. A su vez, Silvio se desabrochó la camisa sin cuello y se soltó el cordón de la cintura. Graciela dobló su ropa y la de él sobre un montón de espatas de maíz. Se estremecieron en el ambiente húmedo cuando West les masajeó los cuerpos como quien amasa arcilla rebelde.

Se esforzaron en imitar los mohines y la mirada soñolienta del yanqui. En lugar de estar forcejeando bajo los árboles cargados de fruto junto al río Ozama, o mascando caña de azúcar en los campos cerca de los bateyes, o rascándose mutuamente el vientre en molinos abandonados, o apretujándose contra el pilar de un puente, estaban enroscados el uno en el otro sobre un duro sofá que apestaba a viejos harapos. Desconcertados, ladeaban las cabezas durante minutos enteros bajo un sol más brutal que el que lucía fuera. Sus cuerpos brillaban cual fruta encerada, de manera que West los espolvoreó con talco. Demasiado claro. Así pues, usó en su lugar barro de la lluvia del día anterior.

—Así, bobos.

Cuando su español le fallaba, West hacía unas muecas que acabaron por hacer reír a Graciela, sólo para revelar un vacío donde habían estado sus dientes antes de que se los destrozara al caer de un cajuil. Se le hacía difícil mirar con dulzura hacia las vigas del almacén según las instrucciones del yanqui. Sus ojos permanecían fijos en la cámara.

Entonces Graciela y Silvio observaron en completo silencio cómo West se acercaba al sofá y se arrodillaba ante ellos. La pierna de Graciela se erizó bajo su respiración entrecortada. Uno por uno, los dedos de West envolvieron el pene cada vez más erecto de Silvio. Hincó el pulgar de la otra mano en el húmedo montículo entre los muslos de Graciela. Ninguno de los dos se movió mientras veían brillarle la frente. Y justo cuando oyeron sus mutuas y repentinas inspiraciones, sintieron sendas cachetadas en los mentones. West corrió hacia la cámara para captar el fuego en sus rostros.

Según lo prometido, el yanqui le lanzó a Silvio un montón de pesos. Graciela se frotó el barro adherido a los brazos mientras Silvio, aún desnudo, se humedecía los dedos para contar los billetes. Graciela se preguntó si se quedaría con todo el dinero para luego andar ante porches y tiendas mancillando el nombre de Graciela. Cuando retorcía los dedos de los pies para meterlos en las sandalias, el humo de un cigarro la hizo morderse una mejilla.

—Mi amur, ¿qué pase?

En esa ocasión el chapurreo español sonó en el pelo de Graciela y los dedos le aferraron el hombro húmedo. Antes de que pudiese exigir su propio revoloteo de coloridos billetes, un estrépito resonó por todo el almacén. Vidrio y metal se desparramaron por el suelo. El fotógrafo corrió hacia el estrépito y en sus frenéticos esfuerzos por salvar la placa de la película no se molestó en estrangular a Silvio.

Graciela y Silvio salieron corriendo del almacén y se ocultaron tras una hilera de barriles en el muelle, conteniendo unas risillas cargadas de adrenalina.

—Te gustó —le dijo ella.

Silvio apretó un puño y luego se señaló los bolsillos de los shorts.

—¡Dame lo que me toca! —siseó Graciela. Le aferró un bolsillo. Un mechón de cabello le cayó sobre un ojo.

—A ti también te gustó —dijo Silvio.

Forcejearon, y la extraña excitación que habían sentido en el almacén volvió a latir en sus cuerpos.

—Lo guardaré para cuando vaya a por ti —dijo Silvio entre jadeos.

Graciela tuvo que confiar en Silvio. Se sujetó el cabello en cuatro rodetes y corrió hacia el mercado, donde debería haber estado, antes de que Mai enviara a su hermano a buscarla. Silvio mantuvo la cabeza gacha para tratar de ocultar su brillante mirada de hombre al que acaban de pagar. Debería haber estado en casa ayudando a su padre con el carbón. Graciela y Silvio no sabían que acababan de ser inmortalizados.

Graciela arrancó con gesto distraído cuatro pedazos de yuca del surtido del vendedor para trocarlos. La estrecha espalda de Silvio había desaparecido entre la multitud del mercado con un aire arrogante que aumentó el nudo de temor que Graciela sentía en la garganta. Estaba a punto de tenderle al vendedor la lata de manteca con el guandú cuando comprendió que se la había dejado en el almacén.

—El diablo está jugando con mi guandú.

Graciela se mordió el interior de la mejilla. Se volvió y echó a correr.

—¡Ladrona! —gritó el vendedor, siempre desconfiado,

hacia la multitud, pero como de costumbre nadie le escuchó. Al alejarse de la nube de vendedores, aves de corral y hortalizas, el pecho de Graciela se agitó bajo la yuca robada y el cabello se le enmarañó de nuevo.

Una vez que aflojó el paso, se golpeó tres veces la frente con la base de la mano. ¡Azúcar! Se suponía que tenía que comprar azúcar y no yuca, que ya crecía en la parcela de su padre.

—Graciela, tu mai te anda buscando.

Una mujer con el porte de un cisne y un atado equilibrado en la cabeza anduvo hacia ella desde el arroyo que había cerca. Hubo un destello de advertencia en sus dientes parejos cuando llegó al camino.

—Mai siempre me anda vigilando.

—Ándate con cuidado con esos yanquis —respondió la mujer cisne blandiendo un dedo. Luego se dirigió hacia los silbidos que se oían más allá con el paso firme y seguro de sus pies descalzos.

Graciela se protegió los ojos con la mano. Altos hombres de uniforme con sombreros en forma de caramelos de goma estaban sentados al borde del camino. Bebían de cantimploras y escupían tan lejos como podían hacia el camino. Graciela se agachó entre las altas hierbas para ver pasar ante ellos a la intrépida mujer cisne. Los fusiles y los corpachones de los yanquis confirmaban unas historias que ya se habían filtrado en la ciudad desde las montañas orientales: gavilleros rebeldes presuntamente destripados como cochinillos en Navidad; mujeres a las que dejaban despatarradas ante sus padres y esposos; niños con los tímpanos perforados por las balas. Graciela había incorporado esas historias a lo profundo de su memoria al recorrer a hurtadillas con Silvio las afueras de la ciudad. Qué frágil le parecía ahora el yanqui del almacén; su caja negra y sus manos sudorosas no estaban a la altura de los largos fusiles que apuntaban a la mujer cisne.

—¡Corre, negra sinvergüenza! —El grito del soldado sonó muy agudo y fue seguido de un coro de silbidos.

Resonó un estallido. A través de las briznas de hierba, Graciela vio el atado blanco continuar camino abajo con paso regular. La mujer llevaba la cabeza bien alta como si el atado pudiese elevarla por encima de los sombreros. Otro estallido y Graciela vio caer al suelo a la mujer. Los soldados se arremolinaron en torno a los gritos y forcejeos que se elevaban de la hierba. Algunos ya se habían sacado a tirones las camisas de los pantalones.

Por detrás de los soldados, Graciela se alejó escarbando entre las briznas de hierba. Para cuando el grupo de hombres se dispersó, se habían convertido en puntitos color aceituna tras ella. La yuca la raspaba dentro de la blusa. Tenía ramitas y tierra bajo las uñas. Media hora más tarde, con los cuatro moños del pelo completamente deshechos, Graciela se sintió aliviada al vislumbrar unos burros y su carga, unos vendedores con carros de hortalizas, un poco común Model T que dejaba huellas entrecruzadas en el sendero.

El aire era opresivo cuando se incorporó y pasó corriendo ante las casas de los vecinos. No había niños jugando fuera. Lo que sí vio fueron caballos, muchos caballos, atados a los postes por el camino. No consiguió reprimir el impulso de bostezar y de llenarse de aire los pulmones.

El camino principal daba paso a un sendero más polvoriento y cubierto de maleza que conducía al círculo de cabañas familiares de techo de paja. Había dos caballos atados al árbol junto a la valla. Graciela no oía a su madre gritarle a su hermano pequeño, Fausto, pidiéndole carbón, o a las gallinas cloquear en la cocina. Fausto no estaba sentado en la desvencijada silla en que hacía ralladores a base de laterales de latas para decirle: «Mai iba a mandar a buscarte, estúpida ramera.»

En lugar de eso, de la cocina le llegó un golpeteo metálico. Cuando Graciela se acercó, el hedor a trapos viejos volvió a ensancharle las fosas nasales. Dentro, Mai estaba arrodillada junto a un soldado cuyos puños le aferraban el enmarañado cabello y le habían soltado los rulos de tela. Fausto era una estatua en el rincón. Un hombre que llevaba un gran bigote al estilo yanqui le preguntaba con calma a Mai dónde escondía su marido las pistolas y por qué estaba fuera, en la montaña. El rostro de Mai pareció de mármol cuando explicó que su esposo no tenía armas, que era un granjero temeroso de Dios, y que ahí estaba su hija en la puerta con yuca de sus tierras, y vean qué sucia está de tan duro que trabaja con su querido padre, pasa, Graciela, trae los frutos de su sudor para que estos caballeros puedan ver cuán duro trabajamos.

Graciela se adelantó con aquella yuca fina y de carne amarillenta de la que se sentía demasiado avergonzada como para decir que la hubiese cosechado su padre. El intérprete empujó a Graciela contra la chimenea apagada y apretó su cara contra la de ella.

Debe de ser ron de caña lo que colorea sus ojos inyectados en sangre, se dijo Graciela; ya estaba otra vez el diablo jugando con su guandú, tratando de clavarle agujas en los ojos para hacerla parpadear.

—Pai no tiene pistolas, sólo tiene ron de caña —dijo Graciela.

Con los ojos todavía fijos en el hombre, señaló hacia un cobertizo en el exterior. El hombre se retorció la punta del bigote. Con los mismos dedos, aferró la nariz de Graciela y se la apretó hasta que le hizo salir sangre, que luego se limpió en la blusa de ella.

—Ahora tienes mi nariz aguileña —dijo, y se lamió el resto de la sangre de los dedos.

Tan entusiasta demostración de barbarie exacerbó en Graciela más rabia que temor. Mai, Graciela y Fausto observaron al hombre ayudar a los yanquis a cargar sus caballos con botellas de ron de caña. Antes de marcharse, se lavaron las manos en el barril de agua de lluvia.

El desarme obligatorio de la ciudad y sus alrededores dejó una estela de nuevas historias que encontrarían el camino de vuelta hasta las montañas orientales. Hacia 1917 el país era presa de jóvenes americanos aliviados de que su incompetencia les hubiera hecho acabar en el trópico en lugar de en Europa, donde soldados compañeros suyos se habían embarcado en una borboteante guerra mundial. Durante los ocho años siguientes esos hombres entablaron una guerra, equipados con resistentes botas, uniformes y fusiles, contra machetes, revólveres oxidados y en ocasiones pies descalzos. Fue una batalla entre un león y una hormiga. Y cuando la hormiga pellizcaba una zarpa, el rugido del león resonaba: en México, Panamá, Cuba, Haití, la República Dominicana.

Un ferviente acreedor, Woodrow Wilson, exigió que la deuda en dólares del país se pagara en su totalidad mientras al otro lado del océano retumbara la Primera Guerra Mundial. A aproximadamente 23°30' longitud norte, 30°30' latitud oeste, Graciela y Silvio no podían distinguir el sabor a pólvora del sabor a sal en el aire del Malecón.

La nariz hinchada le escocía a Graciela mientras le quitaba la cáscara a la yuca. Vetas amarillas y grises recorrían la pulpa del tubérculo.

—¡Azúcar! Te mandé a por azúcar, y vas y te tardas la mañana entera—la reprendió Mai con el pánico todavía crispándole la voz.

Por un instante Graciela deseó que los soldados hubiesen sido más duros con Mai, que le hubiesen dejado los ojos cerrados de tan hinchados para que no advirtiese su cabello desgreñado.

Por supuesto, Graciela nunca podría haber revelado que durante las dos horas que había estado fuera le había gustado sentir la sal del mar en la piel, y también sentir a Silvio, y que hasta había conseguido ganar un dinero extra...

Mai despotricó sobre lo duro que era ganarse el guandú, y el dinero para carbón, el dinero para zapatos, el dinero para azúcar, sobre lo que los ingenuos soldados yanquis les hacían a las muchachas de faldas ardientes, sobre la suerte que habían tenido todos al haberse librado. Mai aporreó a su hija en la espalda con una cuchara de cocina, le retorció el tierno cartílago de las orejas, hundió sus garras en el cabello sujeto de Graciela. Y Mai sollozó por contar tan sólo con su propio cuerpo y su propia sangre para vengar la humillación. Las excusas sobre la carencia de guandú, o de dinero, o de azúcar en la mesa quedaron pospuestas hasta el día siguiente, cuando Pai regresaría de la espesura con mejores frutos y mano más dura para los azotes.

Pai emergió en efecto de la espesura con mejores frutos, pero con las manos demasiado ampolladas por la cosecha como para extraer confesión alguna. Desenterró las pistolas de debajo de los barriles de agua y, con el entrecejo fruncido, las engrasó en la privacidad del excusado exterior. Graciela se sintió perversamente aliviada de su preocupación sobre quién le habría ido con el cuento a los yanquis, y continuó con sus tareas domésticas, con sus dramas de muñeca de trapo, sus peleas con Fausto. Siempre que pensaba en Silvio comprando bolas de tamarindo con el dinero de ambos, Graciela se mordía el áspero interior de la mejilla.

—Anda a buscar una rama pa' que te azote —le dijo Pai a Graciela unos días más tarde, después de haber devorado un aguacate. Siguió sentado delante de la casa remendando su único par de zapatos mientras ella se encaramaba a desgana al cajuil.

Al tenderle una rama fina, Graciela vio dónde el yodo tiznaba aún los cortes en sus manos.

—Te dije que te trajeras una rama más gruesa, muchacha —repuso él.

Después de que hubiese elegido la rama para luego humedecerla como él le había indicado, Graciela siguió a Pai hacia la parte trasera de la casa; Mai ya había esparcido el arroz y estaba a unos metros de ellos, de pie y con los brazos cruzados. Sin que se lo dijeran, Graciela se quitó el vestido y se arrodilló sobre los granos.

—Dale bien duro pa' que aprenda —le dijo Mai a Pai. Luego entró en la cocina, donde Graciela la vio espiar entre los tablones de madera.

El primer azote con la rama le hizo arder la parte posterior de los muslos.

—Llora duro, muchacha, y deja satisfecha a tu mai.

Pai azotó la tierra en torno a ellos. Graciela no dejó de esbozar la sonrisita que sabía que podía convertir la voz de Mai en trizas de porcelana. Finalmente, Pai le fustigó las plantas de los pies y arrojó la rama a la espesura. Exasperado, le colocó a Graciela en la cabeza una lata nueva llena de guandú.

—Muchacha, quédate ahí hasta que pierdas esa insolencia.

Los granos de arroz le pinchaban las rodillas y la lata de guandú le provocó una tremenda jaqueca. Aun así, Graciela no confesó; nada que hubiese dicho la habría situado bajo una luz favorable. Era mejor soportar las oleadas de dolor en las rodillas que contar lo de su parodia con Silvio y multiplicar las preocupaciones existentes en la casa.

Para insensibilizarse Graciela se canturreó, contó hasta diez veinte veces, chasqueó la lengua e hizo burbujas de saliva, se concentró en la oruga que había junto al excusado. Apretó más los muslos para contener la orina. Después de que la brisa le hubiese refrescado la piel desnuda, empezó a picarle allí donde los azotes indulgentes de Pai habían dejado verdugones inevitables. Un bicho le hizo cosquillas en el tobillo. Un estornudo le paralizó el costado.

—¡Si te mueves disparo! —exclamó Fausto. Llevaba una jícara en la cabeza, la apuntaba con un largo trozo de caña de azúcar y dejó al descubierto los huecos que tenía en lugar de dientes delanteros.

Dos lagartos copulaban tras el barril de agua de lluvia. Y de pronto Silvio agitó unos pesos en la mente de Graciela. No se había acercado a hurtadillas hasta el bosquecillo de cajuiles familiar con su silbido desde el día del yanqui. Las nubes sobre Graciela no se movieron. En su agonía, la rabia y la añoranza de Silvio se tornaron intercambiables.

De haber sabido Pai lo que había hecho con Silvio, habría dejado que la fusta le desgarrara la piel. Habría hecho que a Silvio se le diera caza cual gallineta. Quizá le habría asustado con una pistola recién engrasada. O le habría entregado a los yanquis.

Con las nubes congeladas y el sol cociéndole círculos en la cabeza y la lata de guandú cayendo al suelo para salpicarle de granos de arroz la arrebolada mejilla, Graciela decidió que ella en persona iría a la caza de Silvio y le haría ponerle un tejado de cinc sobre la cabeza.

## Silvio

*1917*

Silvio nunca le dio a Graciela su parte de las ganancias. Se gastó los pesos en salchichas picantes, en el gallo ganador *Saca Ojo,* y en su paciente fulana favorita. Pero no se atrevió a mancillar el nombre de Graciela ante porches o tiendas. (Recordaba sus cómplices palabras: «A ti también te gustó.»)

Silvio resistió durante un año las exigencias de Graciela de una casa propia. Se alistó en la nueva Guardia Nacional Dominicana de los yanquis, donde lo equiparon con pantalones almidonados y zapatos resistentes. Silvio les decía a los que le criticaban que para un hombre tan moreno e ignorante como él era un logro que le confiaran armas yanquis. No era un traidor, explicaba, sino un hombre de carácter y con metas, que ya había empezado a llevar pantalón largo. A los quince años, su pene crecía cuando los mismos mayores que le habían acusado se quitaban los sombreros en su presencia. Y cuando, ante el sonido de su voz, las muchachas en los porches se abanicaban más rápido.

Un hombre de carácter y con metas también debía estar al frente de una casa. Silvio accedió a fugarse con Graciela. Una noche, al fin, lanzó su familiar silbido entre los cajuiles. Cual trueno repentino, Silvio irrumpió en la casa con su flamante corte de pelo a lo yanqui y apartó de un empujón el machete de Pai mientras Graciela pasaba corriendo ante su empequeñecida madre para reunir sus pocas pertenencias.

Silvio había despejado una parcela de terreno para ellos. Supo que Graciela quedó decepcionada al descubrir que, en lugar de la casa turquesa de madera de palma y cinc que había soñado, su nuevo hogar no era muy distinto de las cabañas de paja que dejara atrás.

—Esto tendrá que servirnos por ahora —dijo Silvio, y se sacudió el polvo de las rodillas de los pantalones.

El inhumano entrenamiento militar consiguió que no pocos cadetes entusiastas fuesen devueltos al estatus de civil. Los pantalones almidonados, los zapatos de verdad y la arrogancia del propio Silvio desaparecieron después de que un marine le ordenara colgar a su colega Euclides de un gancho. Euclides, en su afán de buscarse problemas, había robado los zapatos de marine. Euclides se los había llevado para gastar una broma, le explicó Silvio al marine de piel de gamba que, en español casi perfecto, le había llamado para mantener con él una «pequeña charla». Para cuando Silvio consiguió localizar a Euclides para avisarle, sabía que pese a las tres comidas al día y un uniforme envidiable, pertenecer a la fuerza policial yanqui traía consigo demasiados problemas. Lo mismo que la vida con Graciela.

Al cabo de un año de su fuga, la fiebre de los encuentros clandestinos entre Silvio y Graciela había menguado hasta el predecible y tibio placer durante la siesta y después de la puesta de sol. Graciela ya no era de Silvio, pese a que la tuviera bajo un techo y fuese capaz de levantarle la falda a voluntad. Tan sólo un año atrás, había sido completamente suya cuando le había permitido arrancarle cada coloradilla que se le había aferrado a los tobillos después de cruzar corriendo un campo de hierba. Y desde luego la creyó suya poco antes del incidente con el yanqui, cuando Graciela le había confiado que las mujeres de su familia padecían una dolencia mortífera que las hacía sangrar entre las piernas cada mes. Pero la fulana paciente a la que Silvio frecuentaba le había contado recientemente que todas las mujeres tenían esa dolencia, y ahora, más que nunca, Silvio tenía la sensación de que un mundo mayor que él mismo le había hecho perder a Graciela.

Pero ésos no eran más que pensamientos locos y absurdos, porque la vida cotidiana en sí misma calaba los cuerpos de Silvio y Graciela como cemento. Como cuando, durante las comidas, Graciela masticaba despacio y le miraba fijamente con lo que a Silvio cada vez le parecían más los ojos desmesurados de una vaca. «¿Qué?, ¿qué?», exclamaba él, confiando en que no volviera a sacar el tema de la maldita casa turquesa de palma y cinc.

Los ojos de vaca de Graciela y el asesinato de Euclides convencieron a Silvio de que prefería los impredecibles vaivenes de las aguas a los caprichos de oficiales de piel de gamba y a la irritante compañía de Graciela. Planeó unirse a una flota pesquera que recorría el Caribe. Dejó que le creciera el pelo a partir del corte yanqui. Una noche se sentó junto a la hoguera que había hecho con el uniforme y los zapatos, y a la mañana siguiente se despidió de Graciela con un beso tras un sustancioso desayuno a base de chocolate, frutos del árbol del pan, huevos y plátano cocido.

La mañana de su primer viaje Silvio había arrastrado a Graciela hasta casa de sus padres. Pese a que la sujetaba, Graciela removió el polvo del suelo.

—¡No hace falta que yo trague polvo por que tú quieras pescar!

—Es sólo para quedarme tranquilo, mi cielo —respondió él.

—No te preocupes, Silvio. Ninguno de tus hijos va a parecerse a ti. —Graciela puntuó sus palabras con un índice amenazador.

Mai recibió a Graciela y Silvio con los brazos cruzados.

—Eres hombre de pocas palabras, Silvio, pero con ésta

tienes que mostrarte firme —dijo, y adelantó el labio inferior para señalar a Graciela.

Una vez Silvio partió hacia el puerto, sin embargo, Graciela se dirigió de vuelta a su casa en medio de otra nube de polvo, seguida por un Fausto refunfuñón, a quien obligó a ayudarla a limar los candados. Por su parte, Fausto corrió a casa para contarle a Mai de las mecidas de Graciela en la hamaca, de la holgazanería de la escoba de su hermana y el vacío en su cocina.

Por las tardes, las mujeres vecinas le llevaban comida a Graciela. Luego se desdecían de esa amabilidad como quien deshace un retal de seda tirando de una única hebra.

—¿Que quieres montarte en un barco? ¿Con zapatos de cordones en los pies y esas pasas de pelo bajo un sombrero?

Celeste, la amiga de la infancia de Graciela, siempre era la que hablaba más alto y hacía reír a las demás. Se preguntó en voz alta cuándo las tareas domésticas por hacer podrían finalmente más que Graciela y le harían olvidar sus sueños.

—Ah, pero tú también te pondrías zapatos de cordones si el Gordo los tuviera para ti, mi querida Celeste.

Graciela sabía cuánto daría Celeste por acostarse con el Gordo, que tenía más ganado que el esposo impotente de Celeste.

También estaba la mujer no tan beata a la que llamaban Santa, que le llevaba a Graciela magnífica carne de cabrito y platos de hortalizas. Después de que Graciela comiese, Santa les decía con dulzura a las mujeres congregadas en la cocina:

—El hogar de nuestra querida Graciela está más frío que el aliento de una bruja.

Un día, para sorpresa de todo el mundo, Graciela invitó a Santa a almorzar puré de plátano, jamón y queso. Más tarde, Graciela le ofreció a Santa un bolón de caramelo. Sólo después de que Santa lo hubiese chupado hasta reducirlo a un bultito, Graciela preguntó:

—¿Estaba rico, Santa?

—¡Oh, sí, es el mejor que he probado!

—Bueno, pues así es cómo sabe mi sobaco después de toda una mañana de calor ante este hogar.

Y aunque Santa se pasó semanas sin hablarle, el resto de mujeres no pudo evitar preguntarle a Graciela cómo se las había arreglado para cocinar con el bolón bajo el sobaco todo el tiempo. La noticia de la broma se difundió, con bandos divididos entre aquellas a quienes les gustaba Santa y aquellas a las que no, entre aquellas a quienes les gustaba Graciela y aquellas que empezaban a desconfiar de ella.

Aun así, a las mujeres les gustaba olvidar sus obligaciones y Graciela les permitía descargar la lluvia de sus nubarrones. Cuando no había noticias importantes que rumiar, siempre podían darle a la lengua sobre Graciela y sus costumbres:

—Esa pobre muchacha es más floja que una quijá' de arriba.

—Muéstrenme sus ollas y yo les mostraré su cama.

—Esa loca está malgastando su vida en esperar a ese otro loco.

Durante meses tras la partida de Silvio, Graciela se meció en una hamaca cuando no tenía visitas. De pura soledad, en ocasiones visitaba la casa de sus padres, donde se encontró tomando té por las mañanas con Mai, en un ambiente cordial pero algo tenso, y manteniendo breves intercambios con Pai cuando descendía de las montañas. A veces Pai deslizaba una moneda en el bolsillo del delantal de Graciela; por la forma en que la muchacha tomaba el té en rápidos sorbos y lanzaba miradas ávidas cuando Mai hacía ruido con los platos, Pai sospechaba que, después de todo, Silvio no estaba mandando a casa ningún dinero de la pesca. Aún se preocupó más al comprender que de momento Silvio no iba a regresar. Obligó entonces a un reacio Fausto a ir a proteger a su hermana de «los hombres errantes de poca virtud» que habían irrumpido en la ciudad y sus aledaños. Con sólo dos años menos que Graciela, Fausto había crecido de pronto para convertirse en un bestia de muchacho que, según Pai, tenía la complexión de un yanqui sobre un toro. Aunque estaba cediendo una mano de obra que necesitaba muchísimo, Pai armó a su balbuciente hijo de doce años con una pistola y lo mandó a vivir con Graciela hasta el regreso de Silvio.

—Ahora vas a aprender cómo defender de verdad un hogar —le dijo a Fausto. Siempre cauteloso, Pai ya les había mandado recado a los vecinos de que velaran por Graciela.

Fuera, en su hamaca, Graciela podía ignorar el desorden de dentro de su casa y contemplar los tenues barcos de los cirros en el cielo. En las nubes, vestía de encaje y llevaba un parasol en el parque de un lugar en que la charla era confusa pero hermosa. Meciéndose en la hamaca, Graciela imaginaba a Silvio en alta mar, espatarrado en cubierta, quizá buscándola a ella en las nubes. Eres una boba con ideas, se regañó. Sus ojos se cerraron contra la brisa húmeda.

Olvídate de las lenguas acusadoras, se dijo entonces. Estaban por todas partes: en la ciudad, en la sopa, hasta en su propia cabeza. Siempre tratando de impedirle hacer lo que deseaba. Se quedaría ahí sentada y dejaría que su casa se marchitara si así lo quería. Era suya. Y si quería esperar a Silvio durante meses, lo haría. También era suyo.

Graciela se levantó y se desperezó hasta que oyó un crujido en alguna parte dentro de su cuerpo. Ahora que Fausto estaba ahí, quizá podría ayudarla a acabar el pequeño conuco que ella y Silvio habían comenzado unos meses antes tras la cabaña principal.

—Fausto —llamó.

El muchacho emergió del cobertizo de la cocina mascando un pedazo de pan de manteca.

—¿No puedes hacer otra cosa que no sea comer? —le reprendió Graciela. Él bajó la mirada hacia ella y se quitó unas migajas del labio.

—La pistola la tengo yo, así que hago lo que quiero. Pai dice que soy yo quien manda en esta casa —repuso Fausto. Del bolsillo de los shorts extrajo un pedazo de queso y le quitó la pelusa.

—Y si apareciera un yanqui en este instante, ¿qué diablos harías para salvarnos?

Fausto rebuscó en el otro bolsillo, y dejó caer el pedazo de queso.

—¡Mi pistola! ¿Dónde diablos está mi pistola?

Fausto dio vueltas como un loco palpándose las caderas. Cuando volvió a mirar a Graciela, se encontró con el cañón de la pistola.

—Cara 'e mono. Atrévete a contárselo a Pai. Dile que la próxima vez mande a la propia Graciela a defenderme. Ella es mejor hijo que tú.

Con un solo y habilidoso movimiento, hizo desaparecer la pistola en el escote de la blusa.

Graciela siempre había sido una boba con ideas, decían todos, mucho antes de que esperase que Silvio la llamara con un silbido desde el bosquecillo de cajuiles para llevarla consigo.

—Mai, si Dios quiere, voy a montar en barcos. En uno grandote y de cintura estrecha —había canturreado a los nueve años.

Mai no había levantado la vista de lo que estaba planchando. Había unos calzoncillos de Pai estirados sobre la mesa. Graciela tironeó de la prenda para mostrar la extensión de la ballena de metal que la llevaría hasta donde se encontraban el cielo y el agua.

Mai alzó la mirada, con un destello fugaz en los ojos. Entonces vio las manos ociosas de Graciela.

—Ideas, ideas. Esa cabeza en las nubes no hará tus oficios ni te llenará el estómago.

Mai escupió y dejó sisear la plancha.

Y estaban también aquellas tres monjas españolas con los pies enjuanetados que le habían hecho una visita misionera a todo el mundo en la ciudad cuando Graciela tenía cuatro años. Graciela se había escondido en la cocina para oír las eses en el acento de Mai, el ceceo que reservaba para las poco frecuentes visitas.

—*Siempre trasté de insfundir a Dios en esa muchachitase* —había dicho su madre llevándose las manos al pecho.

A la semana siguiente Graciela se encontró en la iglesia colonial, con el cabello peinado muy tirante hacia atrás mediante trocitos de tela de viejos vestidos. El estado ruinoso de la iglesia era testimonio sólo de dejadez superficial; el trabajo misionero todavía era intenso. Las vigas de la iglesia se desplegaban como brazos protectores sobre Graciela. Bloques de luz solar hendían la penumbra para iluminar bancos, estatuas, retazos de suelo. Graciela sintió el impulso de situarse en el interior de uno de los bloques de luz.

—¿Es ahí donde está Jesús? —había preguntado señalando los bloques de luz.

—Jesús está en todas partes —respondió la monja que se hacía llamar Sor Luz, y la guió hacia una pequeña estancia detrás del altar.

Ya había niños allí, arremolinándose en torno a un objeto en el centro de la habitación. Se turnaban para hacer girar una bola de colores sujeta a un arco metálico. Graciela se abrió paso a empujones y pellizcos hasta que sus dedos tocaron la bola, a la que descubrió que llamaban «globo».

Sólo después de haber entonado todos los cánticos sagrados y engullido un pedazo de pan duro con leche casi agria, se le permitió volver al globo y hacerlo girar sobre su eje como si de un asador se tratara.

—Tú estás aquí.

Sor Luz se inclinó para colocar el dedo de Graciela sobre una motita que se elevaba de la superficie del globo.

—¿Yo? ¿En la cabeza de una iguana? —Graciela aguzó la mirada. La cabeza de la iguana no era más que una muesca en la yema de su dedo. Vio otros animales: el anca de una oveja, una cabra, un perro. Abarcaban tanto como cuatro de sus dedos.

—Yo soy de aquí, España, y vine hasta acá. —Sor Luz deslizó el dedo hacia la izquierda de la pata del perro, a través de una extensión azul—. Atravesé todo esto en un barco, hasta aquí, donde estás tú —explicó.

—¿Por qué viniste a esta iguana y no a esas orejas de perro de allá? —Graciela movió el dedo de Sor Luz en la dirección opuesta.

—Vine a traer a Jesús —contestó ella, y dejó un poco de baba en el globo.

¿Por qué traer a Jesús a una pequeña iguana cuando había animales mayores? Nuevas preguntas le cosquilleaban a Graciela en la garganta antes de que lograra acabar de plantear la última; las respuestas importaban menos.

—Ah, he ahí el dilema del trabajo misionero —repuso la monja, como si tratara de resolver para sí por qué estaba en esa motita de tierra con tanto sufrimiento.

—¿Vive alguien aquí? —Graciela señaló los toros y caballos azules.

—No siempre es bueno para una niña pequeña hacer tantas preguntas —dijo Sor Luz—. En el océano no vive nadie. No hay duda de que el Señor creó peces y animales marinos, pero no a las mujeres pecadoras de cola de pez, o fantasmas de piratas, o a los santos del agua de los que habla tu gente.

Los ojos de Sor Luz se tornaron piedras fijas y Graciela pensó por un instante que parecía un pez.

Cada domingo a partir de entonces, Mai arrastraba de las coletas a Graciela hasta casa.

—¿No puedo llevarme el globo a casa?

—Haz tantas preguntas sobre Cristo como las haces sobre esa maldita bola —repuso Mai.

Pero ¿cuánto mayor no sería el mundo cuando la cabeza de un minúsculo animal era su mundo entero? Los dedos de Graciela reseguían cadenas montañosas y hondonadas de ríos. ¿Se vería la gente de ahí engullida por las sombras y alzaría la mirada hacia el cielo para ver las yemas de sus dedos cernerse sobre su tierra?

Graciela le rogó a Sor Luz que corriera al exterior y observara el sol mientras ella deslizaba el dedo sobre su motita en el globo.

—¿Ves mi dedo? —reverberó la voz de Graciela en la iglesia.

No hago ningún daño siguiéndole la corriente a esta pobre niña, se dijo Sor Luz mientras se dirigía a las puertas de la iglesia. Desde luego fuera estaba inusitadamente oscuro, y con un nudo en la garganta Sor Luz alzó la mirada. Se avergonzó de sí misma cuando, esperando las yemas de unos dedos colosales, descubrió una pesada nube que pendía sobre la iglesia. Una brisa fresca anunciaba lluvia, y profiriendo un gruñido ante su propia insensatez, corrió de vuelta al interior.

Cuando Graciela pensó en empacar sus harapos para romper la monotonía de sus días, Silvio regresó para las fiestas de Año Nuevo. La brisa marina le precedió hasta la cerca de cactus. Fausto regresó a la casa de Mai y Pai cuando vio a Graciela meterse la mata de pelo bajo un pañuelo y enterrar la pistola de Pai cerca del barril de agua de lluvia. A toda prisa, echó leña al fuego para preparar la comida, barrió el patio y trató de borrar la expresión de desconsuelo que sin duda Silvio esperaba.

Silvio regresó con peces sierra y calamares atados a la espalda. Traía caramelos de regaliz para Graciela en los bolsillos y brillantina para el pelo de Madame C.J. Walker para reemplazar el aceite de coco. Un matiz amarillo ocre le iluminaba la coronilla a causa del sol y la sal en sus viajes, haciendo que su pelo tuviese el aspecto de los macarrones que según le contó a Graciela había probado en Santa Lucía. Los besos y los largos relatos la hicieron olvidar su ausencia, sólo para descubrir más tarde la erupción en la entrepierna de Silvio.

Durante su primera estancia en casa, Silvio se quejó a Graciela de que la quietud de la tierra, la permanencia del suelo bajo sus pies le hacía sentir como si le hubieran soldado las articulaciones.

—El diablo aún me baila en la cabeza —dijo cuando el té de manzanilla de Graciela no consiguió detener el martilleo que le desgarraba las sienes.

En la cama, Silvio dio vueltas y vueltas mucho después de que Graciela se hubiese dormido, para que después su respiración entrecortada la despertase a ella antes del amanecer. Y dos veces al día Graciela tuvo que mandar a Fausto a rellenar la jarra de agua que remediaría la sed insaciable de Silvio.

Pese a que la requería de manera desacostumbrada, Graciela se alegraba de tener a Silvio de vuelta en casa. Quedó impresionada por la forma en que preparaba pescado a la parrilla, sopa de caracola y ceviches avinagrados. Al contrario que ella, no se cortaba las manos cuando hurgaba para extraer la carne de un cangrejo, que luego le daba de comer a Graciela en viscosos pedacitos.

—Prueba esto, mi calamarita —le decía cuando Graciela rechazaba las algas y cebollas enredadas en el tenedor de él.

Para Graciela, tan anclada a la tierra, se había convertido en un extraño hombre de mar, y eso la enorgullecía. No, Silvio no era como esos otros hombres aburridos que había en la ciudad con su espalda estrecha, el pelo amarillento y las historias de hombres de mar. Pero las tres semanas de volver a conocerse acabaron, justo cuando Graciela empezaba a sentirse orgullosa por no haberle mortificado con lo de la casa turquesa de madera de palma.

Así que Silvio iba y venía con las mareas. Dos veces al mes, sus estancias de fin de semana caldeaban la cocina de pescado frito y plátano hervido. La gente acudía a escuchar relatos sobre barcos fantasmas abandonados en alta mar. Silvio hablaba de puertos reales e imaginarios en que la tripulación se detenía a vender la pesca. Describía sus búsquedas de botines piratas en el fondo del océano. Y cuando Graciela no le oía, confirmaba que las mujeres blancas tenían la fragancia del mar y sus tesoros. Cuando el pescado se había vendido, regalado y consumido, cuando las historias del viaje ya se habían contado y agotado, cuando la gente ya no exclamaba «¡Llegó Silvio!», y cuando él estaba listo de nuevo para el agua salada, Silvio empacaba sus cosas.

—Llévame, Silvio —pedía ella.

Él ponía un dedo en sus labios, pero después ella le seguía hasta el puerto con su propio equipaje. En cada ocasión los compañeros de Silvio se burlaban de él por su incapacidad de librarse de su perra de busca.

Una tarde a primeros de febrero, Silvio partió por sexta vez según la cuenta de Graciela. En esa ocasión subió de un salto a bordo y se volvió de cara al horizonte incluso cuando Graciela aún le despedía con la mano. Mucho después de que el barco con aquellos hombres de caras curtidas hubiese rebasado el siguiente promontorio en la costa, Graciela se entretuvo al borde del agua lamiéndose la sal de los labios.

—¡Ladrón!

Escupió su amargura en el agua, cuyas corrientes se llevaban lejos a Silvio y lamían el malecón; cuyas profundidades contenían joyas arrancadas de las muñecas de los ricos, los cuerpos enteros de animales marinos de metal de cinturas fracturadas y centenares de huesos con grilletes y cadenas atrapados en blanco coral.

Graciela empezó a tener náuseas. Ese febrero no se había sacrificado la cabra; sus paños permanecieron limpios de sangre por primera vez desde que tuviera diez años. Ya no había que esperar más.

Graciela reunió algunas pertenencias e hizo un hatillo con la tela de hamaca. Quería abandonar la capital, quizá dirigirse al norte hacia Santiago, hacia el corazón del país. La nueva vida que llevaba dentro la hizo descender de sus ensoñaciones. En el norte, donde latía el país, podrían construirse una casa turquesa de madera de palma con un techo de cinc para la nueva familia. Aguardaría el regreso de Silvio para intentar convencerle, y si no se unía a ella partiría sin él y trabajaría lavando o limpiando hasta que naciera el niño. Entonces edificaría su casa de palma y llamaría a Silvio para mostrarle que ella no era una mujer para tener sentada esperando ociosa que su vida transcurriera...

Los sueños de Graciela también pusieron en marcha el plan de Fausto. Invitó a un colega a ayudarle con el pequeño conuco de frijoles del que se había estado ocupando para Graciela. Cuando los muchachos liaban tabaco, Graciela oyó la fingida voz de barítono de Fausto a través de los árboles del pan.

—Una vez que mi hermanita se vaya, me traeré a esa tipa de Villa Consuelo a vivir aquí conmigo, ya verás.

Pero la luna pasó por todas sus fases y siguió sin haber rastro de Silvio. Las habladurías le traían saludos suyos a Graciela, que ella sabía inventados por amigos compasivos.

Ya era agosto, y hacía casi medio año desde la última vez que alguien viera a Silvio. En seis meses, las especulaciones que rodeaban su prolongada ausencia borboteaban cual gas infecto. Por pura consideración, alguien le sugirió a Graciela que su barco se había visto arrastrado hacia el canal de Mona. Se hablaba de tiburones y de problemas con los marines. De un linchamiento. Celeste, como siempre, ofreció la posibilidad de otra mujer, una que tal vez no le riñera tanto como ella.

La gente temía la historia real.

—Esos carniceros dejan a los pescadores colgando en un manojo como un racimo 'e plátanos —le decía Desiderio a quien quisiera escucharle en el bar de Yunco.

El bar local estaba a rebosar de marines libres de la ley seca, y Yunco, siempre dispuesto a beneficiarse por igual de la fortuna y la desgracia, había convertido su casa de manera encubierta en el «local de los locales» tras el toque de queda. Desiderio, un «yunquero» regular, se había enterado de la historia del linchamiento por su primo, que la había oído de Flavia, la mujer de las masas fritas, que vivía con el Gordo, quien trabajaba en el ingenio de azúcar de los turcos. Y el Gordo, que comía de la cocina de Celeste sin que lo supieran Flavia y el esposo de Celeste, había oído el relato de los propios turcos.

Y los turcos, que parecían suficientemente neutrales en asuntos entre dominicanos y yanquis, se dedicaban al intercambio de información desde su ingenio. Sobornaban a los dominicanos para obtener detalles de los gavilleros rebeldes y de cualquier otra actividad antiyanqui, y luego se los vendían a los yanquis. Pero para mitigar su culpa por ayudar a los yanquis, también les compraban información a los espías dominicanos que estaban en buenos términos con los yanquis para distribuirla libremente entre la gente. Fue en esa red de información que quedó enredado el destino de Silvio: uno de los pescadores de la flota de Silvio la abandonó a causa de una disputa por dinero. Acudió a los turcos. Los turcos les facilitaron entonces a los yanquis información detallada sobre una flota de pescadores que supuestamente hacían viajes al Caribe, pero que en realidad rebasaban la punta de la isla hacia el este, donde descargaban armas para los gavilleros que se ocultaban en las montañas.

—Esto fue lo que oí yo.

El Gordo se golpeó el pecho a modo competencia con Desiderio.

—Y entonces esos yanquis los picá'n del árbol. Dicen que en El Ceibo los puercos cagaban botones y pedacitos de uña —intervino Desiderio, orgulloso de su contribución a los retazos de información—. Ahora nadie come cerdo en El Ceibo —añadió haciendo un guiño.

—Verdaderamente las cosas andan mal en el este. Mal como el gas mora'o. —El Gordo exhaló un suspiro y bebió un trago de ron.

En septiembre, Graciela había dejado de mecerse en la hamaca. Su barriga de siete meses reventó una de las cuerdas, lo que la indujo a plegarla y empacar en ella la mayor parte de sus pertenencias; rogó que no tuviera que desplegarla más tarde para ponerse la falda negra y el velo de luto. Si Silvio no regresaba antes del alumbramiento, Graciela estaba decidida a parir a su hijo, empacar el resto de sus cosas y dirigirse al norte con el bebé llorón sujeto a la espalda. ¿Y, qué si era una locura no esperar hasta el final de la cuarentena? Ya estaba cansada de esperar a que su vida diera comienzo de verdad. Una partida supondría un progreso, estaba segura. Vivir en ese puñado de casuchas destartaladas no había formado parte de su visión de la vida con Silvio, y ahora había más de dos futuros en que pensar. Implorándoles piedad a las nubes e ignorando el vívido recuerdo de un sombrero de paja lamido por la espuma del mar, Graciela aguardó un mes más a la espera de indicios de Silvio.

Fue un embarazo fácil, con Graciela mandando a Fausto de recados por todo el pueblo. Pan de agua y no pan de manteca, insistía, y a Fausto más le valía asegurarse de tamizar el azúcar si se la compraba a Joselito por si llevaba gusanos. Cuando Fausto estaba fuera de la casa, Graciela se incorporaba en la cama para coserle una muñeca de trapo al futuro bebé. Luego lloraba hasta quedarse dormida cuando los botones disparejos que eran sus ojos la miraban embobados, uno rojo y chiquito, el otro negro y grande.

Todos los que solían reírse de los sueños de barcos y encajes de Graciela sabían que su bebé debía de estar llorando en su vientre. También sabían que habían encontrado el cuerpo de Silvio tan acribillado a balazos que era más piadoso decir que lo habían devorado los tiburones.

El día en que su hija nació, Graciela se había mecido bajo yunques de cumulonimbos como barcos. Nubes grises retozaban una en pos de otra, arreadas por vientos hacia donde pudiesen descargar su peso. Tiene que ser un parto difícil el de la lluvia, se decía Graciela frotándose el vientre. Los cuervos graznaban sobre los árboles oscilantes, descendiendo en picado hacia ella como haciendo alarde de su don de volar. Un manto de humo, de cenizas ardientes en un cielo de malos presagios: la muerte de Silvio, especuló. El trueno la hizo cambiar de opinión. No, no, su fruto es la vida, son una buena señal. Bajo el vientre plateado de uno de los barcos, Graciela tuvo la certeza de haber visto a Silvio. Vivo. Comprendió que esa noche regresaría sin duda junto a ella.

El aire se había tornado más fresco, provocando que los cangrejos de tierra salieran de sus agujeros. Las hojas de los cajuiles volvían hacia arriba sus lados céreos y los ratones de campo subían correteando por los troncos de los árboles. Fausto hendía con el hacha algún lugar del patio mientras Graciela espantaba a los pollos del interior de la casa y cerraba todas las puertas. El resto del día lo pasó adornando la casa y cepillándose el cabello, enmarañado por la lluvia que se avecinaba. Los silbidos de Fausto y las agudas punzadas en su vientre la mantendrían despierta hasta el regreso de Silvio.

En aquella noche de octubre, Graciela despertó para oír gotear la lluvia en la olla a los pies de su cama. Fausto estaba hecho un ovillo en un catre, profundamente dormido pese a lo denso del ozono en el aire. Graciela esperó a que la brisa marina entrase a través de la puerta chirriante. La vocecilla había vuelto a resonar para languidecer en el fondo de su columna y reptar después hacia los antebrazos, donde el frío ya le había erizado los pelillos más diminutos.

—¡Silvio! ¿Eres tú?

Por primera vez sintió miedo de lo que se movía en su interior. Quería que Silvio llegase antes que el bebé; que el dolor del parto estuviese tan sólo en su seno y no en su corazón.

—¡Fausto!

El muchacho roncó más fuerte que el trueno en el exterior.

—¡Fausto! ¡Anda a buscar a Ñá Nurca!

El muchacho roncó más fuerte que el trueno en el exterior.

—¡Fausto!

El frío y el runrunear en su vientre la devoraban. La noche aulló cuando Graciela abrió la puerta. La lluvia la envolvió como un manto.

—¡Silvio!

La tierra esponjosa le succionó los pies. El cielo gruñó cuando apretó el paso. Un destello de relámpago azul encontró el hacha en el patio y los nervios de los cielos parecieron converger en su mango. Graciela se detuvo; tenía los pies enterrados en un barro inusualmente caliente. La lluvia era más salada que sus propias lágrimas. Percibió un ácido hedor a azufre, y después el inconfundible olor a excrementos. Graciela cruzó una zanja anegada, hundiéndose hasta las pantorrillas en aguas negras.

La pequeña casa de cemento era un refugio al final del sendero.

—¡Ñá Nurca! —Aporreó la puerta hasta que la anciana partera la abrió y, sin una palabra, condujo a Graciela al interior de la casa a la luz de un farol.

—Apestas al mismísimo diablo —dijo Ñá Nurca.

—Y estoy a punto de parir al mismísimo Juan el Bautista —chilló Graciela con una sacudida en el vientre.

Acostumbrada al histerismo de las alumbradoras de vida, Ñá Nurca tomó el rostro de Graciela entre las manos y le reprochó que no hubiese enviado a Fausto a decírselo a la joven criada, que no dejaba de bostezar.

—Anda a hervir agua y prepara la cama de partos, por amor de Dios —espetó Ñá Nurca a la muchacha.

Los gemidos de Graciela quedaron amortiguados por el restallar de los cielos. Las tisanas y tinturas de Ñá Nurca le abrieron el útero para enviar a Graciela a esa endeble membrana entre la vida y la muerte. En el terciopelo detrás de sus párpados vio el rostro apagado de Silvio, y luego el de una criatura.

—Regresa, mujer, regresa —le dijo Ñá Nurca a Graciela.

La criada, acostumbrada a los padecimientos del parto, juntó los paños sucios tan rápido como pudo. Las manos nudosas de Ñá Nurca masajearon sin cesar el cuerpo de Graciela en un intento de extraer la nueva vida con la suya.

Por la mañana, al tiempo que la tormenta amainaba, los quejidos de Graciela habían alertado a los vecinos. La elaborada red de la transmisión de boca en boca acabó por alejar a Mai de sus obligaciones. Con sopa y paños limpios, apareció en casa de Ñá Nurca, no sin antes darle un sopapo a Fausto por haber dormido la noche entera.

Aquella tarde, la bebé de Graciela nació, sana y pateando furiosa, de las atenuantes almohadas del calor de su madre. Ñá Nurca envolvió la placenta en un paño para enterrarla y apartó el cordón umbilical para que Graciela lo pusiera a buen recaudo. Bromeó sobre los grandes puños de la criatura mientras la lavaba con agua tibia.

—Mercedes, Ñá Nurca, llama a la chichí Mercedes —musitó Graciela.

—¿Este pequeño huracán con el nombre de la misericordia? —comentó Ñá Nurca, fijándose de nuevo en los puños excepcionalmente grandes y descubriendo un lunar en un dedito del pie.

Ñá Nurca envolvió a Mercedes en una sábana limpia antes de ponérsela a Graciela en el pecho. La niña se agarró con firmeza a su madre, y ni siquiera se soltó cuando los pechos de Graciela quedaron vacíos de leche.

## Casimiro

*1920*

La tienda de curiosidades de O'Reilly, enclavada bajo un balcón en el Barrio Colonial, no atraía a sus muchos clientes con anuncios en *La información*. Un loro en una jaula de bambú junto a la puerta chillaba «Buenos días» y «Buenas noches» cuando no debía, una atracción que vendía los recuerdos y baratijas de O'Reilly más rápido de lo que sus competidores podrían esperar jamás.

Casimiro estaba de pie en el umbral, temeroso de que su camisa manchada de trabajar rozara y derribara algún objeto antiguo. Lo imaginaba cayendo para hacer añicos elaborados frascos de suave ron, destripar gruesos cigarros colocados en cajas de cedro, liberar insectos atrapados en joyas de ámbar y esparcir las postales de ninfas como en una partida de póquer americano echada a perder.

—¡Casimiro! ¡Muévete!

Detrás del mostrador, O'Reilly asintió con la cabeza ante el respingo y la rápida salida de Casimiro. Fuera, los burros cargados resoplaron y sus cascos tabletearon como castañuelas contra los adoquines.

Cuando Casimiro hubo cargado hasta con el último sombrero de paja y con calabazas y cuadros de colores vegetales y tamboras y cajas y barriles de licores de fruta y hubo quitado el mecate de los embalajes y almacenado la mercancía extra en la trastienda, inhaló el aroma de manzanas frescas. Confió en que O'Reilly incluyera una muestra de esas manzanas en su paga. Las manzanas en mayo resultaban aún más decadentes que los felices aguinaldos de diciembre. Casimiro tuvo que esperar en el umbral, con el sombrero en la mano, como era su costumbre, a que O'Reilly acabara de sacarles el polvo a sus mercaderías al ritmo lento de un vals.

—Casimiro...

Las pocas y frías monedas en su palma vinieron acompañadas de un apretón de manos. La mano desdeñosa de O'Reilly impidió a Casimiro pedir manzanas, más monedas, un souvenir al menos. Después de todo, un hombre que se acercara con las manos vacías a una mujer en el parque sería como un pavo real sin plumas.

Casimiro saludó con la mano a la joven sentada en el banco del parque.

—Aburrr...

Casimiro se saboreó esa r, que hizo temblar los fruncidos labios de la muchacha. Le dedicó con el sombrero una reverencia exagerada, como hiciera la primera vez que se habían encontrado en ese mismo banco una semana atrás. La criatura no estaba con ella en esta ocasión; una buena señal. Casimiro iba a contar con toda su atención.

—Volvemos a encontrarnos —dijo, y se sentó junto a ella con las piernas cruzadas.

—Ajá.

Ella se encogió de hombros como si no importara que acabara de marcarse el pelo y que llevase el vestido de los domingos un martes.

—Gra-ci-e-la. —Casimiro articuló las sílabas en torno a un cigarro sin encender—. ¿Te acuerdas tú de mi nombre?

—¿Por qué iba a acordarme?

Casimiro le respondió despacio:

—Porque tengo algo para ti.

—¿Cómo supiste que estaría aquí? —Ella miraba al frente, hacia los niños barrigones que hacían rodar aros de alambre por el parque.

—Mis polainas me lo dijeron.

Casimiro meneó los pies sin apartar la mirada. Las polainas de O'Reilly se le hincaban en los tobillos, unos tobillos que se había torcido al robar la pesada caja de mercaderías.

—Son chulas, si es lo que quieres oír —comentó Graciela observando los pies elegantes, los andrajosos pantalones. Luego su mirada se posó en un ocioso vendedor de cacahuetes.

Casimiro advirtió el talco espolvoreado junto a sus orejas.

—Casi me matan por estas polainas, sólo para impresionarte —dijo.

—Impresióname, entonces.

En esta ocasión Graciela no volvió la cara.

—Bueno, verás, las robé de la base militar en Catarey y escapé de los yanquis, que casi me matan.

La vio descubrir el sexto dedo en cada una de sus manos, que parecían frijoles lisos y negros.

—¿Quieres tu regalo ahora o más tarde, Gra-ci-e-la? —preguntó Casimiro entre bocanadas del cigarro sin prender.

—No importa. No he venido por ningún regalo. Estoy esperando a mi hermana.

—¿Oh? ¿Se perdió otro ángel del cielo? —bromeó él. Sus manos emergieron de detrás de la espalda para ahuecarse en torno a una reluciente manzana.

Las cejas de Graciela, que había rellenado con lápiz al carbón, se arquearon.

—¡Ay, una manzana yanqui!

Graciela se cacheteó las mejillas. Sólo cuando Casimiro accedió a compartir el manjar con ella se permitió mascar aquella fruta jugosa. Con una navaja, él cortó pequeñísimos trozos para endulzar la broma.

—¿De verdad hay una hermana? —quiso saber él.

—No. Y no masques tan rápido.

—¿Quién hay, entonces? —Casimiro le dio más pedacitos.

—Yo, un hermano, dos muertos.

Cuando Casimiro escupió una semilla en la mano para guardarla, Graciela le miró fijamente la boca.

—¿Y la linda chichí?

La pregunta la hizo dejar de relamerse el dulzor de las encías. Pareció recordar algo, quizá a su niñita.

—No nos la comamos toda ahora. ¿Puedo llevarme el resto a casa? —Sus manos le arrebataron la media manzana que quedaba.

—Lo que tú quieras, Gra-ci-e-la. Quédate con este parque, con el mar, con el cielo. —Casimiro abrió los brazos.

—Nada de eso es tuyo. —La manzana a medio comer estaba ahora envuelta en un pañuelo.

—Quédatelo de todas maneras —repuso Casimiro.

—Ah, entonces quizá el cielo.

Permanecieron en silencio, observando a un niño limpiabotas dormido en el interior del quiosco de música.

—Bueno. ¿Dónde está... él? —preguntó Casimiro inspirando profundamente.

—Se fue. Muerto. Asesinado. No lo sé —contestó ella encogiéndose de hombros. Vio a un guardia apoyado contra un árbol.

Casimiro posó una mano sobre la de Graciela, pero ella apartó la suya.

—¿Sabes?, me recuerdas a alguien —dijo él. Unió las manos en torno a la rodilla cruzada.

—¿Y a quién? —Graciela ocultó su sonrisa con el dorso de una mano.

—Pregúntales a mis polainas.

—¿A quién le recuerdo yo a este loco de Casimiro? —preguntó Graciela al pie que se mecía.

—¡A la Cigüapa, la bruja! —bromeó él con aspereza.

—¡Ah, no! Yo no tengo patas de pollo, ¿no? —Graciela extendió las piernas, bajo pliegues de falda, para que él las viera.

Casimiro imaginó que las piernas cobrizas y tersas bajo la falda sabrían a jabón de cuava y a cilantro; gruesas piernas de roble blanqueadas de espuma o friccionadas con aceite hasta brillar, que podían frotar y correr, patear y levantar.

—Claro que no tienes patas de pollo, Gra-ci-e-la.

Rieron, y luego callaron, ambos observando al guardia pegarle al limpiabotas que se había quedado dormido en el quiosco de música.

Graciela se alisó la falda y exhaló un suspiro. Rechazó el ofrecimiento de Casimiro de acompañarla a casa, pero accedió a encontrarse con él a la misma hora y en el mismo sitio a la semana siguiente. Él se levantó el sombrero y dijo «Buenos días», aunque la noche ya se filtraba a través del cielo. La observó salir del parque y la siguió. Se agazapó detrás de portales abiertos y puestos de masa frita, tras surtidores de agua y carruajes, hasta que Graciela abandonó su cauteloso pavoneo para quitarse los zapatos en el camino a su casa. Cuando entró en la cabaña de techo de paja que Casimiro consideró era su hogar, él apretó las semillas de manzana en los bolsillos y se marchó silbando hacia las peleas de gallos.

Después de haber dado a luz a Mercedes, Graciela no pudo llorar debidamente a Silvio, tan ocupada estuvo durante dos años dando de mamar y lavando pañales y tratando de que sus pies se adaptaran al calzado de la maternidad, además de las habituales tareas domésticas cotidianas. Decidió que ya no esperaría más a Silvio, negándose a creer los rumores de que había muerto. Su vida tenía que continuar: ya no podía dejar que los ratones de campo cagaran el hogar o permitir que la jarra de agua rebosara de larvas. Con Mercedita sujeta a la espalda, también cuidaba del conuco con Fausto, quien se había desarrollado para convertirse en un fornido muchacho de catorce años. Y con vistas a asegurarse otros pequeños lujos, como azúcar, carbón, zapatos, telas para blusas, Graciela hizo correr la voz de que tenía unos fuertes puños de lavandera capaces de blanquear milagrosamente la ropa con sólo frotarla un par de veces.

Fue durante esa época que Graciela y Celeste se hicieron íntimas. Olvidando pasados comentarios, se visitaban mutuamente y hablaban sobre la crianza de los hijos. Si una tenía que ir al mercado, la otra cuidaba de los niños. Sin embargo, la suya era una amistad no exenta de mácula, y la gente siempre andaba diciéndole a una que se mantuviera alejada de la otra.

—Ya va siendo hora de que te consigas un hombre de verdad —le dijo Celeste a Graciela cuando fue a dejarle a la niña—. Mercedita no puede crecer pensando que su tío es su pai.

—Ay, ¿pa' qué quiero yo un hombre? Fausto se ocupa de todo lo que necesito —repuso Graciela con ademán despreciativo.

—¿De todo? —Celeste arqueó una ceja.

Graciela bajó la mirada.

—Celeste, te la pasas matando hombres a cada rato con tu lengua y ahora quieres uno para mí.

Pero Celeste dejó inquieta a Graciela. Había noches lluviosas en que se despertaba con Fausto arrebujado en la cama cerca de ella y Mercedita, quejándose de que las goteras del techo le habían humedecido el catre.

—Bueno, pues entonces arregla las goteras —le decía Graciela cada vez.

Y en cierta ocasión en que él se estaba enjabonando en el cobertizo del excusado, la mirada de Graciela se cruzó con la suya entre los tablones de madera.

Los viajes semanales al mercado constituían las huidas de Graciela de las duras tareas de la casa. Acudía mucho más tarde de lo que lo hacía el resto de mujeres, incluso aunque significara elegir entre los peores restos, si es que quedaban algunos. Para entonces Celeste estaba en casa y podía vigilar a Mercedita.

—¡Eh, Luis el Tuerto, dame un paquete de trigo bulgur! —Y Graciela le guiñaba un ojo cuando su mujer bajaba la mirada para sacar el cambio del delantal.

—Y ¿cómo está hoy mi otro pequeño chichí? —le preguntaba Graciela a la mujer haitiana que vendía especias y tenía un hijo de la edad de Mercedita.

A veces, de regreso a casa desde el mercado, se entretenía en el parque de la ciudad y se sentaba a observar a la gente pasar. En el banco, se lamentaba de que algunas personas naciesen con la posibilidad de llevar ropa tan exquisita.

Ya sé que hice una cola muy larga para nacer, Dios, así que ¿cuándo me llegará el turno de chuparle el jugo a esta vida?, pensaba. Mascaba su festín semanal que eran las rosetas de maíz. ¿Qué se sentiría al montar en uno de esos carruajes, al subir el pequeño escalón y sentarse en esa cajita que se movía? ¿Cómo podría conseguir que el pelo se le rizara y le brillara de ese modo bajo el sombrero cuando el sudor hacía que hasta sus prietas trenzas se enrollaran? ¿Cuánta ropa tendría que lavar para poder comprarse unos zapatos de charol tan brillantes como ésos? Y ¿dónde podría encontrar un hombre elegante, distinto de esos curtidos por la tierra que se quitaban el sombrero ante ella al cruzarla a caballo en el largo camino a casa?

Unos meses después de conocer a Graciela en el banco del parque, Casimiro se mudó a la cabaña de techo de paja que construyera Silvio. Fausto se había negado a marcharse al principio, alegando que había invertido demasiado esfuerzo en el conuco para que un grillo cualquiera viniese a quitárselo. Pero cuando oyó los jadeos de amor procedentes de la cama frente a la suya a todas horas de la noche, abandonó su catre y se fue caminando, lloroso y en la oscuridad más absoluta, hasta la casa de sus padres. Mientras los vecinos se llenaban de chismes sobre los hombres que eran demasiado flojos para hacerse su propia cama, Casimiro apoyaba la cabeza en las almohadas de Graciela y se deleitaba con su nuevo amor. No le impresionaba cómo tenía Graciela la casa, con la bebé Mercedita sin peinar y arrastrándose bajo las sillas. Pero sabía que al menos podía contar con café y con un par de pedazos de plátano y de bacalao al día. Y se enorgullecía de cuán fácilmente podía iluminar la sonrisa de Mercedita con sus juguetes hechos con semillas, alambres, tarros, botones y ramitas.

Graciela chillaba de placer al arrancarle a Casimiro los pelos que le crecían para adentro en el mentón. Y aunque los gallos de Casimiro no paraban de perder peleas, Graciela se ocupaba de sus heridas y les cantaba. Tras un buen día de lluvia, salía al patio con un palo y le dibujaba planos detallados de la casa de madera de palma que quería en el norte, en Santiago, una vez que tuvieran dinero suficiente para construirla como era debido. Al contrario que cualquier otra mujer con que hubiese estado Casimiro, Graciela dejaba que se le quemara la cena en el hogar para unirse a él en la fabricación de juguetes.

Un sábado por la tarde, Celeste se presentó en casa de Graciela con su abuelo, el Viejo Cuco, y unas cuantas personas más. Todos regresaban de una corrida de toros en la plaza de la ciudad y ansiaban un lugar donde sentarse y olvidar la matanza que habían pagado para ver.

Con Mercedita ya en la cama, Graciela había estado remendando el ruedo de una vieja falda mientras Casimiro se ponía sus polainas para una noche de risas ebrias en el bar de Yunco. Cuando Graciela vio a toda esa gente congregada en su porche, mandó a Fausto, que había ido a visitarles, a pedirles a los vecinos algo de pan, queso, ron y vino tinto. Casimiro se quitó las polainas y preparó una hoguera en el patio delantero. Para gran alegría de todos, Fausto regresó poco después con botellas de ron de Yunco, un par de hogazas de pan sobrantes de Tun Tun, el panadero, un buen trozo de queso de cabra, una vieja guitarra y varias personas más ansiosas de reunirse con Viejo Cuco, que podía contar una historia durante días:

—Había una vez una muchachita que iba a casa de to' el mundo en el pueblo diciendo que no había comí'o. Al final de cada día caminaba como un pato hasta casa de su mai y su pai pa' comerse sus cuatro granos diarios de arroz. ¿Cómo es que esta muchacha 'tá tan gorda si somos tan pobres? Por la gracia de Dios, pensaban. Un día, un cazador puso un pedazo de queso de cabra bajo una caja y esperó entre los matorrales. La glotona muchacha, de camino a sus muchas cenas, vio el queso y se zambulló bajo la caja. Pronto se encontró dentro de la choza del cazador. Vio una torta sobre la mesa, como las del panadero Tun Tun. Con su indomable glotonería, tendió las manos hacia ella, pero el cazador la agarró de las muñecas. «¡Cómetela toda si quieres!», le dijo. Sus ojos eran chiquititos, como los de ese Casimiro, y tenía unas manos grandotas de yanqui que podían arrancar la piel y los huesos de los animales. La muchacha comió, comió y comió, hasta que de la torta no quedó más que un eructo. Tan rápido se la zampó que no vio la cuerda que llevaba atada. Y el cazador agarraba el extremo de la cuerda que la muchacha no se había traga'o. La glotona quedó atrapada pa' siempre en la casa del cazador, como su esclava. Mai y pai nunca volvié'n a verla, y tampoco la generosa gente del pueblo.

—Cada año que pasa tus historias son peores, Viejo Cuco —comentó Casimiro con la nariz sonrosada por el vino tinto.

—¡Ah, lo que pasa es que no te gustó tener los ojos como los de ese cazador! —dijo Celeste en defensa de su abuelo. Todo el mundo soltó grandes risotadas, incluido Casimiro.

Cuando las risas se redujeron a unos cuantos suspiros, el Viejo Cuco habló de un tren de verdad que iba de La Vega a Santiago.

—Dicen que es como una culebra de hierro. Se traga personas, animales, cañas, y los caga por todo el norte. Suena como el trueno y apesta a diablos. Lo que yo haría por montar en una de esas bestias —añadió.

Graciela miró fijamente al Viejo Cuco cuando éste se detuvo para encender un cigarro. Sus ojos rasgados captaron los de ella a través del humo y se reclinó para encontrarse con su mirada.

—Bueno, Viejo, ¿qué más sabes sobre ese tren? —lo animó a proseguir Graciela. Había dejado de ayudar a Celeste a recoger los vasos vacíos de la repisa del porche.

Durante un rato el Viejo Cuco no respondió. Graciela pasó con delicadeza sobre la gente sentada en el suelo del porche.

—Viejo, el tren —insistió. Su voz tembló de impaciencia.

—En mi época me habría conseguido una trigueñita buena moza como tú —dijo el Viejo—. Eres lo que yo llamo una fea-buena moza. Una muchacha que puede ser fea o linda dependiendo del hombre con que esté.

Hubo un breve silencio en que todos se volvieron para ver la expresión de Graciela. Tenía los labios apretados y se mordisqueaba las comisuras.

—A ver, dime, Viejo, ¿ahora soy fea o linda? —preguntó Graciela mirando directamente a Casimiro, que acababa de echar la cabeza atrás con un trago de ron.

Viejo Cuco se inclinó hacia delante y se aclaró la garganta. Se frotó las palmas con el cigarro todavía pendiéndole entre los dedos.

—Casimiro, deja que te cuente una sobre tu muchacha.

—Ah, no, Viejo, acaba con lo del tren en La Vega. No cuentes historias sobre mí —dijo Graciela. Había ladeado la cabeza y jugueteaba con una trenza.

—Tu pai siempre decía, muchacha, que naciste con los pies en candela, como ese abuelo cimarrón que tuviste. Anduviste antes de gatear. Y óyeme bien, Casimiro, una vez la chiquita, que no medía más que ese carajito de ahí, esperó a que su pai madrugara. Ese hombre había cargado el burro pa' pasar una semana en el monte y levantó a su muchacho, del que decía que no servía con la tierra, con perdón al Fausto de ahí. Así pue', los dos caminá'n por los oscuros senderos cerro arriba, hasta donde al diablo le gusta aparecerse. Horas después, cuando montaban el campamento, quién aparece sino la mismísima chiquita, di'que pidiendo agua. Les había estado siguiendo to' el tiempo. Había deja'o a su mai con todas las tareas y se había meti'o en to' ese lío, sólo porque sentía curiosidad. El pai no le partió el cuello porque ella siempre fue su corazón, eso decía...

Los ronquidos de Casimiro se abrieron camino entre la voz del Viejo. El fuego se había extinguido, sólo unos rescoldos chisporroteaban ya. La tajada de luna se había ocultado tras unas nubes. El Viejo Cuco se levantó y le indicó con señas a Celeste que le trajera su bastón. Los demás empezaron también a levantarse y sacudirse la ropa, algunos de camino ya hacia el sendero. Eso sorprendió a Graciela. Habitualmente, el Viejo Cuco contaba historias hasta el amanecer o hasta que el anfitrión lo echaba.

—Casimiro finge que duerme, payaso que es. ¡Todavía es temprano! —dijo Graciela—. ¡Y no acabaste tu cuento del tren, Viejo!

El Viejo Cuco tomó el rostro de Graciela entre sus manos y le plantó un beso con sabor a humo en los labios.

—Con ese hombre, eres feísima —le susurró al oído antes de alejarse arrastrando los pies.

Por mucho que lo agitó, Graciela no consiguió despertar a Casimiro en los peldaños del porche. Antes de volverse con todos los demás, Fausto se echó a Casimiro al hombro y lo arrastró hasta el interior de la casa.

—No te preocupes, Graciela. Átalo a una mata 'e coco y mójalo con el agua sucia 'e la bañera. Quedará tan nuevo como cuando lo encontraste —dijo Celeste al abrazarla para despedirse.

Graciela y Casimiro se pelearon.

De observar a sus gallos Casimiro sabía que, con vistas a minar las fuerzas del oponente, había que permanecer tranquilo y sereno. Así pues, esperó pasivamente a que Graciela se agotara con sus acusaciones.

—Los taburetes del bar de Yunco ya apestan a tus fondillos.

—Derrochas en tus gallos el din ero que tanto me cuesta ganar lavando.

—Eres más flojo que un cochino en el barro.

—Deberías estar haciendo nuestra casa en vez de juguetes inútiles.

—Ya nunca me traes manzanas yanquis de la tienda de O'Reilly.

—Y encima, no me llevas a ninguna parte.

Cuando Graciela hubo vaciado la rabia, Casimiro le puso las manos en la espalda para masajearla y eliminar los nódulos que quedasen.

—Llévame a algún sitio, a cualquier parte —le dijo ella cuando recobró el ánimo.

Le insistió cada día durante dos semanas, hasta que una mañana Casimiro arrugó la cara y le dijo que empacara para pasar la noche fuera. Se las había arreglado para pedirle prestado a un colega un pequeño bote y luego mandado recado a la familia Falú, que vivía unos kilómetros al sur.

—Dice que nos vamos a otra isla, ya sabes, a Puerto Rico —le decía Graciela a Celeste o a quien quisiera escuchar—. Mi hombre sabe hacerse su propia cama, ¿viste?

El día en que partieron, Graciela se puso el mismo vestido de los domingos que llevara durante su noviazgo en el banco del parque. Después de prestarle tantas veces el vestido, Celeste le había dicho finalmente que se lo quedara, pues ya no podía llevarlo sin que la confundieran con Graciela.

—Pancha de segunda mano —se burló a sus espaldas.

Casimiro condujo la barca río abajo por el Ozama. El viaje les llevaría un día y pernoctarían en casa de los Falú, unos amigos a los que conocía de sus tiempos de descargador de muelles en Puerto Rico. Una rápida visita para saciar las ansias de aventura de Graciela. Rogaba que no se encontraran con yanquis inquietos por el camino. Poca gente se aventuraba en esos días en viajes de placer por temor a acabar convertida en víctima. El colega que le prestó la barca dijo que era un loco por satisfacer los estúpidos caprichos de una mujer.

—No puedo pasarme la vida temiendo a los yanquis. Si los agricultores le tuvieran miedo al clima, no plantarían ni una semilla.

Mientras la corriente del río arrastraba la barca, Graciela deseó tener un parasol para abrirlo y hacerlo girar contra aquel sol testarudo. Observó las canoas cargadas de mercancías que se encaminaban al mercado. En la ribera, niños felices se sentaban bajo toldos para deleitarse con pasta de coco y confituras de naranja.

—Toma, cielo, cómprate pasta de guayaba, dulce de leche, corteza de cerdo... lo que tú quieras —dijo Casimiro, y le indicó con un ademán una de las canoas delante de ellos.

Señaló los diferentes pájaros que volaban en círculos sobre ellos. Saludó a gritos a la gente a lo largo de la ribera.

—¿Cómo es que conoces a tantas lavanderas? —quiso saber Graciela.

Casimiro nombraba los árboles que veían por el camino. Algunos se retorcían adoptando extrañas formas, serpenteaban en torno a otros árboles, pendían sobre el agua como regias cortinas; un ermitaño crecía en el centro del río.

Y cuando pasaron ante una colina a su derecha, las columnas blancas de una casa de roble se erigieron celestiales sobre ellos. Casimiro le contó a Graciela que en cierta ocasión, mientras descargaba unos muebles fabricados en un lugar al que llamaban Italia, le habían ofrecido un vaso de cerveza de jengibre en su majestuoso salón.

Graciela siguió su mano de seis dedos que le señalaba distintas maravillas.

—Yo tengo que rogar y pedir prestado sólo pa' ver lo que tú ves —dijo.

Se desató los zapatos para mecer los pies en el agua. Nubes ralas se movían sobre ella.

Una brisa cálida le agitaba la falda. Graciela sopló entre los labios para igualar la brisa.

—Pensaba que las nubes me mostraban cosas. Grandes barcos, vestidos, hasta a Mercedita en mi barriga. Y a Silvio.

Casimiro remaba a un ritmo regular. Asintió para animarla a continuar, sabía que no había de luchar contra el fantasma de Silvio.

—Pero los deseos sólo se van con el viento.

Graciela se sentó más recta y se ajustó el sombrero para protegerse los ojos.

Casimiro señaló las líneas como cabellos que se entretejían en el cielo. Luego meneó la cabeza.

—¡Ah, no nos traje hasta aquí pa' hablar de las nubes!

Hundió una mano en el río y salpicó de agua a Graciela.

—¡Buen sinvergüenza! —exclamó ella con una risilla.

Entonces Graciela vio unas montañas en la distancia y le preguntó a Casimiro cuánto más grande era Puerto Rico que su país, a lo que él respondió que dependía de dónde procediera uno. Paró de remar y dejó que el Ozama les llevase durante kilómetros corriente abajo hasta donde vivían los Falú. Cuando pasaban ante un puñado de casas, hizo virar la barca hacia la ribera.

—Ya llegamos, cielo, a la hermosa tierra de Puerto Rico —anunció Casimiro mientras desembarcaban. Extendió los brazos e inhaló el aire silvestre impregnado de manzanilla.

Era cierto que los Falú habían vivido antaño en Puerto Rico, pero partieron en 1902, después de que los cultivos de café de don Bebo Falú perdieran valor a causa del interés de los estadounidenses en el azúcar. Desesperado, don Bebo había aceptado dinero para falsificar votos en las elecciones de su distrito, y le habían pillado. Él y su esposa se las habían arreglado para asegurarse un hogar humilde en las afueras de Santo Domingo, donde iniciaron un negocio de confección. Cuando se enteraron de que Casimiro y una mujer iban a hacerles una visita, se sintieron complacidos de encontrarse de nuevo con el hombre que solía desviarse de su ruta para entregar telas difíciles de encontrar e hilos de vivos colores. El mensajero les había dado extrañas instrucciones sobre que no mencionaran su patria o discutieran de política durante la visita de Casimiro. Pero sus amigos les aseguraron que Casimiro siempre iba precedido por peticiones extravagantes: que no le dijeran a nadie que les había conseguido metros de lamé dorado, que se aseguraran de devolverle las cajas en que venían los hilos rojos, que no anunciaran cuándo llegaría al pueblo, que no pronunciaran su nombre en las noches de luna.

—Puerto Rico se parece mucho a nuestra patria —comentó Graciela cuando ella y Casimiro recorrían la tupida vegetación hacia casa de los Falú.

Quedó aún más encantada con Puerto Rico cuando doña Falú apartó un maniquí para darles la bienvenida a su casa. Graciela advirtió la pronunciación entrecortada de doña Falú. Cuando sirvieron el café, arrancó una ramita de menta de la bandeja y, como había visto hacer a don Bebo, revolvió con ella su café. No podía esperar a contarle a Celeste cómo hablaban y tomaban el café los puertorriqueños.

Durante la comida, don Bebo y Casimiro hablaron sobre el tiempo y se pusieron mutuamente al día en los cotilleos de los sucesos mundiales. Las mujeres comieron en silencio. Siempre que don Bebo empezaba a hacer referencia a los yanquis o al desafortunado estado del país, Casimiro tosía y le pedía más café a doña Falú, pese a que rondaba por ahí una criada.

Después del almuerzo, doña Falú invitó a Graciela al cuarto de costura para mostrarle los vestidos en que habían estado trabajando ella y don Bebo. Era una habitación pequeña en la que se apilaban rollos de tela de todos los colores, carretes de hilo, retales, con una modesta máquina de coser en un rincón. Graciela se acercó a un maniquí.

—¡Cuánta tela se llevan! —exclamó tocando la larga falda de varias capas que se hinchaba a partir de la cintura prietamente fruncida del maniquí.

—Es el estilo actual —dijo doña Falú. Graciela observó las imágenes de catálogos y periódicos pegadas en la pared.

—Ojalá me hubié'n enseña'o a leer, así podría enterarme de las modas por los periódicos de Puerto Rico.

Doña Falú levantó un dedo, lleno de borrones de incontables pinchazos.

—No, no, recorto esas imágenes de los periódicos de Estados Unidos que Bebo consigue.

—¿Periódicos yanquis? Alégrese de que Puerto Rico no esté en sus garras, como nosotros. No sabe usted bien...

Graciela cruzó los brazos y adelantó el labio inferior.

—Ay, dejemos que sean los hombres quienes hablen de esas cosas —dijo doña Falú—. Para empezar, ése es en parte el motivo de que hiciera a mi Bebo dejar Puerto Rico. Se apasionan demasiado con el estado de las cosas en el mundo, cuando ni siquiera pueden manejar el estado de sus propios hogares.

Graciela quería continuar hablando sobre cómo el estado del mundo le había dejado una cicatriz en la nariz y había alterado permanentemente el tono de voz de su madre, pero se mordió la lengua por temor a que doña Falú la considerara poco refinada.

—¿Dónde están sus hijos, doña Falú?

—Pues aquí, claro, en el país de ustedes. Nuestros hijos han crecido para convertirse en orgullosos dominicanos. No crea ni por un instante a ese embustero, señorita. Casimiro le ha estado tomando el pelo.

Graciela se mordió el interior de la mejilla hasta que se sacó sangre. Doña Falú la rodeó con un brazo.

—Hágale caso a esta vieja: en la vida, si quiere ser viva de verdad hágase la boba. —Meneó un dedo con la punta revestida por un dedal de porcelana—. Tenga, un regalito de mi parte. Nunca deje que nada la haga sangrar. Ahora suavice ese ceño antes de que él la vea.

En efecto, oyeron muy cerca unos silbidos melodiosos. Casimiro apareció en el umbral de la habitación, y luego rodeó con un brazo al maniquí. Con una mano le rodeó un pecho.

—No tengas celos de mi otra mujer —dijo al ver la cara de Graciela, y preguntó—: ¿Qué tienes ahí, cielo?

Graciela tendió el dedo y él le quitó el dedal. Sus ojos se fruncieron en las comisuras.

—Una chiquita tacita pa' que los ratones tomen café —dijo y le puso el dedal a Graciela en la cabeza.

—O podría ser un chiquito sombrero pa' las bobas como yo —respondió ella. Sus dientes parecieron serrar la dulzura que surgió de su boca.

—Es hora de la siesta —concluyó Casimiro—. Vayamos a dar un paseíto.

El viaje de regreso en barca a la mañana siguiente fue más duro para Casimiro. La corriente fluía ahora en su contra mientras remaba río arriba. Graciela había dejado de maravillarse ante Casimiro. Su ira hacia él se había vuelto lástima al comprender que sólo podía ofrecerle lo poco que tenía. Ropa hecha jirones y bolsillos vacíos impedían ver sus verdaderas riquezas, que Graciela sabía alojadas en la imaginación de Casimiro como ocultos filones de oro.

—Lindo países, Puerto Rico —comentó Graciela como si hubiese recorrido el mundo entero. Su acento tenía más eses de las habituales, consonantes ampulosas que había oído en los Falú.

—¿Te gustó la plaza del mercado? —quiso saber Casimiro. Pese a las protestas de Graciela, la había llevado allí durante la siesta, cuando la plaza estaba tranquila.

—Sí, sí, muy linda, esa plazita.

—¿Te gustaron los Falú? —preguntó él, disfrutando de la conversación. El esfuerzo de remar le había dejado un triángulo de sudor en la camisa.

—Oh, un encanto de gente, esos Falú —respondió Graciela con una sonrisa.

—Y, cielo, ¿lo pasaste bien en nuestro viaje a Puerto Rico?

—Ajá, tenemos hacerlo otra vez —respondió ella, con un acento que volvía a ser llano, cuando Casimiro amarró la barca en la orilla.

Casimiro era un innovador. Graciela pensaba que parte de su encanto residía, además de en su afición a las diabluras, en la manera despreocupada con que le concedía significado a lo trivial y despojaba de importancia a lo respetable. A ella también se le ocurrían ideas innovadoras, pero con más seriedad, para grandes propósitos, o así se lo parecía. Empezó a sospechar que él le succionaba las ideas de los sueños que tenía por las noches. Casimiro insistía en que las obtenía cerrando los ojos y organizando los puntitos de colores que tenía en la mente.

El asunto de los espejos había sido idea suya, por supuesto. Muy pronto todo el mundo en la ciudad le andaba pidiendo que colocara espejos en los costados de las cabezas de sus burros.

—Lo que pasa es que eres demasiado flojo para volver la cabeza —le había dicho Graciela la primera vez que le vio sujetar alambres a las orejas del burro.

—Pero si es una idea condenadamente buena —respondió él, y escupió en los espejos para sacarles brillo.

—Pedazos de un espejo con tanto valor desperdiciados en ese burro. ¿Cuándo me has traído a mí un espejo?

El espejo que tenían en su estrecha habitación estaba moteado de manchas negras entre las cuales tenía que adivinar su aspecto. Lo que conseguía discernir de sí misma se veía alargado en ciertos sitios. Graciela quería quedarse para sí los trozos de espejo de Casimiro y pegarlos al pie de la cama para ver qué era todo ese escándalo que se armaba por allá abajo. O podía romperlo en pedacitos que ponerse alrededor del cuello para que la gente se viera cuando hablara con ella, y actuara como lo haría ante su propio reflejo. Le parecía que ésas sí que eran ideas.

Otra innovación, la de aplicar su destreza con el ganchillo a las matas de pelo de las damas de la sociedad, se consideró de mucho estilo al principio. Ofreció su nuevo peinado yendo de casa en casa en las mejores zonas de la ciudad. Las mujeres que iniciaban las modas y que deseaban volver la cabeza durante las misas permanecían sentadas e inmóviles durante horas mientras Graciela les tejía a ganchillo los rizos hasta formar con ellos impresionantes encajes como velos de iglesia. Tras un buen par de noches de sueño, sin embargo, el cabello quedaba tremendamente enmarañado. Graciela se veía obligada a completar sus servicios con horas de desenredado no retribuidas.

—Nadie quiere acabar con el pelo como una cimarrona —le dijo Casimiro tras oír las quejas del jardinero de una de sus clientas. La empresa de tejer cabellos a ganchillo se extinguió con rapidez.

El propio Casimiro no conseguía entender por qué se ponía tan frenética Graciela con sus ideas, y sobre todo por cómo conseguir el siguiente centavo.

—No hace falta que trabajes tan duro, cielo. Santana devolvió a los esclavos a Haití el siglo pasado.

Con su encanto, Casimiro echaba mano de las cosechas de otros. La gente le daba las gracias cuando se llevaba el fruto ganado con el esfuerzo de su trabajo. Siempre que robaba lo hacía con una sonrisa. Siempre levantándose el sombrero. Yunco, por ejemplo, le servía una copa gratis tras otra con la intención de sonsacarle los divertidos chistes que hacían quedar a la clientela. Y aun así no era raro que Casimiro volviese de lo de Yunco, mucho después del toque de queda, con un vasito en el bolsillo. Ningún artículo era demasiado valioso o demasiado barato para caer en sus manos. Llevaba a casa regalos bien dispares para Graciela. Desde cucharas de peltre y saleros a limones y horquillas para el pelo, la cleptomanía de Casimiro se aferraba a él cual tos persistente. Al día siguiente Graciela se apresuraba a devolver el artículo a quien ella creía que le pertenecía. Nunca daba explicaciones. De forma que Yunco no conseguía entender cómo había llegado su vaso a manos del Gordo y Flavia, la mujer de las masas fritas, acusaba a Desiderio de llevarse su mejor tenedor de cocina.

Cuando se conocieron, Graciela había hecho prometer a Casimiro que la llevaría a diversos sitios. Se negó a verse confinada al mercado, el río y las casas vecinas, pero sabía que de aventurarse más allá por si sola la encasillarían como «mujer ligera de cueros». Ella y Casimiro acudían a algún que otro baile ocasional en el quiosco de música del parque. Antes de que O'Reilly le despidiera por robar de la tienda, les había dado a Graciela y Casimiro un paseo en su Model T. Casimiro no podía mostrarle más de lo que él conocía: las pertenencias de otros, cuentos chinos y ojos brillantes. Guiños, bromas y muchas manzanas más tarde, Graciela volvió a sentir el cosquilleo de la impaciencia en los pies.

Cada vez que Graciela emprendía la larga caminata hacia el mercado se le encaramaba a los hombros la idea de abandonar a Casimiro y Mercedita. Era durante esas caminatas solitarias que se sentía desbordante de valentía. Sí, podía marcharse al cabo de un mes. Tal vez. Lo prepararía todo con antelación. Podía tomar esa carretera secundaria de la que le había hablado Fausto, esa que te dejaba un poco más allá del mercado, hacia el nacimiento del Ozama. Y justo al doblar la curva, cuando veía a la esposa de Tun Tun el panadero —quien la saludaba efusivamente y le preguntaba por Mercedita y Casimiro, por Pai y Mai y en especial por el robusto Fausto, que debería pasar en algún momento a recoger unas bolsas de harina para ellos—, Graciela perdía todo su valor.

Mercedita se había aficionado a los berrinches. Cuando la dejaba en casa de Celeste le daban verdaderos ataques de llanto, a pesar de que sabía que su madre regresaría del mercado al cabo de unas horas.

—Es demasiado chiquita como para controlarme —dijo Graciela cuando Celeste trató de convencerla de llevarse consigo a la niña por una vez—. Lo único que pido son unas horas a la semana.

—No te concedas tantos lujos —repuso Celeste, y no hizo nada por evitar que Mercedita se aferrase a las faldas de su madre.

—¡No estoy huyendo de ti, sólo voy al mercado! —exclamó Graciela soltándose las garras de Mercedita de la falda. Sólo cuando lograba que la voz de su madre se hiciera añicos como porcelana la niña permitía que su cuerpo quedara flácido en el suelo.

A los tres añitos, Mercedita ya sabía reconocer esa mirada ausente que le robaba la atención de su madre. Cuando Graciela se sentaba a la mesa a comer, Mercedita reptaba bajo sus faldas y se quedaba allí hasta que Graciela la apartaba suavemente con un pie.

—¡Vete, carajita, y déjame vivir!

Los dedos de Graciela presionaban las suaves costillas. Entonces, abrumada por el remordimiento, aupaba a su llorosa hijita para plantarle un beso en la frente.

—A esa muchachita le pasa algo —dijo Casimiro mientras cortaba un trozo de carne de vaca que había conseguido agenciarse. Él y Graciela estaban en el cobertizo de la cocina y Mercedita lloriqueaba en el umbral.

—Está de mal humor porque no puede salirse con la suya —repuso Graciela—. Casi, asegúrate de cortar esa carne con mucho jugo de lima y sal.

Él negó con la cabeza y se quejó.

—Pues a ti también te pasa algo. ¿Sabes lo que me costó conseguir esta carne y a ese pedacito de salchicha pa' que me vengas con que no los quieres?

Esa tarde, Graciela había hecho que Casimiro preparase el festín a causa de la repentina y extraña aversión que sentía por la carne fuera de la Cuaresma. Partirle el cuello a una poco frecuente gallina, para luego cocerla, desplumarla, trocearla, aderezarla y cocinarla, la hacía estremecerse de náuseas. Desgarrar la carne le daba la misma sensación que morderse el interior de su propia mejilla. Graciela sabía que no era a causa de un embarazo. Tenía la menstruación religiosamente, y tomaba precauciones cuando se estrechaba contra Casimiro. (La inquietaba pensar en una hilera de carajitos aferrándose a ella; a riesgo de alimentar los rumores de que se había vuelto estéril, fue a ver a escondidas a una mujer de confianza a las afueras de la ciudad para que le preparara una tintura.)

—Con todo el hambre que hay por ahí y mi mujer se me ha vuelto loca —exclamó Casimiro.

Las seis mujeres estaban en cuclillas con sus cestos en la orilla del río, desnudas de cintura para arriba. Sus voces borboteaban al son del agua y había prendas limpias extendidas sobre las rocas, algunas ya secas por el sol. Las mujeres habían llegado todas juntas, y el cesto de Graciela estaba casi vacío. Era la mejor lavandera y frotaba con un chapaleo más rápido y audible que las demás; su ropa acababa prácticamente seca cuando la escurría. En ese momento atenuó un poco el vigor de su colada.

—¿Qué querían que hiciese si el muchacho me vino con un dólar de plata que dijo haber encontrado? —adujo Santa en defensa propia. Dos días antes casi había matado a su hijo de seis años con una fusta. Y no era la primera vez.

—¿Cómo va a encontrarse un muchacho un dólar de plata en estos tiempos a menos que no ande como un pilluelo registrando los bolsillos de los buenos cristianos? Y volveré a hacerlo aunque me traiga la mierda 'e la Virgen.

La lenta corriente del río enjugaba la espuma de las manos de Santa. Su enorme cesto estaba a rebosar de ropa perteneciente a su esposo, sus cuatro hijos varones y a una hija enferma que nunca podía acompañarla. Se salpicó con agua la cara, y Graciela supo que estaba limpiándose algo más que sudor.

—Santa, de verdad que sigo creyendo que el castigo fue peor que el crimen —opinó Celeste. Graciela y las otras tres mujeres permanecieron en silencio. Todas habían recibido y administrado los azotes que les correspondían.

—Ah, ¿y qué sabes tú? A tus hijos los crió su abuela —dijo Santa. Los párpados inferiores siempre le temblaban cuando quería ser desagradable. Y también solían temblarle cuando la petaca que llevaba en la cinturilla estaba vacía. Eso fue lo que le dijo Celeste en respuesta mientras tendía ropa blanca en la rama de un árbol. Como de costumbre, todas a excepción de Santa se echaron a reír.

—Siempre se te va la mano con ese niño —continuó Celeste.

—Soy una mujer recta y hago lo que tengo que hacer pa' mantener a raya a mi familia.

El labio inferior se le curvó hacia abajo y sus pechos se sacudieron. Úrsula tendió una mano para frotarle la espalda a su amiga.

—Pero ¿y si de verdad se encontró ese dólar de plata? —intervino Graciela—. Nunca rechaces la suerte cuando te sonría.

—¿Suerte? ¿Suerte? Mi suerte es tener un burro por marido, cuatro hijos mamones y una hija inútil. —Santa inspiró con los dientes apretados—. Pero de algún modo sigo siendo una mujer recta.

—Bueno, hay veces en que al tratar de probar que somos rectas hacemos barbaridades...

Aunque Graciela hizo cuanto pudo por poner énfasis en el plural, a Santa le temblaron los párpados inferiores.

—Oh, conque hablas por ti misma, doña encubridora de ese ladrón que tienes por hombre. No creas que me olvidé del día en que viniste a mi casa a devolverme el cenicero. Y qué me dices de aquella vez que me envenenaste con tus sobacos.

—Entonces, doña pelos en la lengua, no deberías haber esperado a que te ayudara a moler el café, a pelar ajos y a limpiar la mierda de cerdo de tu mondongo para decírmelo —soltó Graciela. Retorció dos camisas de Casimiro hasta que desaparecieron las burbujas de agua.

Santa se quedó mirando a Graciela, y luego agarró su petaca. Tomó un sorbo y se la pasó a las demás. Úrsula fue la primera en asirla.

—Ah, y tampoco vayas a decir nada de esto —continuó Santa—. Vi lo que te hizo el ponche en la fiesta patronal del año pasado.

—¡Por el amor de Dios, Santa! ¿No puedes por una vez hacer honor a tu nombre? —intervino Celeste.

—Déjenme echar un trago —dijo de pronto Graciela. Se subió la falda mojada y pasó por sobre las rocas hacia Úrsula. Después de tomar un sorbo, arrojó la petaca al río.

—Dejemos que los peces también se emborrachen y se vuelvan estúpidos —dijo. Ya sentía las mejillas arreboladas y casi resbaló al pisar una pastilla de jabón.

—¡Tú, puerca e inútil hija de puta! —espetó Santa. Se puso en pie en la roca más alta, con los ojos echando chispas. El resto de mujeres aguardó para ver cuánto daño había hecho Graciela.

—Oigan ese discurso tan recto —se burló Graciela—. Y ahora está buceando como una boba en busca de su licor.

La falda de Santa se hinchó en torno a su torso desnudo cuando se abrió paso chapoteando hacia el brillo en un remolino.

—¡Esas piedras son resbalosas, Santa! —exclamó Úrsula.

Santa se hundió en el agua agitando los brazos y con el pánico arrugándole el rostro. Graciela no vaciló en quitarse la falda, sin importarle que siempre hubiera ojos de más entre la espesura. Se abrió paso chapoteando hasta Santa, que había recobrado el equilibrio y se inclinó hacia ella.

—¡Apártate de mí! ¿Quién te dijo que necesito que me salves?

—Bueno, pue' aquí tienes tu salvación —repuso Graciela, y le hundió la cabeza en el agua.

Luego nadó de vuelta hasta la orilla y emergió del río resplandeciente.

—Ahora sí se echó su trago y se bautizó al mismo tiempo —dijo. Se escurrió el agua de las trenzas.

Santa había alcanzado la orilla, con la petaca en la mano. Sin mediar palabra, se estrujó la falda y se puso la blusa seca. Entonces reunió el resto de la colada, mezclando lo mojado con lo seco, lo limpio con lo sucio. Úrsula la ayudó a equilibrar toda la carga sobre su cabeza. Ambas dejaron a las otras cuatro mujeres dedicadas a sus tareas.

—Graciela, ponte ya la ropa. Va a verte alguien —dijo una de las mujeres cuando Santa y Úrsula ya no podían oírlas. Graciela se tendió sobre una roca, con los pechos como dos ojos grises mirando fijamente el sol. Le goteaba agua de los muslos.

—Te gusta buscarte problemas con esa mujer —comentó Celeste mientras arreglaba la ropa limpia que había vuelto a empaparse con tantas salpicaduras.

—Mira, pue' ya no me importa. —Graciela se sentó y arrojó un guijarro para hacerlo rebotar en el agua.

—Pero siempre se te va la mano, Graciela. Ya sabes que la bebida mantiene a raya sus problemas —dijo una de las mujeres.

—Bueno, pue' entonces todas deberíamos darnos a la bebida pa' evitar volvernos locas —concluyó Graciela y se puso la falda.

—¿Qué te pasa para andarte quejando de esa manera? —preguntó Celeste a Graciela cuando iban de camino a ayudar a Santa a pelar ajos, moler café y lavar intestinos de cerdo para las próximas festividades del santo patrono.

Graciela mordisqueó una hierba durante unos cuantos pasos. En el valle debajo de ellas vio cómo desmontaban las tiendas que quedaban en el mercado.

—Es que cada año vienen los mismos locos a la fiesta.

Graciela inspiró a través de los dientes apretados. Había logrado que su mal humor fuera tan aparente que Mercedita le había dado la mano a Celeste en lugar de a ella.

—Llevas dentro un espíritu refunfuñón que no te deja comer carne y te revuelve los sesos.

Celeste recogió una piedra y se la tiró a un perro callejero.

—Te dije quién podía sacártelo, Graciela, pero no me haces caso.

—Celeste, ¡estoy cansada de todo esto! —Se detuvo y pateó con los pies. Sus manos estaban abiertas.

—¿Cansada de qué, loca?

—¡De esto! ¡De esto! —exclamó Graciela—. Del mercado, del río, de ayudar a esa borracha desagradecida de Santa a desgranar frijoles cada año para las mismas condenadas fiestas patronales... ¡Con eso no me basta!

Agitó las manos junto a la cabeza como si las tuviera ardiendo.

Celeste y Mercedita se miraron y echaron a andar, dejando atrás a la mujer trastornada.

Graciela abandonó a Casimiro y a Mercedita con sus tres años en la época de sequía, cuando el mango amargo proliferaba con la ausencia de lluvias. Una época de escasez contribuía al esfuerzo de la guerra mundial, de forma que los ricos pasaron hambre y los hambrientos se trastornaron.

La idea de escapar torturaba a Graciela cada noche desde el viaje que hiciera a Puerto Rico ese año, cuando el chirrido de los grillos competía con los ronquidos de Casimiro. Una noche en particular la idea le produjo tales picores que se frotó con alcanfor las enrojecidas plantas de los pies.

El último regalo de Casimiro, una sombrerera, esperaba a ser devuelta a su legítima propietaria al día siguiente. El día siguiente. Lo imaginó mentalmente. Bañarse. Preparar el desayuno. Cuidar de Mechi. Visitar a Mai. Limpiar la casa. Enviar al muchacho de los recados por cosas de comer. Cuidar de Mechi. Preparar el almuerzo. Lavar la ropa de la tina. Acudir a los oficios por la madre fallecida de Celeste. Cuidar de Mechi. Rellenar el bidón de carbón. Coser los pantalones de Casi. Preparar la cena. Ah, y devolverle la sombrerera a su legítima propietaria.

El alcanfor le caló la piel. Y Graciela decidió olvidarse del mañana, dar el salto. Despertarse al alba. Santiguarse. Saltarse el baño. Tomaría prestado el fajo de billetes de Casi, llenaría esa sombrerera y seguiría la carretera secundaria. Encontraría una forma de llegar hasta La Vega.

# Santiago

*1921*

Matasellos: 5 de mayo de 1920

Ponga el sello aquí:

Espacio reservado para la dirección:

Eli Cavalier

Hamburgo, Alemania

Espacio reservado para el mensaje:

Querido amigo:

Con respecto a su solicitud, sirva la presente para ponerle en conocimiento sobre las ventajas que supone el Club de Coleccionistas para los entusiastas de las tarjetas postales. Nuestra especialidad es la belleza *exotique erotique* de los tipos raciales. Hágase miembro de nuestro club.

Los miembros reciben un catálogo mensual durante el período de su suscripción. Como oferta especial, le remitiré diez exquisitas imágenes exótico eróticas, escogidas del impresionante *La belleza racial de las mujeres* de Carl Heinrich Stratz, además de un diccionario que contiene 30.000 términos, si usted me envía los veinticinco centavos para ser admitido a prueba durante un año en este club tan popular. Por favor, hágalo antes de la fecha de caducidad que figura en la presente.

Peter West, presidente

Nueva York, NY

Promocionar el vegetarianismo se había convertido en el objetivo vital de Eli Cavalier. El vegetarianismo era la clave para acceder al alma de cada uno. Cuerpo limpio, mente limpia, alma limpia. Un mundo mejor.

Eli veía a la gente en torno a él abrirse paso con dificultad entre la abundancia y los abusos. Toda Europa había hecho implosión en la mayor guerra que el mundo hubiese visto hasta entonces. Naciones que se peleaban por territorios y alianzas. Civiles esclavizados para producir enormes cantidades de armas, munición y otros suministros de guerra. Millones de personas estaban siendo movilizadas para ejércitos y armadas.

«Tan extravagante ansia de sangre tiene sus raíces en la cultura carnívora.»

Tiempo atrás, mucho antes de que el olor ferroso de la sangre y el retumbar de los tanques estremeciera su país, Eli había empezado a combatir los problemas globales con hojas de lechuga. Vendía su humilde mensaje de paz y vegetarianismo de puerta en puerta, daba conferencias en clubes, se dirigía a asambleas públicas; dondequiera que encontrase una audiencia.

«La carne es difícil de digerir y roba la sangre del cerebro, templo del razonamiento humano.»

Los críticos le tildaban de ingenuo, fanático, ilógico. Después de todo, esa misma proteína cárnica había nutrido su cerebro durante toda su infancia, permitiéndole formular sus estúpidas ideas. La abstinencia de la carne en sí era lo novedoso del mensaje de Eli, lo que le hacía ganarse la vida, de hecho. Y cómo osaba desperdiciar el tiempo en zanahorias cuando había guerras que librar, naciones que defender, enemigos que matar.

El número de contratos de Eli para hacer de orador disminuyó, como también lo hicieron las suscripciones a sus panfletos mensuales. Su mensaje fue mermando cual caldo anémico. El suyo era un susurro en una cacofonía de gente deshecha que cazaba ratas por el aliento de un día más. Muchos colegas de Eli habían desaparecido en el humo de la guerra. Algunos habían huido a vivir con parientes en otros países. Otros vistieron uniformes y aprendieron a comer de latas de dudosa carne. Uno se suicidó. Cuando los soldados saquearon su casa, Eli supo que era el momento de llevar su mensaje a otra parte. Empacó lo que poseía mayor valor para él: sus panfletos y su colección erótica. Su destino era un nuevo territorio, el pacífico Caribe, donde su defensa de los vegetales tal vez fuera escuchada.

El calor hacía que a Eli le fuera difícil recuperar el sueño que le había estado evitando desde que el tren partiera de Sánchez para dirigirse al oeste hacia La Vega. Las palmeras y las casuchas de madera que moteaban el paisaje se habían vuelto monótonas, y el entretenimiento de contar los puestos de piña al paso del tren con sus silbidos le dejó un sabor a bilis en lo hondo de la lengua. Se aflojó la corbata de lazo.

Eli prefería viajar en el vagón más barato de tercera. Le gustaba el olor a almizcle de la ropa de domingo que el sudor ponía mustia.

«La vida aquí se descompone tan rápido como es concebida», había garabateado en su diario.

—¡Noticias, noticias, noticias!

Un niño repartidor de periódicos avanzó por el pasillo. Hojear *El Monitor* le dio a Eli dolor de cabeza, de forma que leyó en cambio sus propios panfletos, y luego trató de entablar conversación con otro pasajero. Compró una panocha a un vendedor en el pasillo, sólo para pasarse la siguiente media hora quitándose raspas de los dientes.

Otros pasajeros le miraban embobados, con la corbata de lazo y el sombrero de paja con cinta de seda que debería haberse quitado. Eli sonrió al imaginar sus pensamientos.

No comprendían cómo un hombre de vestimenta tan formal podía mostrar una conducta tan de pobre, debía de ser un avaro para viajar en tercera, esos extranjeros con los bigotes demasiado atusados para el trópico...

En La Vega, Eli bajó del tren a tomar aire fresco. En una parada importante como ésa había considerable movimiento de pasajeros. La estación bullía de vendedores ambulantes, haraganes, soldados, pilluelos y niños limpiabotas. Los hombres arreaban el ganado por la rampa que subía a los vagones de carga en la parte posterior del tren, y sus voces sonaban groseras. El aire estaba cargado de polvo de carbón. Eli ayudó a una mujer con sus maletas. Comió una masa frita. Un mendigo aceptó sus monedas pero rechazó un panfleto. Entonces tañó una campana en la estación y Eli subió al tren.

Cuando volvió a su asiento, le sorprendió encontrarlo ocupado por una muchacha menuda y humildemente vestida. Complacido, se sentó junto a ella confiando en que nadie viniera a reclamar el asiento. La cara de la muchacha quedaba parcialmente oculta por un sombrero de paja. Contemplaba la multitud congregada en la estación a través de la ventanilla. Sus manos aferraban una sombrerera en su regazo.

Eli supo por las cutículas de sus pequeños dedos morenos que era una muchacha de piel oscura. De pezones purpúreos, quizá. Cerró los ojos y vio los pliegues en que el trasero se encuentra con los muslos. Sintió cómo se le ponía dura en aquel calor. Quiso hundir esa dureza en negrura aterciopelada.

El tren emprendió la marcha con una sacudida mientras la muchacha continuaba mirando por la ventanilla. No hubo indicio alguno de que fuera a volverse hacia él; apretaba la cara contra el cristal.

Eli inhaló.

«Tras mucho experimentar he inventado un medio para

mejorar e intensificar las exóticas emanaciones de las negras», había escrito en su diario en una época más agradable anterior a la guerra. Si se le frotaba la piel con lavanda seca o tomillo fresco o un concentrado de ambos tras un baño en agua salada, opinaba que la mujer negra adquiría un perfume en extremo erótico, bien distinto del aroma insípido de la mujer blanca. Tal era la base de un panfleto que había estado escribiendo antes de su exilio y que esperaba finalizar allí, donde dedicarse a su estudio sería más fácil y mucho más oportuno.

Graciela tamborileó con los dedos en la sombrerera mientras la mano de Eli desaparecía bajo sus panfletos y dentro de sus pantalones. Contempló las oscuras medias lunas de las uñas de la muchacha, sintió una gota de sudor deslizársele desde la frente hasta el labio superior... el carnoso trasero en sus manos, el secreto aroma del deseo envolviéndolo, la última con que jodió, grandota, negra y servicial.

Varios pasajeros miraban por la ventanilla, otros leían o dormitaban. Algunos hablaban con voces monótonas. Demasiado pronto para que nadie advirtiera al hombre bien vestido que se masturbaba bajo unos panfletos.

—¿Qué está haciendo?

La voz atenuó el deseo de Eli. Abrió los ojos para descubrir que el rostro de la muchacha era más enérgico de lo que había esperado con esas manos menudas y morenas.

—¿Se siente mal? —preguntó Graciela bajando la vista del rostro al regazo de Eli.

Los panfletos se arrugaron entre las manos del hombre. Graciela trataba de convencerse de que lo que había creído ver en el reflejo de la ventana era una equivocación. Iba bien vestido, eso sí lo veía.

—Sí, sí, es el estómago. Siempre... esto... me mareo en estos trenes.

Mentiroso, se dijo ella; su español le sonaba extraño pero seguro en los oídos. Su obvia incomodidad la hizo relajarse; después de todo, de haber sido un mal tipo podría haber continuado hurgando en sus panfletos.

—Es la carne que como lo que me pone enfermo —añadió Eli.

Ella enarcó sus cejas pintadas con carbón. El aliento de ese hombre le resultaba fétido, olía como a leche cortada, y ella también había empezado a sentir náuseas por todo lo que había viajado desde que saliera de casa. Aunque había podido encontrar alojamiento temporal y bañarse siempre que se requería una lavandera, Graciela aún llevaba consigo el hedor de los carros de hortalizas o de ganado que la habían recogido durante todo el recorrido hasta La Vega.

—¿Qué carne es esa que le pone enfermo, señó? —quiso saber Graciela.

—Toda la carne. La carne no es buena. No es buena para el alma.

Se dio unos golpecitos en el pecho con los dedos índice y medio. Graciela se cubrió la boca y tragó saliva; otra vez ese olor a leche cortada.

—Sí, sí, señó. Está usted muy enfermo —dijo, y se llevó un pañuelo a la nariz.

—Váyales a los ricos con esa cantaleta de que nada de carne, señó. Así nos dejaran la suficiente pa' que comamos bien —le dijo Graciela a Eli entre bocado y bocado de pan de manteca.

Hambrienta como estaba, Graciela habría vuelto a comer carne con mucho gusto. Le parecía un lujo que alguien se negara a comer carne cuando el hambre distendía barrigas por todas partes. Debería haber escuchado cuando Celeste le advirtió no ceder a tales obsesiones; no debería haberle dado una lección de humildad a Casimiro en su propia cocina.

El orgullo de Graciela era demasiado endeble y el hambre demasiado acuciante como para rechazar la mitad del pan de Eli, así como la carne salada que había comprado para ella en una de las paradas del tren.

—Eh, pero piénselo bien. Es por eso que los pobres son más nobles. Jesucristo también lo dijo. Él sólo comía pescado y pan —le dijo Eli.

Tendió otra hogaza de pan a Graciela. Tenía migajas pegadas al bigote. Le guiñó un ojo.

—¿De dónde es usted, señó, con esas ideas?

—De Alemania. Francia. El francés era mi padre. Pero las cosas están... esto... feas por allá, porque el país de mi padre y el país de mi madre están en guerra. Las cosas están bien feas en todas partes.

Graciela no consiguió imaginar un lugar así: Alemaniafrancia.

—¿A qué clase de animal se parece Alemaniafrancia? ¿A una oveja, a una cabra?

Eli ladeó la cabeza y por fin se quitó el sombrero.

—Bueno, en este preciso momento yo diría que son como buitres. La gente entra en tu casa y se lleva todo lo que tiene algún valor para ti. Imagínese el puente que cruzamos ahora volando por los aires con todos sus amigos en él.

El tren dio una sacudida al tomar una curva con estrépito y los pasajeros jadearon. Graciela dejó escapar una carcajada.

—¿Por eso dejó de comer carne? —preguntó por sobre el barullo.

Graciela se tapó la boca con el pañuelo, en esta ocasión para ocultar que le faltaban los dientes delanteros.

Eli permaneció en silencio. Que los aún no conversos le ridiculizaran no era nuevo para él. Desde que dejara Europa no le había hablado a nadie del bombardeo del puente.

—¿Adónde planea ir? —le preguntó a Graciela—. Ya estamos cerca de Santiago.

—No lo sé —respondió ella, y exhaló un suspiro.

—¿Cómo es que una mujer viaja sola con los tiempos que corren? —Eli inyectó cierta picardía en su voz.

—Eso a usted no le importa —repuso Graciela encogiéndose de hombros.

Eli se arrellanó en el asiento y se mesó los extremos del bigote.

—Por favor, hábleme de las cosas feas de este país —pidió.

—No me enseñá'n a leer y escribir, y a quién le importa un carajo lo que una muchacha como yo piense de esas cosas... —Tironeó de una trenza que le salía por el sombrero—. Este país pertenece a los ladrones. Yanquis, haitianos, dominicanos; todo el mundo tiene las manos manchadas. —Su voz susurrante flaqueó, como si no estuviera acostumbrada a que alguien escuchara sus opiniones—. No pueden criar a sus propios hijos bastardos y quieren gobernar un país. Déjenme mandar a mí —añadió. Hundió el pulgar en el escote.

—Pero usted misma parece estar huyendo. Sería la primera en exiliarse cuando la cosa se pusiera al rojo vivo —contraatacó Eli.

—¿Qué sabe usted de mis problemas, señó? —Graciela inspiró apretando los dientes.

Eli moderó sus preguntas. La escuchó atentamente mientras ella le contaba su sueño de una casa turquesa y sus ideas sobre por qué los yanquis deberían dejar en paz su país. Le contó que quería aprender a leer, y algún día a gobernar un barco.

Eli se aprovechó de la pequeñez de su mundo. Como un granjero que engordara su vaca, embelleció su viaje en barco a través del Atlántico, pero sin mencionar el mareo adormecedor y los quejidos de viudas y huérfanos.

Para cuando el tren llegó a Santiago, Graciela se había comido tres hogazas más de pan y varias lonchas de carne salada.

—Nunca estuve antes en una hostería —repuso Graciela, respondiendo a la audaz propuesta de Eli.

Graciela advirtió la forma más lenta de hablar, los modales menos forzados de la gente en cuanto se apeó del tren. Santiago, la ciudad de los caballeros, el corazón del país, palpitaba incluso en aquel bochorno. Durante un rato contempló a las mujeres de trajes entallados y sombreros de crepe darles órdenes a niños harapientos que equilibraban maletas en sus cabezas. Un hombre con uniforme de revisor tomaba agua de un vaso. Una cadena de presos reparaba un tramo de vía en la distancia. En la avalancha de pasajeros, Eli desapareció brevemente.

Un estruendo salido de lo hondo de la tierra aceleró el corazón de Graciela y le llenó de polvo la falda. Alzó la mirada, esperando que el tren se marchase. Hubo una ráfaga de viento y el rugido creció de intensidad. Sombreros de crepe rodaron por el polvo y niños harapientos cayeron al suelo agrietado. El revisor que bebía agua escupió y cayó de rodillas con los brazos hacia el cielo. Sentenciados, los presos se apiñaron en torno a un almendro. Graciela miró en torno en busca de Eli, para luego salir corriendo hacia el almendro, con la tierra eructando bajo sus pies. Detrás de ella, el tren se retorció sobre sí mismo cual serpiente envenenada. ¿Estaría hundiéndose Santiago como la antigua La Vega? El terror espoleó a Graciela hacia el grupo de hombres que rezaban arrepintiéndose de sus pecados.

—¡Ilumíname, Señor! —exclamó Graciela con ellos. El estruendo se tragó sus gemidos.

En sus veinte años de existencia, la hostería de la Pola había sufrido tres robos, había ardido dos veces y en una ocasión se había visto reducida a un montón de leña por un huracán. Con cada desastre, la Pola había empezado de cero. Los colores y la decoración cambiaban. Las mujeres cambiaban. Y, por supuesto, también los precios. La única constante era un chirrido metálico. La hostería había ostentado previamente los nombres de Mai Pola, Pola Traz, Ama Pola y Pola Quí y Pola Allá, y para cuando llegaron Eli y Graciela se llamaba simplemente Hostería de la Pola.

El terremoto de 1921 asoló Santiago. Cuando Eli y Graciela llegaron a la hostería circulaban rumores de que la tierra se había tragado personas enteras y de que se habían perdido cosechas y ganado.

En La Pola no se cerró un solo postigo. Mientras la ciudad lloraba sus pérdidas, los hombres se dirigían a la hostería a socavarse a sí mismos, a probarse a sí mismos, a beber, a llorar.

—Nada volverá jamás a hacer temblar esta casa construida sobre la sólida roca. —La Pola golpeó con los nudillos la barra del bar al dirigirse a Eli, que estaba allí para extraviarse.

A Graciela, el rosario de cristal que colgaba del cuello de la Pola le pareció hecho de gotas de agua. Deseó que la Pola se lo ofreciera en un vaso, donde se habrían transformado en trocitos de hielo. Y un curioso e implacable chillido salido de alguna parte le latía en la frente. Había sido un día largo y lleno de demasiadas sorpresas, y aunque se alegraba de haber encontrado a Eli en medio del caos, su sed de agua se veía embargada por la añoranza. Lo que daría por un trago largo y fresco de Casimiro y Mercedita, de Mai y Pai, por saciar esa culpa arenosa que llevaba lacerándole la garganta desde que se fuera.

La Pola arrugó la nariz indicando a Graciela.

—Y ¿quién es esta?

—Esta... es Graciela. Mi mujer por hoy, ya sabe. —Eli le guiñó un ojo a la Pola y rodeó con un brazo a Graciela. Con el pulgar y el índice la pellizcó para que no hablara.

—No puede quedarse. ¿Qué se cree la gente que soy yo aquí, ah? —La voz de la Pola sonaba áspera de cuarenta años de llevar un negocio, y más recientemente de fumar en pipa.

—Pero pagaré por su estancia. Usted ganará su dinero.

—El haitiano dijo que sólo vendría usted. Y dígame, ¿compra usted comida en una cantina para comérsela en otra?

—Cuidado con lo que dices, vieja. Tú no sabes nada de mí —le dijo Graciela arrancándose del brazo los dedos de Eli.

La Pola esbozó una ancha sonrisa de dientes de oro. En Graciela veía la misma inexperiencia y el mismo apetito que habían sumido a tantas de sus muchachas en la cloaca del negocio, que habían conferido tanto brillo a sus dientes. No, Graciela no obtendrá tanto dinero como las muchachas más blancas, pero el tacto de esa piel atraía a los extranjeros como aquél. Y el bajo de esa falda podía levantarse un poco por detrás. Potencial. Esa vaca, se dijo, precisaba que la engordasen.

La Pola se quitó el collar de cristal y se lo puso a Graciela. Semejante oferta de paz repentina humedeció los labios de Graciela.

Eli pagó por dos habitaciones. El precio era más alto para las estancias de noche, y ese día en particular había más tráfico del habitual en la Hostería de la Pola. El terremoto no sólo había desplazado a muchos hombres, sino que les había convencido de que el mundo se acababa y que ya era hora de arrepentirse o de pecar.

La Pola dejó a Eli y Graciela sentados en el bar. La botella de ron macerado en hierbas que Eli había comprado se hallaba entre ambos.

—Es la mejor mamajuana que he probado —dijo Eli y le pasó un vasito a Graciela.

Aunque ella había bebido muchas veces con Casimiro durante las fiestas, ese ron le rasgó la garganta como una espada y luego le erizó los brazos.

Entre trago y trago, Eli le contó lo que había sabido por su colega haitiano: que la Pola siempre había sido más mujer de negocios que prostituta, que se parecía más a su tatarabuelo que a las mujeres que la habían precedido.

—Eh... y eso que el oficio lo lleva en la sangre. Su madre, su abuela, su bisabuela, su tatarabuela; todas pecaron por dinero. La leyenda dice que el negocio familiar se inició con la violación de la tatara tatarabuela de la Pola, una esclava en los tiempos de las colonias, antes de las rebeliones de esclavos de ustedes. Quirós, un amo de esclavos enviado por el mismísimo demonio, hacía que esclavos desnudos le sirvieran las comidas y cortaran caña en sus plantaciones. Más astuto que un codo, como dicen ustedes, hizo fortuna con sus tres obsesiones: dinero, sexo y sangre mestiza. Decía que la mezcla de sangre arrojaba mejores frutos que el original. Jo, el muy hijo de puta engendraba sus propias criaturas para venderlas, y hacía tratos mientras las muchachitas aún estaban mamando. ¿La tatara tatarabuela de la Pola? Pues fue la primera de sus esclavas en abastecer su reserva. Pero los Quirós llevaban la prostitución en la sangre mucho antes de que apareciera él. De su propio abuelo se decía que era una de las sanguijuelas originales que andaban detrás de la plata desde los tiempos de los tainos. Esos cabrones cachondos jodían hasta con las patas de las mesas por la falta de mujeres. Tuvo que importar de nuestra Europa a las fulanas, a las que no les importaron los mareos, ni luego la fiebre amarilla y sabe Dios qué más...

Eli soltó un grito y golpeó la barra, volcando la botella de ron. Levantó el vaso. Graciela no había esperado algo así de él.

—¡Salud! ¡Que Dios bendiga este amado país!

Se inclinó hacia ella, le agarró la barbilla y le plantó un beso en la nariz.

La habitación de Graciela estaba amueblada con una cama y una mesita de noche. Además de una ponchera y una pastilla de jabón, en la mesita había una estatuilla de la Virgen de Altagracia. El rostro, antaño de delicado detalle, estaba desportillado. Era una mujer sin rostro con los brazos extendidos.

—Tu habitación es un lugar sagrado que evita que los hombres deshonren animales, mujeres virtuosas y, el Cielo lo prohíba, deshonrarse unos a otros —le había dicho la Pola a Graciela al entregarle la llave.

Junto con el collar de cuentas, Graciela arrojó la estatuilla y la pastilla de jabón en su sombrerera. Luego se dejó caer en la cama y observó las vigas del techo dar vueltas encima de ella. Rara vez pasaba la noche en otra cama que en la suya, nunca había bebido tanto ron como para dejar que un bigote rizado y relatos de fulanas y esclavos le aceleraran el pulso.

Arrugó la nariz. La embriaguez había embotado su sentido del olfato y se sintió desorientada. Pero ¿no era eso lo que había querido, experimentar lo desconocido?

Casimiro y Mercedita, sin embargo, volvieron a frotarle la conciencia como dos piedrecitas moviéndose en un zapato. ¿Y si el terremoto les había alcanzado también a ellos? La Pola había dicho que sólo había afectado el norte, pero ¿qué podía saber una vieja fulana desdentada? A Graciela le martilleaba el dolor de cabeza; no conseguía ignorar los chirridos metálicos que llegaban del exterior.

—¡Mercedita! Ay, ay, ay —gimió.

No podía permanecer en la cama, que subía y bajaba como un barco en alta mar en pleno temporal. Se levantó y se apoyó contra la pared. Así que éste es el mareo que se siente al navegar, se dijo, y saltó de nuevo al barco. Ahora daba la sensación de que la cama se estuviera hundiendo. Y Graciela recordó el día antes de su marcha de casa, cuando Mercedita había tenido una de sus pataletas. Había estado bajo su falda durante el desayuno, aferrándole las pantorrillas con los brazos, hasta que Graciela la había hecho salir gateando de un fuerte puntapié. No había sentido remordimiento... hasta ahora.

—¡Levanta a la muchacha y dale un beso en la frente, estúpida! —exclamó en voz alta y se sentó en la cama para intentar detener el hundimiento—. Y ¿qué estás haciendo tú en este momento, Casimiro? —murmuró negando con la cabeza. Probablemente su rutina de siempre: tomando su trago de la tarde en el bar de Yunco, con terremoto y todo—. A tu salud también, Casimiro —susurró brindando con un vaso imaginario.

Graciela volvió en sí con el rasguear de una guitarra. Parecía proceder del bar en el otro extremo del patio, donde la noche empezaba a tramarse. En la habitación contigua tosió un hombre. Entonces Graciela oyó llamar a la puerta, y una mujer fornida entró sin esperar respuesta. Sin hacer ruido, avanzó con dificultad llevando una tina de un tamaño que Graciela jamás había visto y la dejó a los pies de la cama. Se marchó con el mismo silencio, dejando la puerta abierta.

Graciela se asomó desde el umbral para ver el patio al que daban las veinte habitaciones de La Pola. En el centro, como el eje de una rueda, una estatua votiva de la Virgen de Altagracia contemplaba desde lo alto las flores y ofrendas que la rodeaban. Vio la fuente de aquel chirrido: a un lado había una bomba de agua, que la mujer robusta había estado accionando. La mujer volvió a la habitación de Graciela con dos cubos de agua que había dejado al sol de la tarde para que se calentara.

—¿Y eso? ¿Para quién es? —preguntó Graciela cuando la mujer arrojó en la tina llena unos terrones de sales que había extraído del delantal.

—El hombre con el que venir, él lo mandar pa' usted. Métase antes de que se enfriar —añadió evitando los ojos inyectados en sangre de Graciela.

Ésta percibió en sus palabras el mismo acento haitiano que en la cháchara de los vendedores del mercado.

—Antes de dejarle, hágale lavarse también, ahí. —La mujer indicó la ponchera con el labio inferior, y añadió—: Esos yanquis son los que venir con una sífilis tremenda tremenda.

—No, él es de Alemaniafrancia —soltó Graciela para que la mujer supiera qué lugar le correspondía.

Cuando la mujer se marchó, Graciela se mordió el interior de la mejilla. ¿Sería correcto que Eli le mandara agua para el baño? Vio una imagen fugaz de sus propias manos frotando con limón una gallina de Guinea para cocinarla.

—El diablo siempre anda jugando con mi guandú —dijo, y se frotó la frente.

La tina. Graciela se levantó de un salto y dio brincos alrededor de ella. Nunca se había lavado en una. Normalmente se agachaba en un cobertizo detrás de la casa y se echaba agua con una taza, o se zambullía de cabeza en el Ozama. La mugre del largo viaje en tren y el polvo del terremoto y de la caminata hasta la hostería pronto se pegaron a los bordes de la bañera. La circunferencia de la tina le impedía sentarse cómodamente, de forma que se arrodilló. El polvillo de las sales en el fondo se le hincó en las rodillas, donde el arroz grabara sus marcas tantas veces antes.

Más tarde, en la cama, la luz del farol de fuera trazó una banda en su vientre. Aún oía las notas amortiguadas de una guitarra. El agua se le había secado en la piel, dejando un leve veteado de sal. Balanceaba una de las piernas fuera de la cama. La posibilidad de que alguien abriera la puerta le cosquilleó en la mente. Tenía los brazos extendidos y bostezó.

No mucho después, Eli entró sin llamar.

—Pareces tan satisfecha como el gato que se comió al canario —dijo.

Se había quitado la chaqueta y sólo llevaba pantalones. Su voz rezumaba una nueva autoridad, como si aquélla fuese su propia casa.

—Siéntate —ordenó.

De una pequeña bolsa extrajo unas hojas secas. Le abrió las piernas a Graciela y le frotó el vello púbico.

—Levanta los brazos.

Le hizo lo mismo en las axilas.

—¿Pa' qué es? —quiso saber Graciela, decepcionada por la enérgica indiferencia de Eli ante su desnudez.

—Estoy condimentando mi comida. ¿Sabes? Las otras fulanas ya están celosas de ti —continuó mientras le frotaba tomillo y lavanda bajo los muslos.

—¿Qué fulanas? —preguntó Graciela encogiéndose ante aquel masaje. Se supo observada desde el instante en que ella y Eli habían entrado en La Pola. Pero jamás habría esperado que su desaliñado estado despertase la envidia.

—Sí, sí. Tienen envidia de todo. De un baño. Del agua caliente. De mi dinero. Esa criada habla. —Eli soltó un bufido—. A una le marcaron toda la cara por darse aires.

—Yo no me doy aires, y también sé marcar caras —susurró Graciela.

—Hay cosas que por naturaleza están hechas para el puro deleite... Levántate. Déjame que te vea.

La hizo caminar alrededor de la tina. La hizo inclinarse desde atrás. La hizo levantar los brazos. La hizo soltarse el cabello.

Ella hizo eso. Y más.

En la cama, Eli la olfateó. Una bestia en plena caza. Cuando yacía tendida boca abajo, su olor a leche cortada hizo que a Graciela le picase la nariz cuando él arremetió para penetrarla. Apretar los muslos amortiguaba el escozor. Trató de frotarse contra la cama para obtener algo de placer. Con la palma de una mano, Eli le presionó la parte baja de la espalda hasta que Graciela sintió ceder algo en lo más profundo de su ser y no pudo moverse.

«Ándales detrás a los machos, si crees que eso es libertad. Sólo acabarás como cuando empezaste», le había gritado Mai el día en que siguió a Silvio. Y le había hecho la misma advertencia al oído cuando le abrió su puerta a Casimiro.

Y ahora la voz de Mai volvía a resonarle en la cabeza con Eli sentado junto a ella en la cama, garabateando en una pequeña libreta. Graciela estaba apoyada en un codo, estudiándole al tiempo que trataba de masajearse los doloridos labios vaginales. Mai siempre le hablaba en la mente, pero Graciela intentaba pulverizar las palabras en cuanto le llegaban. De no hacerlo, las palabras la atarían de manos y pies.

El rápido movimiento del artilugio de escribir en la mano de Eli atrajo la atención de Graciela.

—¿Qué haces? —quiso saber.

—Sssh. Recetas y meditaciones —respondió él sin alzar la mirada.

¡Qué vaina tan absurda! ¿Cómo podía un hombre pensar en cartas en un momento así? Graciela le observó llevarse el lápiz a la boca para luego seguir garabateando en la libreta. Estuvo tentada de pedirle que la enseñara a leer y escribir, pero Eli parecía perdido en un mundo secreto, privilegiado.

—Son unos locos, ustedes —soltó Graciela.

Se apartó de él y quedó contra los paneles de madera de la pared. Quizá Mai había estado en lo cierto. Los hombres no eran más libres, pese a toda su movilidad. Qué ridiculez haber esperado que Silvio, Casimiro, o incluso el loco sentado junto a ella le ofrecieran un mundo que no estaba en su mano darle.

Por la mañana Eli se había marchado. En la tina, una capa de suciedad flotaba en el agua. Briznas de lavanda y tomillo persistían en los intersticios del cuerpo de Graciela. El alba era pegajosa y sin brisa. Asomó la cabeza por la puerta para comprobar que no hubiese nadie en la bomba del patio.

Había transcurrido una semana entera desde que empacara en la sombrerera el vestido de los domingos y sus pocas pertenencias: un cepillo y un peine, carbón para las cejas, un pañuelo de cabeza, aceite de coco, el dedal de porcelana de los Falú. Con la quietud de la mañana llegaba la añoranza. No estaba acostumbrada a oír el silencio de los borrachos noctámbulos que dormían hasta pasado el mediodía.

Echaba de menos los gorjeos matutinos de Mercedita y los trajines de Casimiro en el patio. Quizá debió haber sucumbido a la punzada de culpa que sintiera el día anterior, cuando paró una calesa que la llevó hasta la estación de ferrocarril en La Vega. Una culpa que chisporroteó a su llegada a La Vega, cuando el parlanchín conductor señaló una gigantesca protuberancia en la distancia. «¿Ve ese crucifijo que sale del suelo? Dicen que era la aguja de una iglesia de la antigua La Vega, antes de que Dios hundiera esa Sodoma y Gomorra.» El conductor había vuelto a sus caballos e hizo restallar el látigo, dejando que Graciela se preguntara cómo podría estar enterrada debajo de ella una ciudad entera. Dios y sus designios, se dijo, deseando de pronto ver el polvo carmesí del camino de vuelta a casa. Con la sombrerera bajo el brazo, se había lanzado a la aventura sin atreverse a mirar atrás, no fuera a convertirse en sal, a perder el coraje y a esperar que Casimiro saliera al camino para llevarse de vuelta a su salada mujer.

En ese momento, en La Pola, Graciela usó los cubos para vaciar el agua y luego arrastró la tina hasta la bomba. El traqueteo despertó a visitantes y trabajadores. Una mujer emergió de su habitación, con los ojos hinchados de dormir, y se apoyó contra la jamba con los brazos cruzados.

—¿Quién te dijo que podías usar nuestra reserva de agua? —exclamó.

Graciela se volvió para mirar la huesuda figura de la mujer.

—Vete al diablo —respondió, y continuó llenando un cubo de agua. La mujer, a la que llamaban Sopa de Hueso. desapareció en su habitación para luego volver a salir.

—Di eso otra vez pa' que te pueda oír —dijo la mujer con más coraje ahora.

—Que te vayas al diablo.

Graciela fue derribada. El agua de la bomba le entró a borbotones por la nariz. Trató de zafarse de las manos que la estrangulaban. Se oyó un áspero ladrido. Sintió que algo le adormecía la mejilla. Comprendió que los ladridos procedían de su propia garganta. Cuando se incorporó y se tocó la mejilla, la mano se tiñó de rojo. Graciela pensó que se había cortado la mano y se la palpó en busca de una herida. La mujer, Sopa de Hueso, se vio rápidamente rodeada por una multitud de gente en todos los estados de vestimenta y desnudez que se congregó junto a la Virgen de la Altagracia. La Pola se abrió paso entre la multitud. El cabello alborotado le enmarcaba la cara y un pecho amenazaba con salírsele del camisón.

—Levántate, rata inútil. Barriadas enteras se han derrumbado como naipes en este valle y yo soy lo bastante amable como para dejarte quedar cuando mi propia gente está en la calle. Cómo te atreves a causarme problemas.

La Pola dispersó a la multitud sin decirle una palabra a Sopa de Hueso, su mujer más rentable.

Graciela se lavó la cara en la habitación, pero la mejilla siguió sangrando. Gruesas lágrimas le manaban de un pozo más profundo que sus ojos. Entonces, un golpe a la puerta fue seguido por la mujer que le había traído la tina. Limpió con un trapo empapado en ron la mejilla de Graciela. Tuvo buen cuidado de evitar el contacto de sus manos con la sangre.

—Vaya vaina estar hecha Sopa de Hueso, ¿eh? —comentó la mujer, y meneó la cabeza—. Debiste esperar a que yo te traer agua limpia...

Graciela apretó los dientes para soportar el escozor. La mujer se negó a darle un trago de ron de la botella.

—No querer tu sífilis yanqui en mi botella —dijo, todavía frotando la herida con suavidad.

—¿Y esa vaina? ¿Pa' qué es?

Graciela se encogió ante la aguja y el hilo en la mano de la mujer.

—Pa' tu herida. Yo la coser por ti. Ahora recuéstate —ordenó. Como Graciela se resistió, la mujer tiró de ella hacia atrás y añadió—: Fea ahora, linda más tarde, ¿o fea ahora y fea más tarde?

Fueron puntos bien prietos que hicieron a Graciela morder el abultado fajín del vestido de la mujer.

—Te decir una cosa. Irte de aquí si apreciar en algo tu vida. Ese yanqui y la Pola no te desear más que maldades —susurró la mujer después de haber hecho un nudo limpio y cortado con los dientes el hilo sobrante.

Graciela se tocó los puntos.

—Confiar en mí. Las lágrimas no van a salvarte. Te ayudé sólo po'que tener una cuenta que saldar con la Altagracia.

Unas horas más tarde, como le habían indicado, Graciela esperó a que la criada se arrodillara ante la Virgen de Altagracia en el patio. Entonces, con la sombrerera bajo el brazo, se escabulló por uno de los senderos que llevaban a la puerta trasera del bar. Se entreparó un momento y, cuando la mujer se santiguó, corrió pegada a la pared hasta la puerta del bar, por donde ella y Eli habían llegado. El jolgorio de la noche anterior pendía en el aire oscuro y húmedo como un vapor rancio. En el otro extremo del bar, la salida a la calle era un rectángulo de sol.

El terremoto se había comido las vías del tren en la estación. De las fisuras por toda Santiago salía vapor como si a través de ellas se liberase la fuerza vital de la ciudad. La gente creía que los espíritus de los cementerios emergían por las noches para dar instrucciones sobre cómo hallar tesoros enterrados en los tiempos coloniales. Un hombre decepcionado que buscaba fortuna se topó con un jarrón taino intacto, que usó de recipiente para escupir. Las iglesias se llenaron de arrepentidos. Había funerales por todas partes. Las procesiones llevaban a veces ataúdes vacíos (los cuerpos de los desaparecidos quizá luchaban todavía por respirar bajo un montón de escombros). Aquellos que deseaban recuperar su vida de siempre se afanaban en la reparación de sus hogares y tiendas.

Tras horas de caminar entre escombros y con la sombrerera encima de la cabeza, Graciela se detuvo para sentarse en un puesto de fruta abandonado. La sed le soldaba la lengua al paladar; el río que cruzara kilómetros atrás estaba turbio. En el suelo había una naranja aplastada y Graciela se las arregló para exprimir las gotas suficientes para humedecerse la garganta. Luego continuó caminando en busca de agua.

Con la herida palpitándole como un corazón, recordó cómo el colchón de paja en que ella y Casimiro dormían se hundía deliciosamente en el centro. Y volvió a repetirse mentalmente la melodía de los gemidos de Mercedita. Cerró los ojos para recordar la fragancia del retrete exterior, así como la música de las goteras del techo y de los ratones de campo celebrando un festín en el bohío de la cocina. Cuánto daría en ese momento por oír una regañina de Celeste.

Más allá había un grupo de árboles, algunos de los cuales habían caído y bloqueado el camino. Un cerco de arbustos ocultaba parcialmente una casa de cemento, con un automóvil y un carruaje y su caballo aparcados en la parte delantera. De la casa llegaba una música apenas audible. Presa del temor, Graciela abrió la portezuela de madera que daba paso a la propiedad.

Cuando se aproximaba a la casa, la música creciente le sonó extraña; restallaba como si la estuvieran cocinando en aceite caliente. Al acercarse más aún, descubrió que la puerta de la casa estaba abierta. Se detuvo en los peldaños del porche, mordiéndose el labio. ¿Debía recorrer la propiedad a hurtadillas en su búsqueda desesperada de agua?

—¿Hola? —exclamó.

La música sonaba como si la estuviesen tocando en vivo, y sin embargo la casa parecía desierta.

—¿Quién anda ahí? —respondió una voz de timbre infantil.

Al cabo de unos instantes apareció una mujer joven de mejillas carnosas y ojos risueños. La boca trazaba una línea fina y áspera en su rostro.

—¿Sí? —preguntó, midiendo a Graciela con una rápida mirada.

—Buenas tardes, señá; llevo caminando todo el día. ¿Sería posible tomar un trago de agua, quizá algún remedio pa' el dolor?

Graciela se llevó una mano a la palpitante mejilla.

La mujer la invitó a pasar. A Graciela la satisfizo comprobar que la cocina no era un cobertizo de techo de paja como el suyo sino que formaba parte del resto de la casa. Una enredadera con flores serpenteaba en la pared de la cocina. Y se sintió encantada al ver manar agua de un caño plateado en la pared, la mejor agua que hubiera probado jamás.

—Gracias por el agua, y por las píldoras —dijo después—. Su casa es una belleza.

Los ojos de la mujer siguieron mostrándose risueños y le preguntó a Graciela qué aspecto tenía el resto de la ciudad después del terremoto. Graciela describió cuanto pudo mientras observaba la blusa de volantes de la mujer y se avergonzaba de su propio y raído vestido de domingo.

—Usted no es santiagueña. ¿De dónde es?

Sus finas manos eran tan suaves como las de Mercedita.

—Estaba ocupándome de mi familia aquí. Pero el terremoto se los llevó —dijo Graciela, y se señaló los supurantes puntos en la mejilla.

Los ojos de la mujer se empañaron, para luego volver a iluminarse. Explicó que el servicio que tenía a sueldo se había marchado a los funerales y que no pensaba humillarse más con las tareas domésticas cotidianas.

Un hombre irrumpió en la cocina y se entreparó un momento al ver a Graciela.

—Así que te conseguiste una jeva nueva. Bien, esta casa se estaba convirtiendo en un nido de perros —dijo mientras se lavaba las manos en el fregadero.

—Humberto, esta mujer dice que la ciudad es un espanto. Mírale la cara. Y yo que pensé que el muchacho de los recados mentía cuando dijo no poder encontrar queroseno.

Por su voz almibarada Graciela supo que el hombre era su esposo.

—No te preocupes por esas vainas. Yo ya me ocupé de todo —repuso él. De las mangas de su camisa explotaban dos musculosos antebrazos.

Graciela no había querido más que agua. Ahora tenía que planear su siguiente movimiento. Las únicas maneras que tenía de viajar hacia el sur, hacia la capital, eran a pie, en burro, en carro o, si el Cielo lo permitía, en automóvil. Se preguntó si Mercedita y Casimiro podrían pasar sin ella unos días más. La verdad es que le molestaba pensar que pudieran estar perfectamente bien. Entre toda aquella agua corriente, la pesada cubertería y la blusa de volantes de la mujer, Graciela se convenció de que Mercedita estaría sin duda al buen cuidado de Mai o Celeste y de que lo más probable era que Casimiro hubiera encontrado una sustituta en el bar de Yunco.

Ahora estaba aquí, pues, con un vaso de limonada con un pedazo de ¡hielo! flotando, cuando todo lo que había pedido era agua. Cuando el dolor de los puntos se le hacía insoportable, Ana le ofrecía más medicamentos. Y unas galletas de almendra le aliviaban su apetito feroz. La sensación de haber logrado algo la invadió en oleadas. Sólo unas horas antes la estaban cosiendo como la muñeca de trapo que antaño hiciera para Mercedita. Pese a las momentáneas punzadas de añoranza, Graciela prefería la incertidumbre de sus ansias de conocer mundo que las ensoñaciones de la rutina. Demasiada curiosidad para su propio bien, le habían dicho siempre Mai y Pai. Pero Graciela creía que ni Celeste ni Casimiro, ni Mai ni Pai podrían comprender el placer que suponía dejar que el riesgo despertara cada uno de sus sentidos del estupor de la rutina. La gente de allá, de su hogar, se contentaba con ser espectadores de sus propias vidas. Graciela se sentó más erguida en la silla.

—¿Cuánto paga usted, señó? —preguntó Graciela a Humberto, que arqueó las cejas.

—Ana, dile a la muchacha esa que dispondrá de las dependencias de los criados en la parte de atrás, de manutención y de una modesta asignación, y que he echado a varias jevas por robar. Y dile que yo soy mucho más que señó.

—Pero ¿cuánto paga, señor? —se corrigió Graciela.

Humberto la estudió como si hubiese algo familiar en su cara en forma de corazón. Graciela se tapó la reciente cicatriz en la mejilla; sabía que le daba aspecto de descarada.

—Ya hablaremos sobre eso, tú y yo —le susurró Ana a Graciela.

Humberto salió de la cocina para ocuparse de lo que, según dijo, eran asuntos más importantes.

A cambio de la habitación, la comida y una modesta asignación, Graciela rompió platos y manchó preciosos tapizados. Quemó cenas y cosió con puntadas torcidas. Mai se habría sentido avergonzada. Aun así, Ana Álvaro la trataba bien, mientras que Humberto andaba por ahí dando órdenes.

Los Álvaro habían hecho su fortuna recientemente. El final de la Primera Guerra Mundial había apartado el apetito del mundo de la sangre para centrarlo en el azúcar, el cacao, el café y el tabaco, un baile repentino, en que podían hacerse millones en ciudades como Santiago que producían tales exquisiteces. Parques, carreteras, teatros, clubes sociales, negocios y casas de cemento brotaban como malezas. Humberto y su suegro estaban muy metidos en las industrias del tabaco y el azúcar cuando empezó el boom. *La voz de Santiago* cubría regularmente los eventos sociales de los Álvaro, que la pareja celebraba para exhibir sus más recientes importaciones. El matrimonio de Ana con Humberto había unido a dos familias no muy alejadas en la fuente genética local. Era cuestión de mantener en el seno de esas familias no sólo el dinero fresco y reciente, sino también la sangre española de los primos.

En 1921, cuando el ragtime salido de su flamante Victrola atrajo a Graciela a su umbral, la remolacha azucarera volvía a prosperar en Francia y los bolsillos del mundo, desgarrados por la guerra, se estaban remendando a mano. El tabaco y el azúcar de los Álvaro ya no alcanzaban precios tan altos para entonces. El baile de los millones estaba tocando a su fin.

Durante su breve empleo, Graciela ayudó a Ana a deshacerse de pilas de catálogos de Sears (algunos de los cuales metió a hurtadillas en la sombrerera). La ingenuidad de Ana la sorprendía. Tenían la misma edad (dieciocho años) y Ana sabía leer y escribir, había estado en la mayor parte de provincias del país y tenía posesiones que Graciela sólo podía conjurar en los cielos. Y sin embargo a Graciela le recordaba a una niña pequeña que no tuviese a quién enseñarle sus juguetes: sus chucherías y vestidos, sus muebles y cajas de música, sus muñecas de porcelana y hasta el mismísimo parasol que Graciela hubiese visto en las nubes.

—Ven aquí —la llamó Ana en una ocasión en que Humberto estaba en la ciudad o en otra tanda más de «asuntos importantes»—. Deja que te enseñe algo.

Fueron al dormitorio principal (donde Humberto y Ana llevaban todo un año tratando de concebir, sin éxito). Del vientre de un ropero de cedro Ana extrajo un libro.

—Yo no sé leer, señá Ana —dijo Graciela.

—No voy a enseñarte nada escrito. Éste es mi álbum. Y tienes que llamarme señora, boba.

Ambas se sentaron en el suelo y Ana abrió el libro. En sus páginas había pegadas tiras con escenas variadas. Un hombre empujaba un carrito con caña de azúcar. Una mujer con voluminosos rizos que salían de su sombrero sostenía el parasol que tanto obsesionaba a Graciela. Una casa enorme con muchas escaleras y una bandera azul, roja y blanca ondeando en un asta. Un hombre y una mujer sonreían con dentaduras inusualmente blancas.

—¿Y esta gente? —preguntó Graciela pasando las manos por la imagen para captar algo más allá de la imagen plana.

—No hagas eso. Podrías estropear la foto de mi boda.

Ana le apartó las manos agarrándoselas de las muñecas.

—¿Ésos son ustedes? —preguntó Graciela al tiempo que acercaba la cabeza a la fotografía. Luego volvió a echarse hacia atrás y rió.

—Sí. Somos nosotros.

Ana sonrió, divertida por la diversión de Graciela.

—Sus dientes. Sus dientes son tan blancos como los de los caballos.

Graciela continuó riendo tapándose la boca. No lograba entender por qué Ana parecía tan orgullosa de estar en esa imagen con los dientes tan blancos.

—Fuimos al estudio de la ciudad después de la boda y... ay, vaya día espléndido fue, pero tuve que pedirles que retocaran las flores... ¿lo ves?, y que iluminaran un poco más a Humberto, y luego hicieron lo de los dientes...

Ana resiguió con un dedo las partes más blancas de la fotografía, con el entrecejo fruncido. Luego se levantó para enseñarle a Graciela algunas poses. Graciela la observaba en silencio. El estómago le dio un vuelco ante la idea de estar ella en una de esas imágenes. Con Silvio. Ella y Silvio (él con los ojos abiertos, nada menos) probablemente también estaban siendo observados en alguna parte. Sintió ardor en los ojos.

—Un año hace ya—dijo Ana. Acarició el cubrecama, blanco y bordado a mano. Una lágrima le resbaló por la mejilla.

—¿Por qué esas lágrimas, señá... señora? —preguntó Graciela tratando de contener las suyas. No podía sentir lástima de Ana, que alzaba la mirada hacia el techo artesonado, donde los querubines del papel pintado acababan con su retozar y la araña lanzaba destellos bajo la luz de la mañana.

—Mai solía decir «Ándales detrás a los machos si crees que eso es libertad. Sólo acabarás peor que cuando empezaste» —dijo Graciela.

Ana bajó de nuevo la mirada hacia la foto de boda. Al mirar a su vez a la pareja, Graciela recordó a Silvio exactamente como era cuatro años antes. Quizá visitaría el almacén cuando regresara a casa. Suspiraba por ver de nuevo a Silvio para borrar la imagen de un cadáver flotando a la deriva.

—Dios quiera que sus dientes no sean tan blancos —dijo Graciela y se llevó los dedos al hueco en sus propios dientes.

Ana cerró el libro de golpe y lo arrojó al interior del armario.

—Eres tan vulgar. Mira que lo intento contigo, pero sigues siendo igual de vulgar —repuso meneando la cabeza.

Graciela lo lamentó de inmediato. Había desaprovechado otra oportunidad de ver más de las posesiones de Ana y quizá de recibir algún regalo de rebote. La risa siempre se apoderaba de ella en los peores momentos.

—Ve a acabar de fregar el porche antes de que Humberto vuelva a casa para la siesta —concluyó Ana.

Graciela vivía en las dependencias del servicio, pero Ana, por pura soledad, le permitía el acceso al resto de la casa cuando Humberto estaba fuera. Graciela ya no se sorprendía ante los intrincados mosaicos del cuarto de baño. El agua cristalina y los baños cotidianos de agua caliente perdieron su novedad. Y satisfacía con facilidad sus ansias de comer la carne que tanto escaseaba en esos tiempos de hambruna —jamón y morcillas, gallina de Guinea, vaca, cabra, pavo, conejo—, y no le preocupaba distinguir entre el hambre y la glotonería. Ahora sentía pavor de imaginar que regresaba a casa, a suelos sucios y a jarras de agua llenas de larvas.

Graciela también entendía que las comodidades por sí solas (o el privilegio de tener la piel blanca) no garantizaban el regocijo eterno. Por las noches oía romperse la porcelana bajo los aullidos de ópera procedentes del fonógrafo; los instrumentos de cuerda y la voz de barítono de Humberto amortiguaban la voz de Ana. El temor a que la descubrieran le impedía levantarse de su cama en las dependencias del servicio y acercarse a la casa para descifrar los murmullos.

Ana estaba al corriente de los problemas de dinero y de los asuntos importantes de Humberto. El día en que sacó el álbum para que Graciela lo viera había deseado desesperadamente compartir su angustia con una amiga. Tras su magnífica y ampliamente divulgada boda, no se atrevía a quejarse a su familia y sus damas de honor sobre su matrimonio en descomposición.

Mientras Ana se echaba un sueñecito en la hamaca cierta mañana, Graciela limpió el dormitorio principal. Los ojos hinchados y una irritabilidad infantil eran el precio que Ana pagaba por la falta de sueño. Esa mañana Graciela había barrido los pedazos de porcelana rota sin que se lo dijeran, para luego meter a escondidas una taza de té y su platillo en la sombrerera mientras Humberto preparaba el caballo y el carruaje para ir a la ciudad. Antes de eso, Graciela y Humberto habían estado solos, en la cocina, y él se había quejado, a nadie en particular, de que la escasez de gasolina en el maldito país le impidiera usar el coche y le obligara a llevar el carruaje como un campesino cualquiera. La miró de forma extraña entre bocado y bocado de huevos.

—¿Te ha dicho Ana que nuestra habitación necesita una buena limpieza? Te pagamos para que limpies y cocines —añadió evitando su mirada.

—Sí, señó... quiero decir, señor.

—¿De dónde exactamente dijiste que eras? —Se puso más sal en los huevos.

—De los alrededores de la capital, pero mi familia es de Santiago —respondió ella.

Graciela supo que su piel oscura y su rápida forma de hablar llenaban a aquel hombre de dudas. Parecía reconocerla de algún lugar en el pasado. Humberto soltó un bufido y se aclaró la garganta.

—Cuando Ana se despierte, dile que fui a la ciudad a ver los horarios de los vapores. Asegúrate de tener la casa bien cerrada. Los saqueadores andan deslizándose por ahí como culebras de río.

Ana despertó a mediodía. Sin preguntar por Humberto, se quejó de que necesitaba un baño y desayunar, y una vez satisfecha se meció hasta volver a dormirse en el porche. Graciela abrió las persianas del dormitorio conyugal para dejar que el sol y la brisa disiparan el ambiente viciado del sueño atribulado. Mientras les sacaba el polvo a los frascos de perfume del tocador de Ana, fingió que la habitación era suya. Hundió la nariz en los vestidos de seda que colgaban en el armario de cedro. Sus pies eran demasiado grandes para los zapatos de charol de punta cuadrada de Ana, su cabello demasiado esponjoso para embutirlo bajo el sombrero de encaje de ala ancha. Entonces, súbitamente recordó el álbum de fotos.

Al volver a ojear las imágenes se percató de que la fotografía de Ana y Humberto era menos impresionante de como la recordaba. Flores de azahar, rosas y azucenas colgaban del brazo izquierdo de Ana mientras Humberto la asía del brazo derecho. Resiguió con un pulgar el cabello ondulado de él, que miraba desafiante a Graciela, con media cara en sombras; Ana dirigía su mirada hacia abajo.

Fuera cacareó un gallo. Graciela cerró el libro, pero volvió a abrirlo. Había olvidado fijarse en los zapatos de la pareja. Se oyeron los pasos de Ana al cruzar el porche, y Graciela sacó la fotografía de sus muescas metálicas. Se la metió en la blusa y se le escurrió hasta la cintura.

Ana entró en el dormitorio.

—Recuerda frotar con aceite la madera del tocador.

Ana se masajeó los ojos, se dejó caer en la cama recién hecha y aporreó las almohadas. Graciela deseó aporrearla a ella de la misma manera.

—Le odio. ¡Le odio con todas mis entrañas y más cada día! —gimió Ana contra una almohada. Se volvió boca arriba para observar a Graciela—. ¿Ya te ha puesto las manos encima? —quiso saber.

—¿A mí? —Graciela se arregló la falda.

—Sí, a ti, estúpida. ¿Te ha comprado algo para que mantengas la boca cerrada?

—Ana, Humberto no me ha tocado nunca. Y no llame estúpida a la jeva que le lava las pantaletas —dijo Graciela.

Ana bajó la mirada como hiciera en la fotografía de la boda. Sus pantaletas del día anterior habían quedado manchadas por el recordatorio mensual de que, una vez más, no había concebido.

—¡Largo de aquí! Estoy harta de todo el mundo —gimoteó, y se hundió en las almohadas.

Pronto tendría que marcharse, Graciela lo sabía. Su sombrerera ya contenía un catálogo de Sears, una taza con su platillo y una fotografía. Y esa misma noche, tras el arrebato de Ana, Graciela oyó a Humberto avanzar a hurtadillas entre los plátanos que rodeaban las dependencias del servicio detrás de la casa.

Era tarde. Ella había esperado a que la música se extinguiera y las luces de la casa se apagaran antes de abrir la sombrerera para volver a examinar su botín más reciente. Los pasos cautelosos de Humberto resonaron entre el machacante canto de los grillos. Graciela metió la sombrerera debajo de la cama, apagó la lámpara de un soplido y cerró la puerta. Unos minutos más tarde él llamó brevemente pero con firmeza.

—¿Quién anda ahí?

—Abre la puerta, mujer.

Una vez dentro, hizo que Graciela encendiera la lámpara. Contempló la pequeña habitación sin mirarla a ella.

—Tu familia no es de Santiago —dijo, y se sentó en el borde de la cama.

Graciela se dirigió hacia la puerta. Él se hurgó las uñas.

—No hace falta que tengas miedo. Eres demasiado fea como para divertirse contigo —dijo.

Graciela miró fijamente la sombrerera cerca de los tacones de sus botas.

—Asuntos más importantes me traen aquí. —Se tumbó en la cama con las manos detrás de la nuca. Su mirada se concentró en una polilla que hacía sombras en el techo—. Mi reloj de oro de Suiza se me perdió hace unos días. Le digo a Ana: «Ana, amor mío, ¿viste mi reloj de oro de Suiza?» Y ella contesta: «Humberto, cariño, ¿qué iba a hacer yo con tu reloj de oro de Suiza?»

Las palabras de Humberto revoloteaban como polillas en la cabeza de Graciela.

—La otra única persona que puede saber dónde está mi reloj de oro de Suiza es la que limpia nuestro cuarto. Así que te pregunto: ¿dónde está mi reloj de oro de Suiza?

—Yo no sé dónde está su reloj de oro ni dónde está esa Suisa, señor Humberto, si es que me está llamando ladrona —dijo Graciela.

—Si no aparece en la casa mañana mismo, sabrás dónde está la cárcel local, puta embustera. Allá cortan los dedos a los ladrones.

Humberto se incorporó hasta sentarse. Contempló de nuevo el cuarto.

—Señor Humberto, yo no soy una ladrona —repuso Graciela cuando él la apartó para abrir la puerta. La miró por primera vez desde que entrara en la habitación.

—Pero mientes. Y, señorita, la próxima vez que veas a tu amiga la Pola, dile que le mando saludos.

Graciela yació tendida en la oscuridad mucho después de oír a Humberto regresar por el bosquecillo de plátanos hacia la casa. Era como una chispa, por lo visto; prendía fuegos dondequiera que ponía los pies. Tras permanecer con los Álvaro cinco semanas, la perspectiva de la cárcel —y de unos dedos cercenados— hizo que la inquietud volviera a cosquillearle en los pies.

Ahora, llena de autocompasión, suspiraba otra vez por

su vida junto a Mercedita y Casimiro. ¿Se estremecía Casimiro en sueños al pensar en ella? Mercedita debía de estar teniendo berrinches y haciendo que Mai o Celeste se dejaran el pellejo. Para entonces Casimiro debía de haber encontrado una jeva que se ocupara de la casa, que quitara las telarañas de debajo de la cama, que encendiera la chimenea, diera de comer a las pocas gallinas, llenara las jarras de agua. Debería decirle a esa nueva jeva que Mercedita, de ser posible, toma la leche con una cucharada de miel. Cuando lloviera, ¿sabría esa muchacha mover el colchón hacia la izquierda para que la gotera del techo no le provocara pesadillas a Casimiro? Y hablando de lluvia, ¿habría descubierto Casimiro la pistola de Pai bajo el barril de agua de lluvia? De alguna manera, Graciela tenía que regresar a casa.

En la penumbra, cruzó a toda prisa el bosquecillo de plátanos, pasó ante la casa y traspuso las puertas de madera de la propiedad de los Álvaro. Ante ella, el sol empezaba a desteñir el cielo matutino. Graciela confió en poder parar a alguien que fuera hacia el sur, hacia la capital, antes del amanecer. Mantuvo a raya con un manera de poemas de su niñez los temores sobre la aparición de la Cigüapa o de saqueadores, o peor aún, de soldados yanquis acechando en la espesura. ¿Cómo podía haber olvidado traerse la pistola de Pai en la sombrerera?

Al cabo de una hora de caminar y de canturrearse, oyó el rítmico chacolotear de unos cascos detrás de ella. Se le erizó la piel al pensar en Humberto pisándole los talones. El cielo se había aclarado hasta un azul real y Graciela distinguió la silueta de un niño en un burro.

—Buen día —dijo el niño cuando estuvo más cerca.

El burro iba cargado con recipientes de agua vacíos. ¿Podía llevarla hasta tan al sur como fuera él? Y por el siguiente orden: a pie, en burro sobrecargado, en carro de hortalizas, en camión, en carruaje, a pie, en canoa, a lomos de un caballo y por la gracia de Dios, Graciela regresó a casa.

## De regreso en casa

*1921*

Graciela entró como si tal cosa en su casa, como si nunca se hubiera marchado. El sol aún yacía oculto en el este cuando avanzó a tientas entre las sillas y la mesa hasta el compartimiento en que ella y Casimiro dormían. A la luz de la luna sus dedos toparon con los delicados miembros de su hijita, y luego con los macizos de Casimiro. Sus leves ronquidos eran regulares, como si la ausencia de ella hubiera apaciguado su sueño. Satisfecha de encontrar a Casimiro y Mercedita profundamente dormidos, Graciela recorrió a tientas el resto de la casa.

No se había esperado semejante orden. Como siempre, confió en el olfato y el tacto. En la cocina no había ollas sucias en el hogar. El patio estaba libre de hojas y desechos. Se había echado cal en el agujero del excusado y la madera se había frotado con vinagre. Agua limpia de lluvia llenaba los barriles. Graciela envidió la eficiencia de aquellas manos invisibles.

Se tendió en la hamaca a contemplar la luna, cuya enormidad le impidió dormir. Un búho ululó muy cerca. Volutas de nubes rodeaban la luna gigantesca, que pendía sobre los cerros. Con su esposo, su hija y sus vecinos sumidos en sus mundos subconscientes, Graciela se sintió una vez más dueña de su casa. Extendió la mano de forma que al cerrar un ojo pudiese ver la luna apoyada en la palma. Un dolor sordo le recorría los antebrazos.

Durante días había padecido jaquecas febriles y le dolían los huesos y las articulaciones. Había sido un largo viaje de regreso. Al yacer allí tendida en su patio, la aventura de seis semanas que dejaba atrás se desvaneció. Eli, la Pola, Ana, Humberto eran como los personajes de un sueño que en las horas de vigilia se disipaban. ¿Cómo era posible que lo que fuera tan palpable en un instante se tornara al siguiente tan etéreo? Allá lejos, había sentido retazos de Casimiro y Mercedita: un olor persistente, una imagen, un sentimiento. Y ahora, sólo unos minutos antes, había palpado su carne latente en la oscuridad. ¿Ocurriría lo mismo con Silvio algún día, incluso aunque de momento sólo pudiese evocar una espalda estrecha, un aroma a sudor, un estremecimiento junto a su propio cuello? El deseo de verle le temblaba en la garganta, como si una mano la hubiese atenazado.

De la sombrerera sacó la fotografía de Humberto y Ana. La luz de la luna hizo refulgir dos hileras de dientes. Graciela cerró los ojos para ver a la pareja con mayor claridad en su memoria. Ahora sus dientes no tenían nada de divertido. Esa fotografía, un ansia voraz de comer carne y una cicatriz eran todos los vestigios de esa gente que había conocido. ¿Qué había dejado ella en ellos?

En la sinfonía de los grillos, Graciela oyó el océano.

—Silvio, no vengas a asustarme ahora —susurró.

Y pensó que una parte de sí misma andaba flotando por ahí sin ella. ¿Por eso le cosquilleaban tanto los pies, porque Silvio todavía la rondaba? Al cabo de unas semanas, después de que el polvo de su regreso se hubiera posado, llamaría a Irene, la mujer que, armada con piedra pómez, una navaja y aceite de coco, era capaz de tallar los pies sedosos de una criatura a partir de los suyos, hinchados y llenos de callos.

Una nube ocultó la luna. A Graciela pronto se le aflojaron los dedos de pies y manos y la respiración le distendió el vientre.

—¿Ya te diste el capricho? —preguntó Casimiro entre sorbos del café de la mañana.

Estaba tranquilo, con las piernas cruzadas como de costumbre. Graciela no le contestó. Reorganizó los platos de peltre nuevos en los estantes. En las semanas que había pasado fuera, su cocina se había convertido en territorio desconocido.

—Puse el aceite en una lata más grande. Y tapé las ratoneras —añadió Casimiro.

Graciela se sentía más desconcertada por su tono de voz despreocupado que por los cambios en la cocina. Casimiro dejó a un lado el café para trenzar cuidadosamente el cabello de Mercedita en cuatro rodetes. Con la manga de la camisa le limpió la nariz. Mercedita se negaba a acercarse a Graciela y se arrimaba a su padrastro. A Graciela le dolió que la niña hubiese chillado al despertar y ver a su madre por primera vez en más de un mes.

—Hazle un guiñito a tu pai —dijo Casimiro—. Y dale un besito a tu mai —añadió, en vano.

Durante una semana Graciela no se atrevió a aventurarse fuera de la casa. La gente la visitaba con la excusa de pedir prestados azúcar, leche o tabaco, para así echarle un vistazo a la supuesta cicatriz de Graciela, y algunos para darle una severa reprimenda. Contrariamente a las sospechas que tuviera, nadie había entrado en su casa mientras ella estuvo ausente. Casimiro no había empleado a nadie para ocuparse de las tareas domésticas, incluidas las de su cama común. Para consternación de los vecinos, él se había ocupado de cocinar y atender las necesidades de su hijastra, pese a las protestas de Mai y Celeste.

Así pues, ¿cuál es mi sitio aquí?, se preguntó Graciela. Entonces... ¡ajá!, rió al comprender que Casimiro había ido todo el tiempo un paso por delante de ella: lo que había hecho era sobrecompensar, sabedor de que Graciela volvería. Todo su trabajo había sido temporal, y el resultado era que tenía un aspecto espléndido.

—¿Crees que no me iré para siempre, eh? —le dijo a Casimiro una noche cuando el lenguaje infantil entre él y Mercedita le crispó los nervios. Habían pasado semanas y aún no le había preguntado por qué se fue, dónde había estado, por qué la cicatriz. Graciela quería verle desmoronarse, ansiaba verle mostrar alivio por su regreso. En lugar de eso, Casimiro se pasaba el día bromeando sobre la vida en la ciudad, recolectando porquerías y creando objetos de artesanía con latas y alambre.

—Vete si quieres. Yo sólo soy dueño de mí mismo —le dijo en la oscuridad unas semanas después de su vuelta. Yacía de costado, dándole la espalda. No habían tenido relaciones íntimas. Ella ansiaba verle ardoroso para poder desearle de nuevo.

—Tuve un macho mientras estuve fuera —le informó. Casimiro permaneció muy quieto y Graciela supo que al menos había herido su ego.

—Las vainas que dices no tienen nombres...

—¿Y las vainas que haces tú, eh? —exclamó Graciela. Los defectos de Casimiro eran su eterno humor y sus ideas absurdas. La suya era una frivolidad que Graciela envidiaba. Ella se sentía encerrada a cal y canto en sí misma, perdida en su propia angustia. La vida era un apacible lago para él, mientras que ella iba a la deriva en aguas turbulentas. La incansable creatividad de Casimiro, unida al trabajo hecho recientemente en la casa le habían granjeado lástima, alabanzas y, bueno, también que lo tildaran de homosexual.

—Graciela, sigue hablando así. Recuerda que por la boca muere el pez —le espetó, y se levantó.

Recuperó su ropa dejada en una silla y antes de que a ella se le ocurriera algo que decir, Casimiro ya estaba en la puerta.

—Lo estoy intentando contigo, mujer —dijo.

Y se marchó al bar de Yunco.

Cada día Mercedita ponía a prueba a Graciela. Siempre que su madre la llamaba, la niña hacía oídos sordos, hasta que Graciela la aupaba con ternura. O Mercedita buscaba gusanos en el patio y los arrojaba a la bolsa del arroz a la vista de Graciela.

—¡Gusanos y arroz pa' almorzar! —les decía Mercedita a los vecinos. Y en cada ocasión Graciela la seguía, para explicarles a los perplejos vecinos y a una encantada Mercedita que ese nuevo plato era de un lugar llamado Alemaniafrancia.

Con el tiempo, y después de haber pasado por muchas pruebas como ésas, era Graciela en lugar de Casimiro quien peinaba el cabello de Mercedita en cuatro moños cada mañana. Aunque Graciela se empeñaba en ganarse la aceptación de Mercedita, el comportamiento amable de Casimiro no hacía sino enojarla.

—¿Qué, no tienes nada que decirme? —le preguntaba en ocasiones.

—Sólo digo lo que tú quieres que diga —le contestaba él, y ella sentía el retumbar de otra batalla de palabras.

El mes de carnaval culminó con los vecinos del lugar congregados en el río para celebrar la independencia dominicana de la república de Haití, casi ochenta años antes. Hordas de niños iridiscentes ataviados como diablos y con las tradicionales máscaras negras retozaban al borde del agua. Golpeaban juguetones a «castos y pecadores» por igual con pellejos de estómago de vaca secos e inflados. Cuentas, cintas, silbatos, cencerros y minúsculas muñecas que habían arrancado de sus disfraces durante sus juegos alfombraban la ribera.

Unos metros río arriba, Graciela no perdía de vista los cuernos azules de Mercedes mientras permanecía sentada con un grupo de mujeres, Mai, Celeste y Santa entre ellas. Todo el mundo había acudido a la celebración. Y aunque Graciela sabía que había sido el objetivo de cotilleos en las semanas precedentes, el aroma a humo de los asados de cerdo y el sonido hueco de los odres le habían levantado el ánimo inevitablemente. Algunos hombres ya se habían entregado a un baile inducido por el ron y los tambores. Ese año, Graciela prefería simplemente verles bailar. Sus articulaciones cada vez más doloridas bien podían evitar que los hombros le girasen flexibles, podían amargar el azúcar en los huesos de sus caderas. Graciela cerró los ojos. Mai le había quitado el pañuelo y estaba trenzándole el cabello. Por supuesto, Mai siempre ponía cara de estar masticando acero, pero la ternura de sus dedos hizo que Graciela se sintiera niña de nuevo.

—Graciela, tienes más pelo que una plantación —dijo Celeste insertándole una flor amarilla en los mechones todavía por trenzar.

—Estoy cansá' de tu cantaleta sobre el pelo, Celeste —repuso Graciela, que trató de arrojarle un puñado de hierba, pero Mai le mantenía la cabeza fija.

La conversación derivó para centrarse en esencias para el cabello, en los hombres, en dolencias, en comida, en ropa, en recuerdos.

—Qué lindo el carnaval de este año, sin estúpidos yanquis tratando de manosearnos —saltó de pronto la hija adolescente de Santa.

—Estoy cansá' de la cantaleta de los yanquis —dijo Graciela con un largo suspiro y desperezándose; las prietas trenzas de Mai le hacían relucir la frente—. No hay mucho que decir de esos hijos 'e puta...

—... como bien sabe ella, ¿verdad, ma? —respondió rápidamente la niña, y se volvió hacia Santa.

Graciela fingió no haber oído el comentario solapado de la «pequeña cuerita», y decidió no arremeter contra ella porque la pobre muchacha tenía una piel horrenda, una piel de hígado echado a perder, una piel carmelita desbaratada por manchones rosas. Graciela se dedicó en cambio a sacudirse de los hombros unos cuantos pelos caídos.

—Ya, ya... —le dijo Santa a su hija.

A Graciela le sorprendía que Santa no hubiese bebido nada ese día. Quizá el hecho de habérselas arreglado para llevar hasta el río «al burro que tenía por marido, a cuatro hijos pendejos y una hija inútil» era suficiente trago para ella, se dijo. Rió por lo bajo. El retumbar de fondo de los tambores se había vuelto feroz y mucha gente empezaba a congregarse en torno a los que tocaban. Celeste anunció que quería bailar y muy pronto todo el mundo empezó a ascender el cerro hacia la rítmica vibración en el bosquecillo de mangos. Graciela deseó volverse de nuevo a la orilla del río. Un alboroto donde jugaban los niños la hizo buscar con la mirada su adorado par de cuernos azules. Desde donde estaba, todo cuanto pudo distinguir fue una multitud de capas rojas y azules. Una inquietante cantaleta que se elevaba de los niños la hizo abandonar el grupo de mujeres.

—¡Mercedita! —llamó Graciela cuando se topó con los cuernos que había tirado su hija durante el descenso hacia la orilla.

Con el pueblo comiendo, charlando, bailando y bebiendo, los niños siempre acababan abandonados a sus travesuras. Graciela recordaba sus propias diabluras de niña. Las energías contenidas por unos adultos siempre vigilantes estallaban con las festividades de febrero. Alguien debería estar alerta, se dijo, en especial después de que alguien muriera ahogado unos años antes...

Graciela inspiró profundamente al llegar al grupo de niños junto al río. No, no podía ser su Mercedita. Su pequeña no... Pero ahí estaba, en el centro del círculo, pegándole a una niñita que había acudido con la tradicional máscara negra. Graciela nunca había visto aquella ferocidad en su tranquila hija: su chichí le daba patadas y puñetazos a la otra niña al ritmo de los gritos.

—¡Dale a la haitiana! ¡Dale a la haitiana!

Carbón y sangre veteaban las manos de Mercedita, esas manos «horriblemente grandes» que Ñá Nurca advirtiera tras la tormenta en el vientre de Graciela. Los ojos tras la máscara de papel maché de Mercedita parpadearon feroces cuando Graciela la agarró de uno de los moños para sacudirla.

—¿Qué estás haciendo, muchacha 'e mierda? —repitió hasta que la voz le sonó ronca.

Los niños que la rodeaban rieron, para luego empezar a golpear a Graciela con sus pellejos de vaca, tímidamente al principio, pero después con mayor descaro, hasta que Graciela no supo distinguir el sonido de los tambores del de los golpes, hasta que no pudo decir a qué niño le estaba pegando ella. Y se aseguró de mantener bien agarrada a Mercedes, mientras trataba de contenerse para no hacerles daño a los otros niños, pero la cantaleta en torno a ella creció en intensidad. No supo hacer otra cosa que zarandear al monstruo que aferraba, zarandearlo y abofetearlo, para que todo el mundo supiera que no era una madre floja. ¡Qué vergüenza!

—¡Pues debería ser yo quien te moliera a golpes ese culazo negro que tienes! —oyó gritar a una mujer.

De pronto, Graciela sintió que le inmovilizaban las muñecas. De alguna forma Casimiro había disuelto la muchedumbre y abrazado a Graciela desde atrás. Al resto de niños los había desbandado unas madres eficientes que se los llevaban tirándoles de las orejas. La voz que amenazaba con golpear a Graciela pertenecía a una mujer de piel dorada que atendía a la niña herida aplicándole un paño en la nariz sangrante.

—¡Tu maldita hija sabe muy bien que no somos haitianos! —continuó la mujer mientras Casimiro se plantaba entre ella y Graciela.

Hizo que Graciela tomara un trago de ron para que pararan de castañetearle los dientes. Mai, bajo un torrente de abucheos, le había quitado ya la máscara a Mercedita y la había empujado hacia el grupo de mujeres listas para limpiarla.

—Yo intento ‘ponerle disciplina... —gimoteó Graciela. Hundió el rostro en el hombro de Casimiro, ocultándose de los mirones que se habían apresurado a descender por el retumbante cerro.

—¡Con tantos muchachos pintados de negro y va y ataca a la mía! —prosiguió la mujer con una voz aguda que atravesó el grupo que se afanaba en calmarla.

Graciela se aferró a Casimiro. Le dolieron las articulaciones al tiempo que la voz de la mujer disminuía.

—Justo cuando Mercedita y yo empezábamos a llevarnos bien. ¿Viste cómo le pegaba a esa niña? Y esos otros animalitos...

Casimiro guardó silencio mientras la abrazaba. Su pecho le pareció cálido y reconfortante después del caos. Graciela sintió estremecerse ese pecho y alzó la mirada hacia él.

—¡Casimiro, no te rías de mí! —Graciela se apartó, con los ojos húmedos y los labios apretados. Él siguió estremeciéndose.

—Esos diablitos se estaban hartando a mi pobre Cielo —dijo, y le alisó el cabello alborotado en las sienes

—Pero tranquila. No olvides que aún tienes cuentas que saldar con nosotros.

Mustafá el tendero siempre se había portado muy bien con Graciela; nunca se quejaba de la interminable lista de artículos que compraba fiado. Y Graciela sabía que podía mandar a Mercedita el poco trecho calle abajo hasta la tienda de Mustafá sin preocuparse de que fueran a engañarla con el cambio.

Mustafá era un sirio larguirucho de piel violácea y con una nariz tan fina como el canto de un papel. Su esposa, Adara, de quien se decía que era mucho más lista que Mustafá, le ayudaba con el quiosco. Durante años habían abastecido los hogares circundantes de toda clase de cachivaches: cuchillas, ron, tabaco de fumar y de mascar, harina, tónicos, bolones, pastillas de goma, agujas e hilos. Mustafá se enorgullecía de que, al contrario que otros mercaderes, jamás colaba peso de más en su báscula, ni engañaba ni al más ignorante de sus clientes. Adara decía que era un negociante estúpido cuando le vendía fiado a gente como Graciela, cuya cuenta se les estaba engullendo también las reservas de tinta y papel. Sin embargo, a final de cada mes cuando Mustafá y Adara cuadraban las cuentas, los libros siempre mostraban de alguna manera un beneficio. Yunco sostenía que era a causa de su posible parentesco con los turcos propietarios de refinerías de azúcar y que por tanto no debía confiarse en ellos.

Pero al igual que Graciela, Mercedita llegó a confiar en Mustafá. Estaba orgullosa de que con sus cuatro añitos le permitieran ir a comprar productos importantes para su madre, como velas y manteca y canela en rama. Mustafá le enseñaba cómo pedir con educación un artículo en lugar de señalarlo. Bajo la mirada incrédula de Adara, procedía entonces a enseñarle cómo examinar la mercancía para asegurarse de que valiese lo que pagaba antes de entregar sus monedas, incluso cuando no hubiera tales monedas. Antes de que Mercedita fuera lo bastante mayor para acudir a la escuela de monjas, Mustafá le enseñó a contar, pues así sabría cuántas monedas ofrecer y si esperar el cambio o no. A veces, cuando Adara no estaba ante el mostrador, le daba de hurtadillas a Mercedita un paquete de bolas de tamarindo.

Había un niño haitiano de un batey cercano que merodeaba por el quiosco pidiendo comida en criollo y aceptando cualquier sobra. Era más o menos de la edad de Mercedita, pero ya tenía los ojos esquivos de un viejo. Mercedita se preguntaba por qué apestaba tanto a caña de azúcar podrida y por qué tenía siempre cortes en brazos y piernas.

«Dile a ese niño que aquí no damos limosna», le decía Adara a Mustafá mientras miraba al niño a la cara. Pero el niño no se iba, ni siquiera después de que Adara le arrojara una tira de cecina, ni siquiera después de que le persiguiera con piedras.

Unas semanas antes de las fiestas de carnaval, Mercedita había vuelto a encontrarse al niño ante la tienda. Le dio terror entrar esa vez, porque había advertido la mucosidad seca en las comisuras de sus ojos. Y entonces, justo cuando Mercedita estaba a punto de volverse para desandar el camino a casa, el niño entró como un rayo en el quiosco para salir con un pedazo de mostachón. Con la misma rapidez, Mercedita vio a Mustafá atrapar al niño, que había tropezado con unas matas. Se convirtió en un muñeco de goma en manos de Mustafá; el omóplato se le distorsionó cuando Mustafá le retorció el brazo hasta que dejó caer el pedazo de mostachón. Mercedita sintió un extraño placer al ver padecer al niño, a un niño tan débil y furtivo. Se le hizo la boca agua y apretó los puños.

—Dale más fuerte, Mustafá, así aprenderá —soltó.

Más tarde, después de que Mustafá hubiera despachado al niño lloriqueando y con un paquete de mostachones, le explicó a Mercedita que no podía confiarse en los haitianos. Le dijo que eran unos animales que, en sus veinte años de reinado, destrozaron el entramado del país al expulsar a sus mejores familias blancas; y cómo las bestias llegaron, con su salvaje religión y su salvaje lengua, para quitarle sus empleos honestos a gente como su abuelo, un sirio muy trabajador que procedía de los sultanes de España, y Mercedita jamás debía comportarse como o compararse a gente como ese carajito, jamás debía mostrarse tan hambrienta, con semejante mentalidad de esclava, tan indolente, tan negra...

—Bueno, ¿y qué esperabas de esa muchachita? —dijo Mai en respuesta a las quejas de Graciela, con la boca llena de cacahuetes.

Ambas miraron a Mercedita, que estaba agachada y con un palo hurgaba en el patio de Mai. Graciela sabía que la niña había estado escuchando su charla por la forma en que ladeaba la cabeza y la desgana con que hurgaba en la tierra.

Era una fresca tarde de domingo y, por primera vez, Graciela vio a su madre tomarse un descanso de la cocina y de una miríada de tareas domésticas para sentarse con ella a picar cacahuetes. La luz de platino de aquella hora del día repujaba el rostro de Mai de forma que agudizaba la profundidad de arrugas y poros. Mai se veía tan vulnerable bajo esa luz que Graciela se atrevió a compartir su frustración, a mostrarse igual de vulnerable. Pero el entrecejo fruncido de Mai había modificado rápidamente las arrugas y los poros para escindir la luz en otras direcciones. Era mejor no insistirle a Mai con el asunto de la violenta conducta de Mercedita si quería evitar una tanda más de acusaciones. Sería culpa de Graciela que Mercedita no hablara mucho, culpa suya que Mercedita ensartara lagartos con ramas, culpa suya que Mercedita le sacara la lengua a quien le viniera en gana, que Mercedita hubiese llamado a Mai «araña peluda» unos días antes, culpa suya que Mercedita hubiera molido a golpes a aquella niñita en Carnaval unos meses atrás.

Graciela se volvió para observar a Fausto, Pai y Casimiro trabajar en el techo de paja del nuevo cobertizo que haría las veces de cuarto de baño. Unos días antes de ese mes de mayo, Pai, Fausto y algunos hombres del pueblo —sin Casimiro— se habían asegurado de recolectar los carrizos más crecidos; para entonces la hierba seca había perdido sus semillas y se había aplicado una capa de cera para protegerla de los elementos. Tras haber trabajado al sol toda la mañana, los hombres que acudieran a ayudar a Pai se habían marchado hacía una hora. Al principio Graciela había pensado ofrecerse a ayudar, pero decidió que intercambiaría papeles con Casimiro y se haría la holgazana junto con Mai. Fausto y Pai se habían reído con ganas cuando lo comentó en voz alta; sabían cuán difícil le había sido a Graciela arrastrar a Casimiro para que ayudara en casa de sus padres en domingo. Pero, con su calma habitual, Casimiro había respondido a la provocación asintiendo solemne con la cabeza en dirección a Graciela.

—Vaya mujer que tengo —dijo quitándose el sombrero con una ceremoniosa reverencia.

—Ese Casimiro no se tomó ni un respiro —comentó Mai cuando le vio hacer un viaje más al tanque de agua.

Casimiro se apoyó contra el tronco de una palmera y se enjugó la cara con el antebrazo. Cuando vio que Graciela y Mai lo estaban mirando agitó su pañuelo.

—¿Qué es todo ese humo? —le preguntó Graciela a Mai.

—El trabajo duro de tu hombre que anda levantando polvo —ironizó Mai al tiempo que reunía en la falda las cáscaras de cacahuete.

—No; detrás de él. Allá. —Señaló una nube gris que camuflaba el grupo de cabañas del cerro que daban al jardín de Mai. Al principio había creído que se trataba de un manto de niebla.

—Ese olor —dijo Pai. Se encaramó a la escalera de mano para ver mejor, con Mercedita pisándole los talones.

—¡Mercedita, ven acá! —exclamó Graciela. Corrió para apartar a la niña del pie de la escalera. Su cabaña, en el cerro frente al patio de Mai, ya no era visible.

—¡Sabía que olía a fuego! —dijo Fausto, y se dirigió al burro para soltarlo del poste.

Mai se quedó atrás con Mercedita, que ya estaba al borde de un berrinche. Graciela se unió a Casimiro, Pai y Fausto, así como al resto de gente que corría hacia sus propias cabañas, en la caminata de kilómetro y medio hasta el pie del cerro vecino. Llegaron media hora más tarde con los ojos llorosos y las fosas nasales ardiendo para encontrarse con un Mustafá aturdido y cubierto de hollín farfullando en árabe. Graciela sintió un alivio momentáneo al percatarse de que su cabaña estaba intacta. Pero el quiosco ardiendo y el cadáver lleno de ampollas de Adara, que yacía en el suelo, la hicieron llorar. Nadie era capaz de encajar la secuencia de acontecimientos que habían dejado a Mustafá arrancándose la piel de Adara de la suya y al quiosco convertido en un gigantesco montón de brasas que atraían a los cocuyos, que ya describían círculos en torno a él. Y en semejante caos a nadie se le había ocurrido darle a Adara un poco de dignidad. Graciela cubrió con su propio chal el cuerpo, y luego se regañó interiormente por elegir ese momento para darle gracias a Dios porque el papel con su lista de deudas también estuviera entre las cenizas.

—Casimiro, antes de noviembre deberíamos cambiar el techo de todos los bohíos, especialmente el de la cocina —dijo Graciela meses después del incendio. Acababa de bañarse con Mercedita por segunda vez esa tarde y ya tenía manchas de sudor como medias lunas bajo los pechos.

—A mí me parece que los techos están bien. —Casimiro señaló con su taza los cuatro bohíos. La sequía estival le hacía tragar más agua que ron y dedicarse a la talla de minúsculos animales de granja en madera.

—Hace años que... Silvio... puso esos techos. —Graciela dijo «Silvio» en un susurro, asegurándose de que Mercedita no la oyera y sintiéndose incómoda al pronunciar su nombre en presencia de Casimiro.

—Ya te lo dije, mujer, los techos están bien —respondió él. Virutas de madera cubrían el suelo en torno a su hamaca.

—Es que tengo miedo, con este calor —repuso Graciela. Aún sentía en la nariz el olor a la carne chamuscada de Adara, hasta el punto de que volvía a ser incapaz de comer carne asada.

—Siempre estás dejando que las vainas te sobrepasen. Esos techos duran décadas. Mira si no cómo el trabajo de Silvio le sobrevivió hasta a él —soltó Casimiro, y apartó la mirada al ver los labios apretados de Graciela.

—Qué cara tienes al hablar así, Casimiro —dijo Graciela al cabo de unos instantes. Él meneó la cabeza y se levantó de la hamaca—. El día que Dios te libere de tu flojera quizá yo ya me habré echa'o un pie —añadió. Detestaba la expresión serena de Casimiro.

—No puedo pasar una tarde tranquila sin que esta mujer me ponga alguna tarea —le dijo Casimiro al caballito que trataba de tallar.

—¡Háblame a mí, idiota! —Graciela le arrancó la madera de un manotazo. El pecho le palpitaba y no conseguía entender que la calma de Casimiro pudiera avivar semejantes llamas en ella.

Él se inclinó para recuperar la madera y, al levantarse, rozó con los labios el brazo de Graciela. Con un rápido movimiento, ella le soltó una bofetada en la nuca y trató de alcanzarle en la cara. La fuerza con que él la contuvo, hincándole los dedos en los tendones de la muñeca, la inmovilizó de pura sorpresa. Nada; Graciela no encontró nada en los ojos que se clavaron en los suyos. No parpadearon ni se estremecieron ni se desgarraron. Entonces los dedos de Casimiro se aflojaron. Hundió los hombros.

Graciela había perdido los estribos en una discusión sobre techos de paja. ¡Sobre techos de paja!

El caballo fetal acabó en el bolsillo de Casimiro, que empezó a silbar las primeras notas de un antiguo merengue.

—Volveré antes de que caiga la noche, cielo —canturreó, y se alejó bailando hacia la verja de entrada.

Cuando Graciela ya no soportaba más el carácter equilibrado de Casimiro, se ocupaba de que alguien cuidara de Mercedita y le decía a Casimiro que iba a pasar el día ante la tumba de su abuelo en el otro extremo de la ciudad.

La Gitana vivía bastante lejos de la casa de Graciela y Casimiro, la casa construida por Silvio que tendría que servirles hasta que la suerte les trajera una casa de madera de palma turquesa con techo de cinc.

Si uno quería que le leyera la mano la Gitana, de la que todo el mundo sabía que, de hecho, era un hombre, tenía que ponerse de cara a los cerros y caminar hacia el interior. Un sendero trazado por los curiosos, los asustados, los desesperados, los enfermos, los avariciosos, conducía a una casa de piedra rodeada de amapolas. En el porche había mecedoras de mimbre desperdigadas para que los clientes que esperaban viesen los colibríes antes de que se les fueran revelados sus propios destinos.

Las mujeres envidiaban el largo cabello de la Gitana, que formaba una tienda en torno a sus palmas cuando se inclinaba para leérselas. Olía a agua de rosas los días de guardar y a lavanda los días corrientes. Su corsé pasado de moda con frecuencia le hacía llenar el aire de ásperos suspiros, que los desafortunados y afortunados por igual interpretaban como mala suerte. Siempre mordisqueaba una ramita de perejil.

Nacido con el nombre de Lorenzo Báez, la Gitana tenía cierto aire de conocimiento mundano, de haber tenido tratos en sus tiempos con los grandes poetas y líderes del país, aunque no supiera leer y cruzara los tobillos bajo pesadas faldas. Podía recitar largos poemas y discursos famosos. Antiyanqui feroz, su fantasía era hacerse miembro de la Unión Nacional Dominicana y ofrecer sus servicios espirituales a la causa patriótica (el motivo real era la tremenda atracción que sentía hacia su líder, don Emiliano Tejera).

Cuando no estaba traduciendo destinos o vendiendo sabios consejos a la mismísima gente que se reía a sus espaldas, la Gitana cultivaba su hogar con el mismo entusiasmo con que cultivaba su alma. Durante la mayor parte de su vida había vivido solo. Como podía prever su propio futuro, asumía pocos riesgos y se arrellanaba en la autocomplacencia. Rara vez abandonaba su casa para comprar los manjares que las parcas le habían concedido. Dos niños huérfanos le hacían los recados, le apretaban el corsé y le frotaban la espalda con alcanfor, y en ocasiones le metían ranas en el orinal. La Gitana se consideraba muy afortunado.

—¿Qué pasa con mi Casimiro?

Graciela cerró los ojos mientras el dedo de la Gitana recorría el grabado que era la palma de su mano. La Gitana sabía que, pese a la suavidad de sus dedos, el olor a lavanda evocaba en Graciela malos recuerdos. Arrugó el entrecejo al notar la textura de la mano, áspera como cáscara de nuez. Presionó la palma para captar su densidad poco natural, echó hacia atrás los dedos que se resistían. Lesiones como centavos de cobre manchaban las carnosidades de las palmas de Graciela. Entonces la Gitana se inclinó para examinar el sobrecogedor trazado de líneas. Tales líneas formaban un enmarañado mapa de carreteras; algunas acababan en callejones sin salida, otras se sobreponían, para luego virar en direcciones opuestas. Un sendero se alejaba de una carretera en dirección a uno de los montes. Los montes de Venus, Marte y la Luna se unían. ¿Cuál era cuál? La Gitana se las arregló para encontrar los montes de Mercurio, el Sol, Saturno y Júpiter bajo los dedos correspondientes. Las líneas principales en la palma le hicieron cuestionarse su propio don de ver más allá, un don que siempre había esgrimido con la misma naturalidad con que respiraba. Las líneas del Sol, el Destino y el Afecto competían entre sí de una manera que nunca había visto en una palma. Otras líneas de menos importancia formaban un sombreado en la mano de Graciela como el de una tela escocesa nada corriente. La Gitana siguió y resiguió las abundantes líneas, negándose a dejarse aturdir por el laberinto.

—¿Oyes alguna vez tu propia lengua con oídos extraños? —quiso saber.

La Gitana levantó la cabeza al oír la voz de Graciela; las puntas de su cabello se le enmarañaban en los dedos de su mano abierta. Se sintió irritado por semejante intrusión, y más aún por la habilidad de Graciela en captar su desorientación.

—Como si por un instante no fueras de este mundo... —Graciela meneó las manos, enredando aún más el pelo de la Gitana.

—Ninguno de nosotros es nada. Somos más grandes. Somos más pequeños. Sencillamente elegimos lo que queremos ser —dijo la Gitana al tiempo que recuperaba los últimos mechones de cabello de los dedos de Graciela—. Ahora deja que acabe con mi trabajo espiritual.

*Una línea en la palma era un sucio sendero atiborrado de polvo carmesí. La Gitana recorrió ese sendero. En la distancia, entrevió unos monos transparentes que correteaban con las manos bien abiertas. Los monos tenían corazones latentes en el interior de sus cráneos, y detrás de sus costillas se acumulaba como gelatina tejido cerebral. Al correr, el polvo que levantaban revestía los órganos de carmesí. La sífilis.*

La cortina de cabello de la Gitana descendió aún más sobre la palma de Graciela.

*La Gitana huyó del sendero, atravesando la espesura, sólo para caer en un río alborotado que le escupió sobre unas vías de tren. Una serpiente gigante se aproximaba haciendo temblar la tierra, con la cabeza despidiendo humo. La boca de la serpiente se tragó a la Gitana, que luego sintió su espíritu flotar hacia las nubes, lejos de esta tierra malévola y desconocida.*

La cortina de cabello brilló al separarse para revelar el rostro de la Gitana. Graciela, apabullada por sus ojos saltones, permaneció en silencio. La Gitana se arrellanó en su asiento. Se frotó la nariz para luchar contra el vértigo. De un saquito en el escote extrajo una ramita de perejil.

*La Virgen de la Altagracia apareció en las nubes, con las sangrientas palmas extendidas. Las heridas le hablaron directamente a la Gitana: «Lorenzo, el futuro puede cambiarse. No te sientas satisfecho de ti mismo.»*

Del saquito en el escote la Gitana sacó otra ramita de perejil.

*Manzanas podridas. Se hallaba en un huerto infinito de árboles cargados de manzanas podridas. La Gitana chasqueó la lengua. Ansiaba recorrer el pasillo de árboles, tomar una fruta y paladear su pulpa seca y granulada. Entonces hubo un relámpago de luz azul.*

—¿Qué ves para mí?

La Gitana no respondió; el perejil se le incorporó a la lengua.

—Pero ¿cómo? —susurró—. ¿Cómo es que tienes tantas vidas?

La línea de la Vida no era una, sino muchas, una fuente que manaba de la base del pulgar de Graciela.

—Gata, me llaman. —Y Graciela maulló como si hiciera gorgoritos con miel en la garganta.

Los ojos de la Gitana permanecieron fijos en la palma de la que acababa de regresar.

—Fruta prohibida, así fue cómo una luz se robó parte de tu espíritu —dijo despacio la Gitana, con el índice describiendo círculos en el aire, su dedo de Júpiter—. Manzanos por todas partes, pero dan malos frutos, manzanas granulosas que espolvorean de arena el futuro en tus palmas. Muchos futuros, pero no puedes avanzar.

Cuchilladas de tenue luz solar cayeron en los ojos de la Gitana cuando alzó la mirada hacia esa extraña mujer cuyas manos no parecían agobiadas por las posibilidades —y la enfermedad— que sostenían.

—Deja de vivir entre la nostalgia y la esperanza. ¿Cuál será tu próximo elixir cuando el pasado sea presente, y luego futuro?

No parpadeó para apagar esa luz en sus ojos mientras toqueteaba el rosario que llevaba al cuello. Que Graciela tenía la sífilis era seguro. La cuestión era si decírselo o no.

—Además, es una tontería preocuparse por el futuro; éste llega muy pronto —dijo la Gitana.

El cabello sedoso contrastaba con lo rotundo de su rostro. La Gitana captó el deseo de Graciela de tocarle, de sentir la cara de él hundírsele entre los pechos, la seda de su cabello envolviéndola en repugnante lavanda. Graciela bajó la mirada a sus palmas cuando la Gitana vio el deseo en sus labios.

Se acercó a ella una vez más y, en una oleada de perfume, le agarró la mano. Trazó una línea a través de la palma con la larga uña del meñique, el dedo de Mercurio. Ahí estaba, se dijo hundiendo la uña en la línea. No era una línea de la Mente o una del Corazón. Era la rarísima línea del Simio. La línea del mono en ambas manos, en la que las líneas de la Mente y el Corazón eran una sola.

—¿Por qué viniste a mí? Manos como éstas siguen sus propias leyes. —La Gitana se apartó de la palma extendida.

—Para ver adónde voy. Hasta dónde llego. Tú entiendes —respondió Graciela.

Tenía las palmas en carne viva donde la Gitana había hundido sus uñas a pesar de las lesiones. Graciela se lamió las líneas.

—Te aconsejo que te quedes quieta, Gata, o como sea que te llamen —dijo él. Fue parco en palabras.

Graciela se había puesto en pie. Tenía las palmas extendidas.

—¿Que me quede quieta? Tiene que haber más que simple polvo rojo por donde camino.

—No todas las oportunidades están disponibles para ti. No todas son apropiadas. Tan sólo puedo decirte que lo que es tuyo te llegará.

La interpretación había concluido. La Gitana no se atrevía a describirle a Graciela lo que había visto: un alma perforada, sangre envenenada que fluía diluida. En sus visiones la Gitana no podía captar dónde o cómo le habían robado el alma a Graciela, cómo se había visto la sangre mancillada por la sífilis. Sabía que no tenía futuro. Se aferró las manos en el regazo para hacerle saber que no debía indagar más.

«Lorenzo, el futuro puede cambiarse. No te sientas satisfecho de ti mismo», le había dicho la Virgen a través de las heridas en las palmas de Graciela. Nunca una visión le había desafiado de forma tan directa.

Al día siguiente correría un riesgo: dejaría su casa y visitaría a la sabia mujer con el libro sobre quiromancia a dos pueblos de distancia. Ella podría decirle si había fracasado en ese caso, si sus poderes estaban declinando, y qué fuerzas lo provocaban.

La Gitana se levantó de la silla. Era mucho más alto que Graciela. La elegancia había desaparecido de su paso cuando se dirigió hacía la entrada de la habitación. Se había transformado en un hombre encorsetado y dolorido con el cabello sin cortar. Sin esperar el tintineo de las monedas en la urna, la Gitana exhaló un áspero suspiro y abrió los cortinajes.

A Graciela se le antojó de pronto visitar el antiguo almacén. Anduvo durante horas hacia el Barrio Colonial, atravesando aldeas de casuchas y cerros. Las palabras de la Gitana la habían dejado tan confusa que estaba furiosa consigo misma por haber acudido a verle.

Durante la caminata se entretuvo fingiendo ser, sucesivamente, una vendedora, un médico ambulante, un mendigo, una monja, un huérfano. El juego impedía que le dolieran los pies y le daba visiones diferentes.

Como mendigo, vio beneficio en la gente con que se encontraba y fue capaz de comer durante el camino («Por favor, agua, algo de comida, dinero»). Como médico, observó a los niños de vientres hinchados y ojos infectados; sus propias cobrizas lesiones en la palma de las manos y la planta de los pies ya no la inquietaron tanto. Como huérfano, vio a Mai en el rostro de cada mujer, pero interrumpió el juego cuando Merceditas apareció en los ojos desamparados de una niña.

Por fin Graciela se internó por las angostas calles del Barrio Colonial, tratando de recordar el camino que ella y Silvio siguieran años antes. La gente a la que paraba para pedir indicaciones no le era de ninguna ayuda, pues ella misma no lograba plasmar en palabras la idea de su destino. Cada esquina le planteaba un laberinto de idénticos callejones, de forma que no le quedó otra opción que volver al juego y fingirse una jeva adolescente de rodillas cenicientas y una lujuria sin límites palpitándole en las venas.

El malecón era más largo de lo que recordaba. Recorrió los muelles hasta que vio la imponente estructura del almacén. Hombres de uniforme estaban apostados como gárgolas. Otros andaban por ahí y algunos se pararon a observarla. Graciela comprendió lo estúpida que había sido al pensar que podría encontrar la fotografía de ella y Silvio en ese lugar gigantesco.

Un obrero que llevaba una caja al hombro pasó junto a ella. La midió con la mirada, y Graciela advirtió en sus ojos agitados que pensaba que andaba en busca de clientes.

—¿Qué haces sola por estos parajes? —le preguntó.

—¡Discúlpate! —exclamó Graciela.

—Hoy no tengo dinero, pero prueba mañana —dijo el hombre enviándole un beso.

—¿Qué hacen ahí adentro, pervertido? —preguntó Graciela señalando el edificio.

El hombre dejó la caja en el suelo y, mientras se masajeaba los riñones, le explicó que los americanos habían reemplazado el antiguo almacén de un gallego por un arsenal.

—Qué lástima que les afilemos los cuchillos a nuestros propios enemigos —susurró, para luego mirar detenidamente a Graciela—. Eres demasiado linda para ser una espía...

—¿Es que una mujer no puede hacer preguntas por sí misma? —Se ciñó aún más el chal sobre los hombros—. Si los yanquis tienen armas en ese arsenal, ¿qué hacen los guardias dominicanos rondando por ahí? ¿Por qué no se llevan simplemente esas armas y hacen lo que tienen que hacer, como los machotes que aseguran ser cuando andan por ahí luciéndose con sus estúpidos uniformes?

—Toda una patriota —repuso el hombre—. Pero a ustedes las mujeres cualquier vaina les parece fácil. Estos yanquis tienen mayor potencia de fuego, mayor potencia aérea (lo que ellos llaman los *Curtis Jennies*) y métodos de tortura más brutales que en los tiempos de los haitianos.

De vez en cuando miraba por encima del hombro hacia el horizonte del mar o fijaba la vista en un barco de vapor que borboteaba hacia el muelle. Ahora se había sentado en la caja, y Graciela no supo muy bien si seguir escuchándole o alejarse. El irritante sonido del metal estaba por todas partes: el tironear de cadenas en los muelles, el tañido de una campana en alguna parte, el remachar de un perno cerca del muelle, el tintineo de la taza de hojalata del mendigo. De pronto se oyeron disparos.

—¡¿Y eso?! —Graciela dio un respingo.

—Prácticas. Los soldados hacen prácticas en un campo de tiro allá atrás. —Su pulgar señaló el arsenal—. Pareces una mujer decente, ahora que te veo mejor. A veces algunas mujeres tienen trabajitos por aquí —añadió con un guiño—. O vienen a traerle a su hombre algo de comida. ¿Qué te trae a ti? —Se levantó y volvió a cargar su caja.

—No vengo aquí a trabajar. No necesito trabajar. Tengo todo lo que puedo necesitar —repuso Graciela.

—No tienes el aspecto de una mujer que puede permitirse lujos, con el debido respeto —opinó el hombre observando las sandalias de Graciela.

—Y, con el debido respeto, no es asunto tuyo qué lujos puedo o no permitirme.

Graciela se prometió que, un día de ésos, conseguiría un buen par de zapatos de charol de punta cuadrada.

Encontró el camino de vuelta hasta las callejuelas del Barrio Colonial.

—Silvio, me gustaría que te me largaras de la cabeza, para así poder volver a casa —gimió cuando un callo en la planta del pie la obligó a apoyarse contra una entrada.

Lo que daría por un par de sorbos de lo que fuera que estuviese bebiendo el niñito dentro de la tienda detrás de ella. Y quizá un mordisco del turrón de almendra que se estaba comiendo, o un poco de ese dulce de sésamo que la anciana junto a él estaba desenvolviendo.

Anda el diablo, se dijo, y se quitó las sandalias. Los adoquines a la sombra de los edificios se notaban frescos. Había sitios en que habían arrojado agua desde los balcones y, al caminar, Graciela presionaba las piedras con los dedos de los pies.

Apresúrate, se dijo. El día se le hacía largo, pues se había levantado antes del amanecer. Ya era cerca de la hora de la siesta y tenía que llegar a casa antes de que oscureciera.

Pasó ante la carnicería, el estanco, el puesto de periódicos, una nueva tienda de pelucas, la sastrería. No pudo evitar asomar la cabeza en una tienda que exhibía montones de libros, plumas de escribir y, para su deleite, un globo terráqueo.

—¡Mendigos fuera! —le gritó un hombre encaramado a una escalera en cuanto la vio merodear por el umbral.

—Con esa nariz más larga que la verga de un burro... —murmuró Graciela una vez fuera de la tienda.

—¡Perdone usted, pero aquí hay niños de Cristo!

Graciela se sorprendió al chocar contra una monja que encabezaba un grupo de escolares por la calle. Al instante, Graciela se llevó las manos a la boca, más por el reconocimiento que por la vergüenza.

—Sor Luz, ¿es usted? —preguntó con la voz amortiguada por las manos.

—Vaya vocabulario. Desde luego tiene usted valor...

La monja se santiguó rápidamente. Con la cadera mantuvo abierta la puerta del convento para los últimos niños. Como si Graciela no estuviese allí, pasaron ante ella y la monja cerró de un portazo. Graciela recibió una repentina bocanada de aire que olía a madera húmeda, y fue entonces cuando hundió la cara en las manos. Fue como si ese aire frío prendiera fuego a un pedazo de madera que pendía en el interior de su pecho. El humo la hizo toser y jadear, el calor le hinchó los ojos y le humedeció las palmas.

—¿No me reconoce, sor Luz? —lloriqueó.

Por un momento sus ásperos sollozos contra la puerta le sonaron muy parecidos a los de Mercedita. El calor que sentía dentro la hizo olvidar el hambre, le confirió una locura que hizo que no le importara parecer una vulgar mendiga. Graciela lloró por el callo de su pie, por las lesiones de sus manos y por la conclusión de la Gitana de que en su camino se alzaban demasiados obstáculos; no le había dicho nada sobre su destino con Casimiro.

Pronto se cansó de llorar; sus temblores procedían de un lugar en su interior que no estaba hecho de madera sino de una piedra que para quemarse necesitaría un fuego mayor. No ahí, con perros callejeros olisqueándole los pies. Cuando volvió a ver con claridad lo que la rodeaba, comprendió que se había desplomado ante las puertas del convento y que el pañuelo se le había caído de la cabeza. Sentía un gran cansancio en el cuerpo. Los que andaban en torno a ella la miraban brevemente, como si fuera un ladrillo que alguien hubiese dejado caer en su camino. Una niña le hizo señas desde el balcón de enfrente y, tras desaparecer unos instantes en el interior, volvió a salir con una taza de hojalata atada a un cordel. La hizo bajar hasta la calle, donde Graciela apuró agradecida el agua que contenía.

Era mejor para ella irse a casa con su familia que ver a Silvio tan triste, atrapado en una fotografía en algún rincón de aquel almacén, igual que ella se viera reflejada en la ventana del convento.

## Evacuación (pura y simple)

*1924*

Habían hecho falta cuatro años de protestas nacionales e internacionales para compeler a las tropas estadounidenses a levantar el campamento y abandonar el país. Durante ocho años se habían instalado en la República Dominicana, recaudando los pagos regulares de la deuda del país con Estados Unidos y cualquier otro botín dominicano que estuviese a su disposición. Durante su estancia construyeron carreteras y mejoraron la sanidad y la educación, con lo que agravaron aún más la deuda nacional. El sentimiento antiyanqui había crecido entre la población en general. La censura, los toques de queda, los tribunales militares y la tortura de disidentes habían incitado al ultraje popular. Los intelectuales lanzaron una campaña en defensa de una «desocupación pura y simple». Incluso mientras los ricos disfrutaban del botín de la ocupación, las protestas surgieron de muchas partes.

En la estela de la partida de los americanos siguió habiendo un cuerpo de locales bien entrenados en las tácticas de la represión. Las tropas dejaron tras de sí cierta avidez por los bienes estadounidenses. En algunas poblaciones azucareras, como San Pedro de Macorís, surgió una afición al béisbol, que con el tiempo reemplazaría a las riñas de gallos como deporte nacional. Las tropas dejaron también una estela de muertes y nacimientos: madres de luto y madres con hijos de cabello claro.

Cuando los americanos salieron de la República Dominicana, las masas bailaron merengue con más vehemencia que nunca.

En el bar de Yunco, el acordeón gañía, desafiando a los bongos, mientras unos hablaban de cintura para abajo y otros escuchaban con los ojos. «¡Ay mi negra!» Vuelta, izquierda, derecha y vuelta. «¡Ay, ay, mi negra!» Al cantante no le gustaban las mujeres ajenas. «Vuelta, izquierda, derecha, vuelta, mueve la cintura, mueve las caderas, dale a los hombros.»

Graciela bailaba, mordiendo con fuerza, mirando al frente por encima del empapado cuello de la camisa de Casimiro como si mover la cintura y las caderas y darle a los hombros pudiera redimirla de su anterior ausencia. «Na' de mujeres ajenas, no me gustan las mujeres ajenas. ¡Abajo! Izquierda, derecha, izquierda, mi negra.» Dejó vibrar el merengue hasta el extremo mismo de sus huesos.

Izquierda, derecha, vuelta, a los bailarines les dolía todo por culpa de los ritmos de perico ripia'o que rasgueaban los brazos de la banda de tres hombres. El latido de la música hacía evaporar la llovizna de domingo. La esposa de Yunco había preparado una cacerola sin fondo de sancocho de siete carnes, y una saludable dosis de ron circulaba entre la multitud, haciendo fluir nuevamente la sangre viva y líquida en la celebración de la libertad.

Los borrachos bailaban solos, con los ojos cerrados, el ron en la mano izquierda y el puño derecho en el corazón. Todo el mundo se contagiaba de los ritmos como de ping-pong. Niños con faldones se perseguían unos a otros por debajo y entre las frenéticas piernas, perdiendo canicas y monedas. La música hacía de niñera.

«¡Ay mi negra! No me gustan las mujeres ajenas.» Casimiro condujo bien apretada a Graciela contra la línea del bajo, en torno al ceceo de la güira, a través de los *Ay mi negra* del cantante. Vuelta, izquierda, derecha, vuelta en sus brazos. Experto en movimientos de pies y brazos, trazaba ochos con ella.

Graciela se sentía aturdida de música y almizcle. Las rasposas letras de las canciones le palpitaban en las ventanillas de la nariz. Las polainas de Casimiro y sus zapatos de cordones se hacían la corte mutuamente al rápido ritmo del acordeón.

«¡Ay mi negra!» Más rápido, vuelta, izquierda, derecha y parar. Cadera con cadera, pie con pie. Entonces todo quedó inmóvil a excepción de caderas y pies.

Todo el mundo aplaudió en la última nota. El patio de Yunco echaba humo. El suelo bajo la enramada de paja del techo había pasado por días enteros de pies que aplanaban capas de piedra caliza, tierra y agua como preparación para el baile. Las lámparas ardían y su humo se unía al de las pipas de mazorca de maíz, puros y cigarrillos liados a mano. El aire grisáceo y el olor a pachulí del sudor hacía arrugar narices. La laca Pompeye impedía que cabellos de todas las texturas se erizasen con el vapor. Una mesa ofrecía ponche de canela, huevo y café, empanadas de carne y, a medianoche, el inolvidable sancocho de la esposa de Yunco.

La orquesta, sin empleo desde que las películas sonoras reemplazaran el cine mudo, había viajado gustosa desde el norte para tocar perico ripia'os y otros merengues. Cuando tuvieron el valor de atacar el popular fox-trot *Mi hombre,* los abuchearon.

—¡En Yunco no hay yanquis! ¡En Yunco no hay yanquis!

Desacuerdos, vendettas, envidias y cotilleos se habían dejado de lado en el fervor de la celebración patriótica. La patria volvía a ser la patria. A Yunco no le importaba que su establecimiento fuera a tener que competir con el bar local, ahora que las tropas se habían marchado. Hasta las carabinas de las muchachas adolescentes sacrificaban el cotilleo por bocados de dulce de leche. Flavia, la mujer de las masas fritas, no estaba ya tan furiosa con Celeste por tontear a sus espaldas con el Gordo. El propio Casimiro hacía muchos viajes a la sartén de Flavia, llegando a consumir más de diez masas fritas gratis. Y a Graciela no la amargaba que él disfrutara.

—Casi, tanto comer yoniqueques, y te convertirás en el Gordo —le dijo con una sonrisa de whisky diluido.

—Lo último que quiero es una barriga, o peor aún, compartir una cama con masa frita —repuso Casimiro.

—¡Vamo'a bailar! —Graciela se levantó de golpe y casi derribó el banco.

La siguiente canción era una historia sobre una mujer posesiva que seguía a su esposo al trabajo, a la tienda, al bar, al barbero, al parque. Para cuando la celosa mujer llegó al excusado, Graciela tenía los pies demasiado cansados para continuar.

Casimiro tenía los dedos largos y cónicos de un artista. Al igual que era capaz de hacer algo con todo lo que le caía en las manos, poseía un talento innato con Graciela. Tenía seis dedos en cada mano y los dígitos extra brotaban como frijoles de los bordes de sus manos. Había ignorado el consejo de atárselos con mecate hasta que se le secasen y se le cayeran. Cuando asía la carne abundante bajo la falda de Graciela, ella se sentía como si un río fluyera entre los dedos de Casimiro y su piel. Algunas mañanas, los dedos de él le enjugaban las costras de los ojos con una ternura que ella no sentía hacia sí misma. Nunca había visto unas manos tan dulces y delicadas en un hombre. Las manos de la propia Graciela eran pequeñas y ásperas, como cáscara de nuez. Y aun así, cuando se encontraban con las de él, Graciela sentía las suyas tornarse más suaves. Para Mercedita, Casimiro convertía sus manos en pájaros que se le posaban en los hombros y le ponían huevos en la cabeza. En las tardes en que el trueno y la lluvia asustaban a Mercedita, todos se sentaban en el dormitorio alrededor del farol de queroseno para forjar historias con las sombras de sus manos. Eran las rápidas sombras de Graciela las que perseguían a las otras manos por la sábana colgada y los chillidos de placer de Mercedita quedaban ahogados por el trueno. Y más tarde, cuando la lámpara se había apagado y Mercedita dormía profundamente, las manos de Casimiro vagaban por la mata de pelo de Graciela, le bajaban por la nuca hasta la base de la columna y aún más abajo, donde su dedo medio se deslizaba en la tersa hendidura. Y las manos de Graciela le acariciaban el hueco de la espalda, con las uñas hincándose en los granos, cavando sin piedad en la carne mantecosa.

No hubo piedad en las manos de Graciela cuando, con una Mercedita de siete años a la zaga, siguió sigilosamente a Casimiro en su itinerario de recolecta de cachivaches: a la tienda, al bar de Yunco, al barbero, a las riñas de gallos, al bar de Yunco otra vez y, finalmente, a la cama de Flavia, la mujer de las masas fritas. Graciela había vestido de niño a Mercedita para arrastrarla consigo como pasaporte en los sitios más difíciles. Fue un asunto de jornada completa y Mercedita lloriqueaba por un descanso.

El duro trabajo de espionaje dio su fruto. Graciela atacó a Flavia con sus propias manos en lugar de con una cuchilla de carnicero. Casimiro le indicó con un gesto a Mercedita que saliera fuera y le mandó un risueño doble guiño para evitar que llorase. Cuando los crudos sonidos de puños contra carne llenaron el cuarto, Casimiro se puso los pantalones y se alisó el pelo con laca Pompeye. Graciela había logrado inmovilizar a Flavia contra los postigos por unos segundos, pero ésta se liberó con una certera lluvia de golpes. Casimiro observó el borrón de mujeres unos instantes, para luego rodearlas con cautela y unirse a Mercedita fuera de la cabaña.

—Ya, Mercedita. Vámonos a casa.

Le secó las lágrimas y, de la mano, regresaron a casa caminando sin prisa.

Una multitud que ansiaba excitación se había congregado delante de la casa de las masas fritas. El Gordo sabía que algo andaba mal con su mujer cuando a mediodía no le llegaba a través de la ventana de Celeste el aroma de las masas friéndose. Había saltado de la cama de Celeste en cuanto un vecino había anunciado a gritos el espectáculo. El Gordo se encontró a su mujer con ojos desorbitados y gritando obscenidades. Decía que Casimiro había ido para llevarse una masa especial que ella le había preparado para uno de sus extraños proyectos.

—¿Es que no ves que es más maricón que un pato? —exclamó ella con el rostro desfigurado por los arañazos de Graciela.

Fue de esa manera que la sífilis de Eli Cavalier se fue abriendo camino a dentelladas por todo el pueblo.

## Mercedita

*1925*

A los ocho años, Mercedita había encontrado maneras de acercarse a su madre esquiva y distante. Se aseguraba de no hablar mucho cerca de mamá Graciela, por temor a que sus palabras tiñeran de un matiz vidrioso y ausente los ojos de su madre. No se atrevía a abrazar a mamá Graciela, porque eso la hacía retorcerse, incómoda. Cuando mamá Graciela estaba cocinando, a Mercedita le gustaba entrar a hurtadillas en el dormitorio para probarse las faldas y blusas de su madre. Si mamá Graciela decía que iba a tomar un baño, Mercedita se aseguraba de que hubiera una toalla limpia y agua suficiente en el cobertizo del baño. Mamá Graciela jamás tenía que recordarle que hiciese sus oficios, algo sobre lo que había oído a su madre jactarse a Celeste. Y qué enojada se ponía Mercedita con papá Casimiro cuando él hacía gritar a su madre. Tener contenta a mamá Graciela —incluso tratar de ser como ella— era para Mercedita la forma de asegurarse de que jamás la abandonara.

La sombrerera estaba tan desvaída que la muchacha victoriana de la tapa se veía fantasmal. Graciela se la había ocultado a Mercedita y sólo la sacaba de debajo de la cama cuando creía que su hija estaba dormida. En una ocasión en que Casimiro había llegado a casa bastante después de la cena y borracho por la decepción que le había dado el desplumado Saca Ojo, Mercedita había oído a su madre sisearle algo sobre las monedas de reserva en la sombrerera. Y otra noche, Mercedita había visto a Graciela metiendo la sombrerera bajo la cama de un puntapié, con los ojos brillantes a la luz de la luna.

Mercedita esperó hasta un día en que Graciela fue a pedirle azúcar a Santa, que siempre la tenía un buen rato enfrascada en una conversación. Debajo de la cama, Mercedita contuvo el aliento: en torno a las patas había telarañas que desafiaban a las escobas y a las niñitas curiosas. Como si ella misma fuera una araña, Mercedita abandonó su misión y retrocedió arrastrándose.

Mercedita alzó la mirada de la tina que burbujeaba con los blusones de Santa. El patio detrás de la destartalada casa de Santa estaba alfombrado de sábanas y toallas. La vieja, que masticaba las palabras como si las rumiara, se mecía en una silla de mimbre y fumaba en una pipa de mazorca de maíz. Mercedita sintió que la anciana la observaba frotar la ropa con el jabón de cuava.

—Tu mai no me dijo que fueras tan buena lavandera. Me gustaría que mi hija pudiera lavar así, pero ese maldito y podrido hígado suyo... Usa esas manos mientras puedas, mi'ja. Antes de que te des cuenta serás un saco'e huesos como yo —dijo Santa.

La espuma hacía arder el corte que Mercedita tenía en la mano.

—¿Es verdad que tienes una lengua de culebra, Santa? —quiso saber la niña.

—¿Quién te dijo eso? —Santa había soltado una risilla con el rostro agrietado en telarañas.

Mercedita atacó una sisa amarillenta. Santa se meció hacia atrás y rió ante el borbotón de espuma en zigzag.

—Igualita que tu pai, siempre queriendo hacerlo to' mejor que nadie.

La niña frotó con más fuerza en la espuma, como le había

visto hacer a Graciela siempre que iban al río. Luego escurrió una toalla tan fina como una malla sobre una acequia. Se sentía mayor que sus ocho años.

—No me imagino a papá dándose aires—repuso con una pinza cabeceándole en los labios como un cigarrillo.

—Oh, no, mi'ja. No estoy hablando de Casimiro—dijo Santa arrastrando las palabras. Al ahuecar las mejillas hizo refulgir las brasas en la pipa.

¿Y qué acertijo era ése? Santa le hablaba de cosas repulsivas, si no de espíritus y fantasmas, sí de la Cigüapa y de yanquis de tres cabezas. Mercedita colgaba toallas en la cuerda de tender. Sonrió ante su propia estupidez.

—Oh, Santa, papá la cigüeña. No vayas a creer que no sé de dónde vienen los chichís.

Santa entrecerró los ojos, como si tratara de volver más vívido un recuerdo borroso.

—No, mi'ja, no hablo de Casimiro. Ese loco se fue a vivir con tu mai tal como estaba después de que tu verdadero pai muriese. —Santa se arrellanó. En esta ocasión cerró un ojo al humo del tabaco y el brillo plateado de las nubes.

La espuma goteaba —arañas que reptaban— de los brazos de Mercedita mientras fulminaba con la mirada a Santa.

—Aprende las cosas, mi'ja. Aprendete esas cosas. —Se meció un poco más y dio bocanadas a su asquerosa pipa—. Mira qué grande estás ahora. Pronto serás una señorita. Escondes esas uvitas ahí, bajo el vestido, como Graciela cuando trata de tapar el sol con un dedo.

Un clavo afilado en su voz hizo que a Mercedita le ardiera la nariz. Se estremeció al pensar en su propio pecho sobresaliendo como el de aquella loca desnuda a la que en cierta ocasión viera maldecir junto a la carretera.

Mercedita enjuagó el último andrajo y arrojó el agua sucia del balde a los pollos que graznaban. Santa se mecía en silencio. Las sábanas ondeaban en la cuerda.

—Ajá. Tu pai fue un hombre llamado Silvio, mi'ja.

Sus párpados como de lagarto se cerraron para una siesta.

Mercedita no pidió el poco dinero que le correspondía. Corrió hasta su casa conteniendo el yunque en su pecho hasta que llegó al excusado. Bajo el enjambre de avispas, vomitó.

—¡Mercedita! —Graciela bizqueó entre los intersticios de los tablones.

Se preguntó si los sollozos de su hija significarían que se había visto afectada por la enfermedad de la sangre a una edad terriblemente temprana. El rostro de Mercedita estaba entrecruzado por una luz de platino; Graciela recordó la tormenta que se avecinaba y soltó el alambre que mantenía la puerta cerrada. Había un olor acre a bilis.

—Vamos. —Graciela rodeó con un brazo firme a Mercedita y la condujo a través del patio del bohío principal hasta el dormitorio.

—¡Llorando como una chichí! —exclamó, las manos suavizadas por la compasión.

Mercedita tenía miedo de hablar, hasta que la dulzura de Graciela quebró sus sollozos.

—Casimiro no es mi pai... —Entonces se echó a llorar otra vez.

—¿Y quién te...?

—Santa, ella me lo dijo. Un hombre llamado Silvio...

Los sollozos eran ahora incontrolables y la bofetada cruzó la mejilla de Mercedita con la rapidez de una navaja.

—Deja ya esas lágrimas de cocodrilo —ordenó Graciela, y se le quebró la voz—. Santa no te dijo nada, ¿me oíste?

Antes de que Mercedita pudiera desmoronarse otra vez, Graciela se había recogido la falda para salir corriendo de la cabaña y cruzar la carretera hacia la casa de Santa.

Sólo unos meses más tarde Mercedita se acordó del episodio de la sombrerera, cuando Graciela había salido a pedirle miel a Celeste. Para entonces ya les tenía menos miedo a las arañas. En esta ocasión emergió victoriosa de debajo de la cama, con las largas trenzas negras ligeramente empolvadas y arrastrando la sombrerera.

Desde la traición de Santa y el largo silencio de Graciela, Casimiro le había traído a Mercedes más bolones que a Graciela, e incluso una manzana yanqui en cierta ocasión. Aun así, Mercedita se había vuelto deslenguada con Casimiro cuando él se negaba a dejarla ir al río con sus amigas. Después de que Mercedita le dijera a gritos a Casimiro que él no era su verdadero padre, Graciela la había hecho arrodillarse sobre arroz y le había dado una buena azotaina con una vara húmeda. Se acabaron las visitas a Santa, y Mercedita no debía contarle a nadie más esas mentiras sobre su verdadero padre, eso Graciela lo dejó bien claro. Pero hacía unos meses Santa había caído enferma y, moderando su rencor, Graciela le había preparado a la vieja sopa de gallina y budín de pan. Y ahora Graciela parecía más alegre que nunca.

Dentro de la sombrerera Mercedita encontró papeles que olían a arroz crudo. Emitió un jadeo al ver algo negro y peludo entre los papeles, y entonces comprobó que era un rizo de delicado cabello sujeto con cinta. Había un crucifijo de hoja de palma que el padre Orestes les había hecho un Domingo de Ramos. También encontró un dedal de porcelana, la fotografía de unos novios de piel blanca, una taza con su platillo, una pastilla de jabón y un catálogo con imágenes de toda clase de vainas, desde sillas a pomadas. Envuelto en papel de periódico había un cordón tieso y del color de la berenjena que, sin saberlo Mercedita, antaño la había unido a su madre. Despegó el cordón del papel y deseó poder descifrar la abigarrada tinta que había debajo, tal como hacía Mustafá el tendero. Un rosario de cristal emergió de un trozo de papel de seda.

¡Graznidos en la entrada de la casa! Mercedita lo arrojó todo en la caja y la metió bajo la cama de un puntapié con igual precipitación que su madre. Se puso las cuentas de cristal en torno al cuello y se las metió bajo la blusa.

—¡Mercedita!

Después de ayudar a Graciela a barrer el bohío, dar de comer a las gallinas, fregar el excusado, lavar el arroz, traer agua de la bomba, cambiar las sábanas, lavar la sudada ropa de Casimiro, zurcir una falda y, finalmente, desgranar guisantes de sus vainas, Mercedita se sentó bajo el almendro de la parte trasera de la casa. Salpicada por las sombras de las hojas, extrajo el rosario.

—Diaaablo... —silbó Mercedita. Las cuentas de cristal proyectaban minúsculos arco iris en la palma de sus manos.

Casimiro estudió a Mercedita desde el otro extremo de la mesa, y luego dio una bocanada al cigarrillo. Se trataba de un nuevo hábito que había adquirido, y a Mercedita le gustaba cómo entrecerraba los ojos al exhalar el humo. Con Graciela retirada a la cama por sentirse indispuesta, Mercedita reunió coraje. Sabía que no tenía que hablar en susurros y unas horas antes le había rogado a Casimiro que le dejase probar una chupada. Él había cedido por fin; Mercedita siempre sabía cómo apelar a su sentido infantil de subversión. Había aprendido a ahuecar las mejillas y a inhalar el humo sin tragárselo. Al cabo de unos minutos se sintió aturdida, y las oleadas de náusea le hicieron percatarse de cuán incomprensibles eran los adultos y sus hábitos. Pero Casimiro le ordenó que se acabara el cigarrillo entero, hasta que Mercedita le amenazó con despertar a Graciela y contárselo.

—Ahora ya sabes que nunca hay que permitirse vicios —dijo él, y salió del bohío para dirigirse al cobertizo de la cocina.

—Papá, dime la verdad —se le enfrentó Mercedita después de que él se hubiera tomado la molestia de encender la chimenea para hervir un poco de té de anís para el estómago revuelto de la niña—. ¿Eres mi verdadero pai?

—Pensaba que estabas tratando de acabar esas cuentas que te dio Mustafá —repuso Casimiro.

Mercedita bebió un sorbo de su taza y luego mordió el lápiz. Por las arrugas en torno a los ojos de Casimiro supo que estaba orgulloso de verla garabatear problemas de sumas y restas en el papel marrón.

—Eres demasiado moreno —dijo Mercedita, y apoyó los brazos junto a la pálida galleta de casabe sobre la mesa. Blandió la hoja con los números en el aire y exclamó que era incluso más moreno que el papel.

—¿Ya ha estado Santa metiéndote otra vez esas vainas de los países en la cabeza? —repuso Casimiro. Mercedita advirtió la ausencia del alborozo habitual en su voz—. ¿No soy bastante padre para ti, Mercedita, que tienes que andar buscando en otra parte?

Cuando ella vio endurecerse la mandíbula de Casimiro decidió no preguntar más.

Los problemas que Mustafá había escrito para ella ya no le producían excitación. Se inclinó para colorear el interior de los cuatros y los ochos, convirtió los treses en pequeños señores gordos y garabateó sobre los signos de suma y de resta.

—Que no vuelva a oírte mencionar eso de los padres, ¿me oyes? —dijo Casimiro en un tono que borró las arrugas alrededor de sus ojos. Le quitó el lápiz y le levantó la barbilla para que lo mirase.

Mercedita olió el tabaco en sus dedos. Decidió que cuando fuera mayor nunca fumaría ni mentiría a los niños.

Con frecuencia, al llegar a casa Casimiro se encontraba a Mercedita esperándole en el porche.

—Pensaba que el cuco negro te había metido en su bolsa —le gustaba a la niña decirle cada vez.

Casimiro cargaba entonces como un toro para echársela a los hombros y amenazarla con tirarla a la letrina. Era un juego al que llevaban años jugando, incluso aunque el alcohol embotara los gruñidos de Casimiro, incluso cuando Graciela se quejaba del ruido.

—¡La gente pensará que somos animales! —exclamaba por sobre los gritos de Mercedita.

Se perseguían uno al otro por toda la casa como si Graciela no estuviera allí, en un ataque de risitas que iban creciendo en intensidad con la irritación de Graciela. El miedo que recorría a Mercedita era magnífico; su cuerpo se inclinaba en el aire para caer en los firmes brazos de Casimiro. La rendición que suponía la caída libre bombeaba la risa en sus venas, una risa que a Mercedita le había sido muy difícil saborear de otros modos. Cuando Graciela se percataba de su éxtasis con Casimiro, trataba de congraciarse con ella no regañándola después.

—Enséñame a pelear, papá —le pidió Mercedita a Casimiro el día en que cumplió ocho años. Ambos estaban sin aliento. La niña sentía palpitar el calor en su cabeza y entre las piernas en el frescor de la tarde. Aquellos juegos siempre eran divertidos, pero ahora quería probar a ser la agresora.

—¿Por qué iba a dañar a un encanto como tú? —Casimiro estaba doblado en dos y tragaba bocanadas de aire—. Ya me estoy poniendo viejo...

—Creo que Mercedita ya está demasiado grande para esto —intervino Graciela. Había acabado de lavar los platos de la cena y había salido al patio para verter el agua sucia en los embarrados pies de Casimiro y Mercedita—. Sencillamente no está bien que una muchacha juegue así con su pai.

—Tu mai tiene razón —le dijo Casimiro a Mercedita cuando Graciela había vuelto al cobertizo de la cocina.

—Pero ¿qué fue lo que hice? —quiso saber la niña. Estaba harta de que la regañaran. Por lo visto, las mujeres que la rodeaban no podían evitar blandir sus dedos ante ella; cuando no era su madre, era Mai o Celeste o Santa—. Todo lo que hago está mal —añadió, y cruzó los brazos. El inmenso cielo nocturno encima de ella la hizo sentir aún más chiquita.

—Sólo tienes que ser más consciente. Una niña que está creciendo como tú ha de protegerse contra toda clase de malos elementos —repuso Casimiro. Tendió una mano para abotonarle la blusa hasta arriba y limpiarle un manchón de barro de la mejilla—. Anda. Ve a ayudarla a acabar de limpiar la cocina.

Mercedita no lograba comprender por qué su madre había restringido de pronto sus escapadas a la tienda de Mustafá, hasta que la oyó hablar con Celeste.

—... y ya viste qué cinturita tiene, hasta con la blusa metida por dentro...

Y Mercedita sabía que Graciela había olfateado el aroma agridulce a almizcle que había empezado a emanar de las mangas de sus blusas. Mustafá también debía de haberlo percibido.

—¿De dónde sacaste ese jabón? —le había preguntado Graciela a la niña después de que el aroma a lavanda la hubiera hecho salir temblando del cobertizo del baño. Graciela afirmaba haber encontrado el lujoso jabón en el suelo del bohío, aunque Mercedita siempre se aseguraba de esconderlo después de cada uso.

—Me lo dio Mustafá. Mamá, mira qué vestido le hice a la muñeca. Espera a que haga uno para ti. —Sostuvo en alto la muñeca de trapo, cuyo vestido de percal Graciela palpó lentamente.

—No aceptes más vainas de ese hombre, ¿me oíste? —la regañó—. Es que no está bien llevarse cosas fiadas después del incendio de ese pobre hombre —añadió con voz más dulce.

—Pero me dijo que era un regalo...

—¡Bah! No existen tales vainas como regalos de los hombres —repuso Graciela—. No sé si en casa de Celeste oíste la historia que le gustaba contar el Viejo Cuco, la de la muchacha glotona.

—¿Quién es? —quiso saber Mercedita. Ya había oído varias veces esa estúpida historia, pero quiso saber cómo la contaría su madre. Y, por primera vez, Graciela se sentó junto a Mercedita el tiempo suficiente para contarle una historia.

—Había una vez una muchachita que iba de casa en casa en el pueblo, diciendo que no había comido...

# El harén de Cristo

*1929*

La alegría de vivir de Casimiro se le ceñía a Graciela como la desdicha. En los nueve años que llevaba viviendo con él, Graciela (y todo el mundo) había empezado a sospechar que ese hombre era estéril. En muchas ocasiones había olvidado, o no había podido permitirse, ir a la otra punta de la ciudad para conseguir las hierbas. Que Graciela no quisiera más niños no importaba; la esterilidad de Casimiro la avergonzaba más que aquel desliz con Flavia, más que la afición de Casimiro al licor ilegal, más que su bondadosa flojera. Y años atrás el fallecido Viejo Cuco le había dicho lo fea que la hacía un hombre inútil como ése.

A los veintiséis, Graciela se sabía ya bien entrada en años. Hombres que solían volver la mirada hacia ella empezaban a volverla hacia Mercedes. No se sentía una mujer fea, por pobre que fuera; sabía lo que significaban las miradas prolongadas, de hombres y mujeres por igual, cuando estaban en su presencia. Y muchas veces no había podido resistirse a las insinuaciones del ocasional trabajador de la caña de azúcar que la llamaba de camino al mercado. También había habido otros. Pero sabía que más le valía no cagar donde comía y sus escapadas regulares de Casimiro las hacía para «visitar la tumba de su abuelo». Casimiro siempre asentía con la cabeza, con esa serena aceptación que no cesaba de confundir a Graciela. Y sin embargo desde lo de Flavia no había estado con otra mujer.

—Ésa es tu otra mujer —le decía Graciela siempre que Casimiro se sacaba la petaca del bolsillo.

La de Mercedes era una mirada siempre presente. Era una niña de pocas palabras, como lo fuera su otro padre, Silvio. A veces Graciela la pillaba mirándola fijamente desde cierta distancia. Cuando sus miradas se encontraban, Graciela apartaba la suya con rapidez, pues se le hacía difícil fijarla en esos ojos penetrantes. Mercedes se alejaba entonces. Debe ser esa dolencia, se decía Graciela, pues Mercedes, que ya tenía doce años, había empezado a menstruar. Graciela ya no podía considerarla una niña. La asustaba ver el aplomo de Mercedes, sin importar lo que ocurriera alrededor; la asustaba porque ya podía ver en su hija la madurez de la que ella misma carecía.

—Esa muchachita es altanera. Demasiado buena para hablar porque se le metió en la cabeza que tiene leche en vez de sangre —le contó Graciela a Celeste.

—Al final, Graciela, una acaba pagando por todo.

En la tienda no se pagaba por todo, como acabó por descubrir Graciela. En las raras ocasiones en que enviaba a su hija a comprarle artículos a Mustafá, Mercedita volvía mucho más tarde de lo esperado, con monedas todavía tintineando en los bolsillos del delantal.

—Sólo te pedí una libra de azúcar, ¿por qué te trajiste dos, Mercedita? —quiso saber Graciela.

—Alégrate de que tu encargo se doblara, mamá. Y te dije que me llamaras *Mercedes*.

Era la clase de respuesta que hacía desear a Graciela retorcerle la oreja. Trató de contenerse, recordando sus propias batallas con Mai a esa edad. Pero el día en que vio a Mercedita sujetarse el cabello con cintas de brillantes colores y anunciar que iba por canela para preparar unos frijoles dulces, ya fue demasiado.

—¿Desde cuándo hacemos habichuelas con dulce en un día de semana, Mercedita? —chilló.

—Te dije que... —empezó Mercedita, y antes de que Graciela se diera cuenta estaba dando tirones al cabello de su hija, hasta que las cintas de colores se abrieron en abanico y cayeron al suelo como un arco iris. Mercedita se llevó las manos a las sienes. Graciela la llevó entonces dentro de la casa tirándole de una oreja.

—¡Papá! ¡Papá! —chilló Mercedita mientras se hacía un ovillo en la cama.

Graciela se alegró de que Casimiro no estuviera en la casa. Lo último que necesitaba era que le dijera que no anduviese causándole problemas a su propia hija —que no la de él—, porque, oh, ella sí que sabía cuanto había que saber sobre problemas.

—No te muevas de ahí —le ordenó a Mercedita antes de salir corriendo hacia la tienda de Mustafá.

Mustafá el Viudo, como lo llamaban ahora, cruzó los brazos al ver irrumpir a Graciela en su local y dar un golpe en el mostrador. Graciela se sorprendió de encontrar allí a Casimiro, atiborrando a Mustafá de chistes y bebiendo maví frío. Su ira era lo bastante grande como para los dos.

—Ya sé que andas buscándote otra mujer, Mustafá —dijo—, pero pon esos ojos en otra parte, ¿me oyes?

La habitual risita de Casimiro la hizo apretar los puños.

—Casimiro, tu mujer perdió el control —dijo Mustafá.

Casimiro posó una mano en el brazo de Graciela y ella se la apartó.

—Sigue con eso, Mustafá, y le diré a todo el mundo que los turcos te montaron este local —soltó Graciela sin que se le ocurriera otra amenaza; tenía bien pocas armas en su arsenal.

—Lástima que no sepas lo buena que es esa muchachita con los números —repuso Mustafá. Se volvió para ordenar algunos artículos en los estantes, dejando que Graciela echara chispas sobre la naturaleza de su comentario.

«Tu mujer perdió el control», se repitió ella por lo bajo. Así pues, se suponía que un hombre estúpido como Casimiro tenía que controlarla cuando ella sentía que el núcleo mismo de su ser se estaba desquiciando para convertirse en una masa derretida y pegajosa.

Las febriles jaquecas de Graciela y el dolor en huesos y articulaciones habían cedido, pero las lesiones rojizas de sus manos se le habían extendido lentamente a la cara. Y cuando se lavaba, notaba una diferencia entre las piernas. Sabía que estaba enferma desde que regresara del norte años atrás. No importaba qué le dijeran, Graciela creía que su dolencia había crecido en el hueco que la partida de Silvio dejara en su interior. Celeste la había llevado aparte y le había hablado sobre la sífilis, diciéndole que una de las fulanas de Yunco la reconocía cuando la veía, que podían conseguirle tratamientos a base de mercurio. Pero Graciela no podía explicarle a nadie que un yanqui les había echado una maldición distinta a ella y Silvio tiempo atrás; había plantado en ellos raíces de luz más potentes de lo que nadie en la ciudad conseguiría hacer jamás.

Una mañana, Graciela se llevó uno de los pedazos de espejo de Casimiro al excusado. El tembloroso espejo reveló pliegues de carne que nunca creyó que existieran y por los que había pasado tanto dolor y placer. Toda su vida había sabido de esa parte por el tacto y el olor, sin identificarla nunca con las carnosas capas de marrón grisáceo y rosado. No logró distinguir el tejido sano del tejido enfermo que sospechaba, y concluyó con alarma que las zonas marrón grisáceas se estaban muriendo.

En un sueño vio a la estatua de la Virgen de Altagracia hacerle señas desde La Pola. Las manos de la Altagracia estaban extendidas para darle la bienvenida. Tenían estigmas, heridas abiertas como las que Graciela había visto en la cuña de espejo. Cada herida se abría y cerraba, produciendo con los labios arias armoniosas que endulzaban la amargura de su alma. Entonces la calidez se tornó frío. Un dedo en el cielo había bloqueado el sol. Los labios de las manos de la Altagracia se cerraron y se convirtieron en babosas que le reptaron hasta las muñecas. Se derramó blancura sobre la pintura que la cubría y la Altagracia se transformó en una estatua de sal. Graciela despertó con la imagen de babosas que se encogían para convertirse en uvas pasas.

En esa ocasión Graciela no empacó nada.

—Me voy —le dijo a Casimiro con la boca adormecida.

Él estaba lijando el casco de una canoa en el patio.

—Haz lo que quieras, mujer. Tus demonios ya apestan.

Durante un rato se hizo el silencio entre ambos, excepto por el raspar de la lija.

—Casimiro, es que yo...

—¿Quién se robó tu espíritu, mujer? Dejarme a mí, y a esa niña ya casi crecida...

Graciela alzó la voz.

—Es sólo que estoy cansada. Estoy harta de ti —añadió pateando con un pie.

La canoa se estremeció en las manos de Casimiro cuando las lágrimas humedecieron su superficie. Que no se molestara en secárselas sorprendió a Graciela.

—No, Graciela, estás harta de ti misma.

Graciela se mordisqueó la mucosa de los labios. No lograba entender qué hueco voraz en su alma la hacía desear huir de su propia piel. Un hueco que, con el tiempo, la había vuelto fría hacia Casimiro y Mercedes y que ahora mantenía sus propias lágrimas a raya. Una frialdad que volvía de madera su corazón, igual que aquel corazón que Casimiro tallara para ella cuando aún la cortejaba. ¿Se habría colgado él ese corazón al cuello de saber lo que estaba por llegar? La sola idea de saberse así, tan insensible hacia un hombre y una niña a los que se suponía debía amar, la hizo odiarse.

Por un instante, Graciela consideró contarle a Casimiro acerca de esa otra parte de sí que según la Gitana vagaba errante, lo del almacén y Silvio, el yanqui, Eli, La Pola, Ana, Humberto. Pero ése no era buen momento para revelar nada. Entre ella y Casimiro se habían quebrado demasiadas cosas.

—He decidido irme con las hermanitas de la caridad del Barrio Colonial —dijo, confiando en atemperar la sentencia de Casimiro.

—A un harén de Cristo. Y ¿pa' qué, Graciela? —Sus ojos volvían a estar secos.

—La Altagracia vino a mí en un sueño... —Y de pronto su sueño, por intenso que fuera la noche antes, le pareció una tontería.

—Y ¿te dijo por casualidad la Altagracia qué hacer con Mercedes? —Dejó la lija y cruzó las manos.

Graciela tensó el vientre para no reír al imaginarse a la Altagracia impartiendo instrucciones tan específicas.

—Celeste y Mai están de acuerdo en ocuparse de ella hasta mi regreso.

El rostro de Casimiro permaneció tan inexpresivo que Graciela no pudo soportarlo.

—Así que ahora ya puedes seguir dándole a la masa de Flavia, vaciándole barriles a Yunco, haciendo cachivaches y cuidando de tus gallos —soltó, temblando a causa del frío repentino que le recorrió en espiral la columna.

Entonces, sin una palabra más, Casimiro empezó a lijar la mancha húmeda que sus lágrimas habían dejado en la canoa.

Decirle adiós a su hija fue más difícil. Graciela se la llevó a la ribera del río, donde le compró un bolón de caramelo. ¿Por qué ese paseo hasta el río?, quiso saber Mercedes, haciéndose oír más que nunca. Luego le preguntó por qué iban a casa de Celeste si Graciela no iba al mercado. Graciela le dijo que sólo sería por un ratito, hasta que ella volviera de la iglesia, y no, Mercedes no podía ir con ella. Pero su hija volvió a preguntarle por qué iban a casa de Celeste. ¿Por qué lloraba papá? ¿Por qué tus ojos están tan raros? ¿Por qué todavía tengo que quedarme con Celeste si ya casi soy una señorita? Y ¿por qué nunca me hablas de Silvio?

Una niña tiende los brazos hacia ella y grita su nombre. Ésa es la última imagen que Graciela conserva de su hija.

Graciela llegó a pie al Barrio Colonial. Las torres cuadrangulares de la iglesia de Nuestra Señora de las Mercedes la habían guiado lealmente como una constelación. Sentía las rodillas tensas e hinchadas, al igual que manos y tobillos. Había sido una larga caminata desde casa, bajo un sol aplastante y los vientos de los cerros llenándole de polvo las orejas...

*Te llamo, Graciela, pero tan sólo dejas resonar mi voz. Demasiado ebria en esa senda absurda, demasiado encumbrada por sobre los hierbajos en el camino. Pero has de saber que siempre caminas hacia la luz, incluso cuando te sientas a tomar un sorbo de agua o a sobarte los callos de los pies. Siempre estarás caminando.*

El frescor de la iglesia fue acogedor esta vez. El sol de mediodía y una fiebre creciente habían arrebolado la piel de Graciela. Se quitó el sombrero de paja y se santiguó, confiando en que el brusco cambio de temperatura no le entumeciese el rostro. Bloques de luz coloreada incidían ardientes en la oscuridad para iluminar bancos, estatuas y rebanadas de suelo. Graciela recordó que de niña había ansiado estar dentro de un bloque de luz. Ahora se deslizó hacia el azul. Luego hacia el amarillo. El rojo.

La estatua del Cristo sangrante estaba bañada por un bloque de luz blanca. En la cabeza, la corona de espino parecía de diamantes. La sangre fucsia en manos y pies era el único signo de su agonía.

En el otro extremo de la iglesia se alzaba la Altagracia en un diorama, con José contemplando al niño por encima de su hombro. Era de piel blanca. Las manos extendidas eran puras, pero tenía el corazón en llamas y enredado en una telaraña de espino. Graciela frotó el corazón de escayola de la estatua, preguntándose si Casimiro habría acabado la canoa que estaba construyendo. Un dolor en el pecho la obligó a sentarse en el banco más cercano. Cerró los ojos, sin saber qué decir como oración; si suplicar el perdón, o pedir ayuda, o dar gracias, o simplemente maldecir sus sufrimientos. En el bloque de luz solar se quedó profundamente dormida...

*... siempre hacia la luz.*

Cuando despertó, la luz del sol se había movido hacia la parte oriental de la iglesia. Graciela estaba bañada en un sudor frío. Se estaban haciendo preparativos para la misa de la tarde. Un sacerdote y un niño del coro hablaban en susurros junto al altar mientras ponían flores frescas en jarrones. En ocasiones miraban por encima del hombro en dirección a Graciela. Levantarse del banco le fue difícil a causa de la hinchazón en las articulaciones.

—Disculpe, padre, ¿dónde puedo encontrar a las monjas?

Su voz quebró la quietud de la iglesia. Rasposa y sonora, no era la voz eclesiástica de las monjas piadosas que disolvían la sagrada hostia con pulcritud en sus lenguas y que se dirigían a un sacerdote sólo cuando él les hablaba. Y aun así el sacerdote le concedió un buenas tardes y un salga por aquí y gire por allá y encontrará el convento, y que el Señor la proteja de todos sus pecados.

Una monja abrió la puerta del convento de Nuestra Señora de las Mercedes. Miró más allá de Graciela, hacia la calle, antes de dirigirse a ella.

—¿Buenas tardes? —dijo, y fue más una pregunta que un saludo.

—Buenas y tardes —respondió Graciela—. Estoy enferma y no tengo dónde ir. ¿Podría quedarme?

En la frente de la monja se formó una reunión de arrugas. Por la manera con que aferraba el pomo de la puerta, Graciela supo que le preocupaba más seguir las reglas que ayudar a una persona enferma que acudía a su puerta. La monja volvió a mirar hacia la calle, y luego la hizo entrar.

—Espere aquí, por favor. Debo consultar con la superiora. Esto no es una posada pública —chasqueó su voz en la oscuridad. Le indicó con un gesto que se sentara en el pequeño vestíbulo y desapareció pasillo abajo.

Sombríos retratos de mujeres de aspecto severo en hábito y griñón colgaban en el vestíbulo. Libros tras un cristal protector se alineaban para cubrir una pared entera. Una mesa pequeña exhibía una colección de crucifijos en miniatura que hizo desear a Graciela haber traído consigo la sombrerera. En ocasiones pasaban otras monjas, que reconocían su presencia con un simple asentimiento de la cabeza. Sus hábitos negros rozaban el suelo al caminar. ¿Cómo soportaría el calor si tuviera que llevar tanta ropa en la cabeza y en torno al cuello y la barbilla? Graciela había acudido al convento no para entregar su vida al Señor, sino porque era el único sitio seguro en el que podría sentirse libre de la jaula del día a día. Confiaba en recobrarse de su misteriosa dolencia, comer mejor, quizá incluso aprender a leer y escribir. Esos velos debían de formar parte de la tortura de acercarse más a Dios, se dijo, y confió en que su estancia no le requiriese entregarse a tan exigente relación.

El convento era antiguo. Los techos altos recordaban a quienes entraban que eran meros insectos de Dios. Cada piso tenía un balcón que daba a la calle, un placer secreto para unas mujeres santas que tenían que salir acompañadas del convento y a las que se les prohibía mencionar el nombre de otro hombre que no fuera Cristo. Paredes de adobe hacían reverberar el sonido de las campanas en el patio, que las monjas mantenían en perpetua floración y fragante. Tal encanto, producto de la creatividad y una pulcritud maniática, no traicionaba la mísera cantidad de dinero que la Iglesia asignaba al convento. Como la Iglesia había dejado temporalmente de financiar la pequeña escuela de niños, las monjas habían vuelto la decepción y el tiempo extra al estudio, la oración, las tareas domésticas y otras labores.

La primera monja volvió justo cuando Graciela se aproximaba con cautela al globo terráqueo que había en un estante junto a los libros.

—La superiora la atenderá. Está muy ocupada, así que no malgaste su tiempo con tonterías —le advirtió.

Graciela la siguió por el pasillo. Tras un giro repentino, volvió a ver un Jesús de tamaño natural; en esta ocasión esbozaba una mueca, inmerso en su sangrienta agonía. En el rincón de la habitación adyacente una mujer escuálida estaba sentada a un escritorio.

—¿Qué te sucede, criatura? —le preguntó la superiora. Sus vestiduras eran de un tono más claro que las de las otras monjas. Era mucho más menuda de lo que Graciela había esperado, y sin embargo parecía una fuerza con la que más valía no meterse.

—No lo sé, señora...

—Has de llamarme madre. Yo no soy señora de nadie, excepto del Señor —aclaró la superiora.

—Tengo fiebre, y estos sarpullidos... —Graciela tendió las palmas como la Virgen de Altagracia.

—... y me dicen que pediste permiso para quedarte aquí. Has de entender que, aunque seamos hermanas de la caridad, esto no es ni una clínica ni una posada —respondió la superiora—. No tenemos fondos como para abrir nuestras puertas a todos los que sufren, y estoy segura de que vienes sin dote. Recientemente suspendieron nuestra escuela a expensas de los jesuitas. ¿Dónde está tu familia, si puedo preguntarlo?

—No tengo familia, madre. —Graciela se masajeó las palmas. Confiaba en que decir mentiras en un convento no fuera después a poner en peligro su salud, pero ya había llegado demasiado lejos como para que la hicieran volverse atrás—. Vine aquí sola y enferma, como ve. Si causo problemas, entonces me voy. Dios aprieta pero no ahoga —añadió.

La superiora esbozó una leve sonrisa.

—Muchas mujeres vienen aquí a entregar sus vidas al Señor. Descubren que no es una vida fácil. Aquí tenemos muchas normas. Decir sí a los caminos de la Cruz es más duro de lo que nadie imagina. Y vivimos con sencillez.

Graciela no debía aparecer en público. Nunca debía iniciar una conversación gratuita y demostraría su virtud con silencio y humildad. Si le parecía que había de entablar una conversación, no debía prolongarla. Restringiría cualquier discusión al trabajo y a nada más. Nunca debía estar ociosa. Cargaría con su cruz como todas las demás monjas, aunque no fuera ni novicia ni postulante, sino una invitada que debía pedir permiso para todo. La vida conventual se edificaba sobre tres pilares: pobreza, castidad y obediencia. Graciela había de dar muerte a su carne, para que así su amor se concentrara sólo en la voluntad de Dios. A través de la oración y el rosario podría superar las exigencias del cuerpo, aniquilar sus impulsos. Debía aceptar la presencia constante de únicamente tres personas en su vida: Dios, Cristo y la Santísima Virgen María. De llegar a sentir alguna vez un atisbo de soledad o desesperación, sería porque no estaría expresando el amor en la forma que debía. Por tanto, no debía hacer amigos.

Quien le había abierto por primera vez la puerta era sor Elisa. Guió a Graciela hasta un pequeño cuarto bajo un tramo de escaleras al fondo de la casa. El cuarto estaba amueblado con sólo una cama y una mesita de noche. Además de una ponchera y una pastilla de jabón, en la mesita había una estatuilla de la Virgen de Altagracia. El rostro, antaño de delicado detalle, estaba desportillado. Era una mujer sin rostro con los brazos extendidos.

—Es el antiguo cuarto de sor Cándida —dijo sor Elisa sin explicaciones. El cambio en su rutina habitual y la conexión continuada con el exterior habían suavizado su entrecejo.

—¿Dónde está sor Cándida ahora? —quiso saber Graciela.

—Se fue. No era una apropiada sierva del Señor.

Graciela despertaba siempre en la oscuridad, cuando la primera monja que se levantaba para la vigilia del alba provocaba crujidos en las escaleras de arriba. Deseaba sacudirse la sensación de que le caminaban por encima apartando la cama de bajo el techo inclinado, pero no había otra manera de colocarla en aquel cuarto minúsculo y claustrofóbico.

Al cabo de unos días Graciela se vio inmersa en la rígida rutina del convento. Pese a que era sólo una invitada, aun así tenía que observar la vida de las monjas. Cada noche se quitaba el anodino vestido que le habían dado de la misma manera, lo doblaba sobre la silla, asegurándose a su vez de que las sandalias quedaran en forma de cruz a los pies de la cama. Era una cama dura y fría, y la hacía más fría aún la matita de pelo que le quedaba en la cabeza. El primer día, la espesa masa de trenzas de Graciela había sido cortada para ofrecérsela a la Virgen de la Altagracia. La madre superiora la había hecho deshacerse de la pañoleta, pues no había cepillos ni espejos para peinarse. La superiora la había regañado al pillarla contemplando su reflejo en una superficie de latón pulido.

—Éste no es lugar para vanidades. Debes destruir tu ego y prepararte para la vida eterna.

La jornada de Graciela estaba dividida entre la capilla, la cocina, el taller y el jardín. A las cuatro de la mañana una campana, y luego los crujidos a sólo unos centímetros de su cara la despertaban para una vigilia anticipada. Ya sabía qué rendijas en su puerta dejaban pasar las primeras y finas tiras de luz de las siete velas en el altar del pasillo. Por órdenes estrictas de la superiora, disponía de menos de cinco minutos para lavarse la cara en la ponchera, vestirse y dirigirse a la cocina, donde había de hornear el pan del desayuno y colar el café. Las monjas acudían después de la vigilia con hambre contenida. Todas eran educadas, reconocían su presencia sin una palabra. Entonces tenía que empezar a pelar y picar las verduras para las sopas del mediodía y la noche, que no se le permitían aderezar. Al tercer día, el hambre había empezado a retorcerse dentro de ella, en especial por las noches. ¿Cómo iba a vivir sin azúcar, sin sal, sin conversación o risas? Y entonces, entre sus obligaciones en la cocina, tuvo más trabajo: ayudar a las monjas a hacer vestiduras eclesiásticas para los sacerdotes, además de lavar montañas de ropa tanto para el convento como para los curas. Salvación a través de la oración, reclusión y mortificación. Pero sor Elisa, en un esfuerzo por justificar su propia vida, le dijo a Graciela que, a través de ese padecimiento, los seres queridos que ya estaban en el purgatorio pronto serían enviados al cielo.

Pese a la desaprobación de la superiora, sor Elisa se encontró con que Graciela la llevaba con frecuencia a romper el Gran Silencio. Ya fuera desherbando en el jardín o fregando los suelos de la capilla, sor Elisa encontraba modos de susurrar. A ella misma la habían entregado al convento en los tiempos de la ocupación. A los siete años, los soldados habían entrado en su casa preguntando por su abuelo, un conocido gavillero que había organizado una importante resistencia antiyanqui en los cerros. Cuando la abuela de Elisa dijo no haberle visto en todo el día, la niña soltó inocentemente que esa misma tarde se había encontrado con él en la casa de fulanito. Para Elisa, los diez años que había pasado en el convento eran menos una sentencia que un regalo para su abuelo asesinado.

—Yo hice una cola bien larga pa' nacer. Aparté de un empujón a las almas más débiles —susurró Graciela en respuesta—. Mai tuvo cuatro diablitos, uno tras otro. Todos murieron después de que los pariera. Entonces llegué yo. Yo tenía que ser grande en esta vida, según los viejos. Mai nunca dijo nada de eso. Esperaba que fuera un macho para hacer feliz a Pai. Eres más fea que un mono huyendo, me decía si me veía demasiado contenta. Mi hermanito podía quemar un pueblo entero si quería. Los viejos avisaron a Mai: trata de hacer algo con esa muchacha. Mándasela a las monjas pa' que aprenda a leer la Biblia.

Por las noches, Graciela se veía presa de un sudor frío. Los brazos extendidos de Mercedita la obsesionaban y cerraba con fuerza los ojos para reproducir lentamente la fantasía del instante en que abrazaba a su hija. Otras veces, en sus ansias de rodear con las piernas a Casimiro, se frotaba contra el vestido hecho un ovillo. Era tanta el hambre, un hambre tan insoportable que en un par de ocasiones había osado escarbar en los barriles de basura del patio en busca de pieles de zanahoria y patata. Pero justo cuando lo que roía se le asentaba en el estómago, los dolores en huesos y músculos volvían a empezar. Lo que le impedía marcharse del convento era la esperanza de que sus fervientes oraciones durante la vigilia detuvieran lo que le parecía la lenta desintegración de su cuerpo. Se aferró a las palabras de la superiora: «Dale muerte a tu carne, para que así tu amor se concentre exclusivamente en la voluntad de Dios.»

Pero en los momentos de dolor atroz y hambre insoportable, las palabras eran meramente simbólicas.

—¿Cuál es tu voluntad, caray, cuál es tu voluntad conmigo? —gimió, y mordió con fuerza la cabeza de la estatua.

Cuando se durmió por fin, los sueños parecieron arrastrarla a través de otros cuerpos. En esos mundos había interrogadores espantosos con largas púas en los hombros. Un guardia le golpeaba en los dientes con libros de texto. Hasta llevaba un vestido hecho de pescado podrido. Y unas cuantas veces Mai se sentó en su cama para quitarle piojos de la cabeza.

—Algo se está derramando dentro de mí —era la única forma en que Graciela sabía explicarle sus batallas nocturnas a sor Elisa.

—Es sólo que no sabes cómo rezar, Graciela. Tu mente está envenenada por la basura que hay más allá de las puertas del convento.

Los sueños continuaron. En una, las ratas le mordisqueaban las callosidades de los talones. Se internaba en un denso bosque y sus talones se desgarraban aún más con los espinos y las raíces de los árboles. Miedo de las ratas, luego de los guardias que la perseguían, después de los cazadores de esclavos con perros. Encima de ella el cielo era tinta china, hendido por una reluciente y blanca rendija de luz.

Graciela llegó a un colosal arrecife de coral flanqueado por cocoteros. El macizo de coral se unía para formar un par de labios, de los cuales surgía un latido cardíaco. Trepó el coral y se deslizó hasta lo más profundo, hasta el centro de la cueva. Olía a vieja barcaza de pesca y Graciela encontró una sartén de pescado frito. Instintivamente se llevó a la boca varios trozos crujientes.

«Desconfía de lo que se te ofrezca gratis; engordan a sus chanchitos antes del banquete.»

—Cualquier puerto en un temporal —respondió Graciela, y se lamió las cutículas.

—No vayas a creer que nadie sabe de tus incursiones nocturnas en el patio —dijo sor Elisa la siguiente ocasión en que Graciela se quejó de sus sueños.

—Estoy enferma. ¿Cómo puedo recuperarme tomando leche tres veces por semana? —repuso Graciela, que se sentía como si fueran a quebrársele los huesos.

—Te digo que estás envenenando tus plegarias —insistió sor Elisa.

Graciela la observó saborear las inusuales gachas que les habían permitido tomar para romper el ayuno de tres días. Y deseó aplastarle la boca con el cuenco de madera.

—La gente como tú apaga la luna —dijo Graciela, en voz tan alta que el resto de monjas sentadas a la mesa dejó de comer.

—Me parece —susurró sor Elisa refiriéndose por primera vez a la enfermedad de Graciela— que la sífilis te llevó lejos, muy lejos.

# Canción segunda

# Mercedes

*1930*

Mercedes sostenía a *Fufa,* la gallina que había criado durante cinco años a base de pedacitos de otras gallinas, aleteando bajo su brazo. Con un golpe rápido y certero le rebanó el cuello con el machete, dejó que el cuerpo sin cabeza describiera círculos carmesíes en la tierra antes de llevárselo a la cocina para cocerlo. Barrió las plumas con eficacia y empujó suavemente la sangre hacia la tierra.

—Matas con mucho gusto pa' ser una adorable soldado de Dios. —La voz sonó nasal.

Andrés estaba apoyado contra un árbol, observando los andares insolentes de Mercedes. Tenía cruzados los cortos brazos y sus ojos verdes relucían. A los dieciocho años y con su metro cuarenta y cinco de estatura, Andrés era oficialmente un enano.

Qué valor el de Perro Patojo, quedarse ahí tan cómodo como un árbol. No era de extrañar que la gente lo llamase por el apodo del Diablo. Una rápida plegaria despejó semejante ocurrencia de la mente de Mercedes.

—Vete, Andrés. Ya sabes que yo no compro tus apestosos boletos de lotería.

La amistad de Mercedes con su hermana Odepia no iba a volver más sabrosos a sus oídos los parloteos de Andrés. Como tampoco lo había hecho la partida de Graciela un año antes, o la reciente muerte de Casimiro por vainas de hombres, que en un breve período de tiempo habían vuelto más dura a Mercedes.

Prefería la amistad con Odepia, que llevaba sus rollos en la cintura cual líquido precioso, y había sido capaz de suavizar las arrugas de dolor que ya endurecían la boca de Mercedes. Los padres y los siete hermanos de Odepia se habían impuesto la obligación de pasar por la casa a diario, con comida, saludos y cariño como el de una familia.

Odepia, también de trece años, consideraba un paraíso la vacía casa de Mercedes. Ésta ya había escandalizado a los vecinos con su fría negativa a irse a vivir con sus avinagrados abuelos, Mai y Pai. Rechazó a su vez la oferta de la familia de Odepia, así como la sugerencia de Celeste de que su hijo mayor asumiera el control de la casa con su nueva esposa. Mercedes defendió su terreno, pese a las crudas comparaciones con «esa yegua-culona fugitiva que tiene por madre». Los vecinos se aseguraron entonces de estar ojo avizor a las idas y venidas en la casa. Lavando y planchando ropa ajena en casa, y a veces ayudando a Mustafá en su tienda, Mercedes fue capaz de comer decentemente sin recibir órdenes de otro que no fuera el mismísimo Dios.

Mercedes y Odepia competían mutuamente a la hora de hablar sobre el Señor Todopoderoso Padre Santo Omnipotente a medida que los fines de semana se iban agotando a través del cielo. Se presentaban muy bien peinadas en cada misa, dispuestas a soltar plegarias a grito pelado y dar muestras de su fuego.

Cada domingo, Mercedes unía las manos temblorosas, bramaba en los peldaños del altar. Los domingos acallaban el temor que se había alojado en su interior, mortífero cual hoja de navaja. La oración apaciguaba la rabia. Con sus plegarias más audibles que los murmullos que la rodeaban, Mercedes podía desdibujar la cara de Graciela en su mente.

*Señor, ten piedad.*

Mercedes pidió clemencia el domingo de su decimotercer cumpleaños por haber pagado a una mujer de cara larga para que encendiera velas. Convierte a mi fugitiva madre en una miserable, le había dicho a la mujer, que con el dinero que Mercedes obtenía por lavar podía sobornar al grupo de santos. Más aún, Mercedes le había dicho a la mujer que abriera las llagas en la carne de Graciela, las dejara sangrar hasta dejarlas en carne viva, que surcara su rostro de caminos.

—No te apures, mi'ja. Me aseguraré de que tu mai no vuelva nunca —le contestó la mujer de cara larga a Mercedes al tiempo que se santiguaba.

Pero las dos noches siguientes Mercedes tuvo unas pesadillas que la empaparon en sudor y en las que un pescado se le pudría en la boca, mientras las ratas mordisqueaban los callos de los talones de su madre. Mercedes sabía que sus simples plegarias de después no lograrían cerrar las llagas en la piel de Graciela. Y la mujer de cara larga se negó a deshacer su obra al día siguiente, temerosa de retractarse ante unas fuerzas superiores.

En misa una semana más tarde, muchas manos sostuvieron a Mercedes cuando se desplomó en el altar. Oyó a las ancianas llorar por esa huérfana inocente. Los sollozos de la propia Mercedes fueron huecos, y aunque su cuerpo se convulsionó, no logró que sus ojos derramaran lágrimas. Pero supo que había convencido a la congregación de que una niña desafortunada como ella, abandonada por su malvada madre y a la que había dejado huérfana su benevolente padrastro, tenía todo el derecho a mostrarse ávida del Espíritu Santo.

Tras la retirada de las tropas estadounidenses de la República Dominicana, el gobierno de Horacio Vásquez creó la ilusión de un ambiente pacífico y democrático entre 1924 y 1930. Los ciudadanos ya no tuvieron que intercambiar más historias sobre atrocidades cometidas por los yanquis. Todo el mundo estaba ansioso de oír, en cambio, historias de progreso y paz, como la de la compañía West Indian Aerial Express que llevaba en avión pasajeros y correo entre la República Dominicana, Cuba, Haití y Puerto Rico. La gente se alegraba muchísimo con las noticias de que se estaban instalando teléfonos; de que escuelas que previamente eran incapaces de pagar los impuestos yanquis se estuvieran reabriendo; de que en la construcción de edificios modernos de dos plantas se utilizara hormigón armado; de que los acueductos reemplazaran a los pozos. Suntuosas casas de estilo mediterráneo flanqueaban las calles más prósperas. Había trabajo, dinero, abundancia, paz, bienestar.

En medio de semejante belle époque de viajes, lujos y clubes sociales para una minoría de la población, Horacio Vásquez hizo la vista gorda ante la auténtica autocanibalización de la nación, cuando las fortunas personales de los funcionarios del gobierno brotaron como hongos sobre promesas vacías de obras públicas, con frecuencia innecesarias. Tan poco dispuesto estaba Vásquez a ponerle freno a la galopante corrupción que a las protestas de los no horacistas se las llamó «cantos de sirena».

*... y permanecerán con Él, predicarán en Su nombre y el Espíritu les concederá el poder de sanar a los enfermos y expulsar a los demonios.*

La cuestión de Dios no merece todo eso —dijo Andrés al ver los callos morados dejados por la oración en las rodillas de Mercedes. A Andrés le gustaba hacer su diaria aparición en el cobertizo de la cocina más o menos a la hora en que Mercedes aplicaba arcilla a sus ollas de acero.

Andrés compartía con ella noticias del lector de periódicos al que frecuentaba.

—La vida sigue como de costumbre: el presidente Vásquez está fuera del país, y los lobos de palacio se están relamiendo.

—Será mejor que el Señor le eche un ojo a ese jefe de la Armada. Sencillamente no me fío de ese Trujillo y todas sus armas... con nuestro presidente tan enfermizo —comentó Mercedes mientras giraba una olla embadurnada de arcilla sobre el hogar para que se secara.

—Hablas como si Vásquez te pusiera el pan en la mesa, Meche. —Andrés la observó atizar el carbón en el fuego.

—Bueno, hay mucho más progreso por todas partes. Hasta Yunco habla de instalar uno de esos teléfonos en el bar —repuso Mercedes.

—El progreso nunca es para los necesitados —dijo Andrés.

—Ah, la necesidad está toda en la cabeza de uno. Jesucristo era carpintero. Lo que todos necesitamos hacer es trabajar. Mira, con todo ese progreso horacista, ahora en la ciudad hay un montón de empleos en la construcción. Ve a ver.

Las manos de Mercedes revolotearon por la cocina.

—Déjame ir a mí a la tienda cuando necesites algo, Meche. No me gusta ese Mustafá ni cómo se porta contigo —dijo Andrés.

—Has de saber que yo misma leo esas vainas en el periódico. No vengas a mi casa tratando de controlarme, hombrecito.

Andrés sonreía siempre que Mercedes intentaba insultarlo.

—Oh, no, la soldado ungida de Dios sacó su bayoneta —se burló.

—Al final, Andrés, se hará justicia y se dejará el pillaje en todas partes —respondió ella. La propia Mercedes impartía justicia siempre que un vendedor estafaba o le dirigían algún comentario lascivo. No le rezaba simplemente al Señor Omnipotente y su Salvador, como a Andrés le gustaba decirle en broma; muchas veces el día del Juicio surgía de sus propias manos.

Mercedes hacía cuanto podía por amar a Graciela, dondequiera que estuviese. Rezaba con insistencia por que el Señor detuviera el rechinar de sus propios dientes por las noches, por que le evitara la lacerante furia del recuerdo de su madre alejándose, dejándola con Celeste. Celeste, que le controlaba cuánta sopa tomaba, le tiraba de las orejas para comprobar si estaban sucias, cuyo hijo le había ido con el cuento aquella vez en que se comió un pedazo extra de ñame.

Debía olvidar el pasado. Vivir normalmente, a la sombra del Señor Todopoderoso, Rey del Cielo y la Tierra, de todo lo visible e invisible. La amargura no la llevaría a ninguna parte, excepto al caldero del infierno, donde estaba segura se cocía su madre.

Las callosidades en las rodillas eran un pequeño precio que pagar por ser una guerrera de Dios. Andrés le contó a Mercedes que había bastantes cosas más que podía hacer si de verdad quería sufrir como lo había hecho el propio Jesucristo. Y aunque Mercedes era tan joven, ella sufría bastante por Él. Suprimía sus impulsos naturales, como el de bañarse bajo la lluvia en medio de una tormenta, como cuando nació. No llevaba el cabello suelto rodeándole la cara como a ella le gustaba. Intentaba que la nueva atención que le prestaban los hombres no le hiciera temblar los labios. Pero esos simples deseos requerían duras negociaciones con Él. Después de todo, muchos hombres habían intentado ya cortejar a Mercedes. Ahora que ni Casimiro ni Graciela estaban para actuar de barrera, Pai y tío Fausto intervinieron para asegurarse de que Mercedes no se convirtiera en presa fácil. Frecuentaban la tienda para recordarle a Mustafá que Mercedes no era ya un simple dedo sino que formaba parte de una mano mayor. La mirada siempre vigilante de Celeste, así como del resto de la congregación, funcionaba a su vez para filtrar la mayoría de avances; hombres y niños por igual habían empezado a hacer apuestas para ver quién se ganaba a Mercedes. Tras sentirse tan poco querida por Graciela, Mercedes hizo cuanto pudo por descubrir su propia valía: su capacidad con los números y la reputación de ser una muchacha trabajadora y temerosa de Dios eran bastiones que ella misma había erigido, y luego estaba su sangre real y blanca.

—¡Ayer me abandonaste! —exclamó Mercedes con los dedos en carne viva de tanto frotar las cuentas de cristal del rosario de su madre.

Andrés quedó desconcertado con su ira. Su hermana Odepia había pasado el día anterior con Mercedes, y la madre de ambos incluso le había enviado a la muchacha un poco de budín de pan. Andrés se había marchado por la mañana para tratar de asegurarse uno de los empleos horacistas en la construcción de los que hablaba todo el mundo, y se había pasado el resto del día vendiendo boletos de lotería.

—¿Quién quiere a un enano en un solar en construcción? —le dijo Andrés a Mercedes sin ninguna autocompasión en la voz.

—No me importa qué motivos tuvieras para no venir esta mañana. Podrías haberme mandado recado...

Era la primera vez que Mercedes expresaba placer al verle, y eso la hizo apartar la mirada de los ojos verdes de él. Últimamente le había estado haciendo a Odepia un montón de preguntas. ¿Qué comida les gustaba a los miembros (Andrés) de la familia?, para así poderles preparar algo. ¿Por qué ninguno de tus hermanos viene a misa? Y Mercedes se encontró poniendo cada vez más empeño en fortalecer su amistad con Odepia.

—Prométeme que no lo dirás, Odi.

—¿El qué, Meche?

—Tengo un pai rico del que nadie sabe nada.

—Estás loca.

Pero cuando Mercedes le enseñó la imagen del novio buen mozo de la sombrerera de su madre, Odepia se santiguó y juró no repetir la historia de que Graciela había abandonado a Mercedes con la intención de encontrar a ese tal Silvio tan rico.

—¿Viste cómo se nos parecen las cejas? Y si me jalas el pelo, hace ondas como el suyo.

—Guau, Meche, desde luego nos iría bien sangre como ésa en nuestra familia —bromeó Odepia—. Pero la novia no se parece en nada a Graciela —continuó pese al entrecejo fruncido de Mercedes—. Quizá Silvio dejó a tu mai por esa princesa, la hija del rey de... —Odepia se interrumpió. No se le ocurría ningún sitio.

Entonces el ceño de Mercedes se suavizó y acabó la frase por ella: «Alemaniafrancia.»

Empezó a circular el rumor de que, todo ese tiempo, no había sido el árabe de la tienda sino el enano de ojos verdes de la lotería quien se lo había estado metiendo a la hija altanera, que andaba dando golpes de Biblia, de la yegua esa fugitiva.

Celeste le hizo una visita a Mercedes, en la que exigió saber exactamente qué estaba pasando.

—No seas tan estúpida como para desperdiciarte con ese mequetrefe —dijo—. Ruega que el rumor aún no haya llegado a tus abuelos. Yo antes te casaría con mi hijo ya casado que dejarte corretear por ahí con ese vaina.

Mercedes lloró porque tenía a «ese vaina» constantemente en la cabeza. Se imaginaba inclinándose para besar los labios de «ese vaina» siempre que acudía a visitarla. Aparte del viejo Mustafá, sólo Andrés tenía la paciencia de hablar con ella sobre presidentes y del funcionamiento de los números en la lotería y de que los proyectos de construcción del presidente Vásquez en el Barrio Colonial eran puro engaño. Al mismo tiempo, le avergonzaban sus sentimientos hacia Andrés. Cuando él saltaba de la silla para ir en busca de una taza de café Mercedes se fijaba en su trasero demasiado ancho para así domeñar el cariño que sentía. Y cuando él la reprendía por sus rezos constantes, ella se percataba de lo cortos y regordetes que tenía los brazos. Pero de pronto un parpadeo de aquellos ojos turquesa la hacía sentirse en la gloria.

Por consejo de Celeste, Mercedes había empezado a reconsiderar a sus otros pretendientes. Mustafá, quien fuera su constante profesor, siempre le hablaba con cautela y se aseguraba de que sus ojos no vagaran más abajo de su cuello. Pero cuando cerraban la tienda para la siesta y Mercedes se disponía a recorrer la escasa distancia que la separaba de casa y de una cesta de ropa por lavar, advertía la extraña forma en que Mustafá ladeaba la cabeza. Le daba lástima, ese hombre que no había tomado esposa años después de la muerte de Adara, cuyo rostro se había ajado aún más cuando el huracán del año anterior había arrancado el techo de la tienda.

«¿Eres como una hija para mí?», le decía con orgullo cuando veía con qué rapidez ella podía acumular números en su mente para luego soltarlos, a grito pelado, sumados, restados, multiplicados, divididos. Le daba palmaditas a Mercedes en la espalda, y la calidez de su mano la hacía estremecerse ante la ocurrencia de convertirse en la esposa de un hombre que la había visto de niña.

¿Otros pretendientes? Estaba Luis el del molino y Elio con esa madre suya tan controladora, Vicente el que trabajaba en las minas de oro y Pablo el ganadero, Alberto el guitarrista y Godoy el horacista. En todos ellos Mercedes advertía la misma cualidad: unos ojos que nunca permanecían fijos en los suyos cuando les daba el cambio de sus cervezas. Veía cómo esos hombres harían suya a una virgen, para luego, cuando ya tuviesen lo que querían, irse en busca de la siguiente. Andrés siempre la había mirado directamente a la cara, incluso el día en que Mercedes le había llamado Perro Patojo, y le hablaba con inquebrantable franqueza. Proclamaba abiertamente su falta de creencia en la religión, aunque no en Dios. A Mercedes la pureza de su honestidad se le antojaba piadosa, en especial puesto que el hambre de cada día había convertido a hasta los más honrosos en mentirosos.

«¿Que por qué te quiero, Meche? —Andrés se había rascado la cabeza ante la pregunta de Mercedes. Para empezar, eres una mujer, y ¿qué hombre no quiere a alguna mujer? Trabajas duro. Eres la mujer más lista que conozco. Preparas las mejores habichuelas con dulce, me llamas Perro Patojo. Oh, muchacha, sencillamente es lo que siento. ¿Quien sabe en realidad por qué ama a cualquiera...?»

# Hijas pródigas

*1930*

Enferma y preparada para la muerte, Graciela volvió a casa al cabo de sólo un año.

Mercedes y Graciela no se reconocieron la una a la otra.

A los catorce años, Mercedes, más voluptuosa de lo que su madre fuera nunca, todavía llevaba cuatro trenzas enrolladas en rodetes. Con la adolescencia, el rostro de Silvio se había abierto paso a través de su redondez juvenil. Las cejas pobladas le trazaban un arco alargado sobre los ojos y tenía la boca oscura, como si se hubiera dado un festín de uvas negras.

A los veintisiete años, Graciela era ahora una mujer menuda y cobriza con un mapa del mundo en la cara. Un minúsculo queloide, donde Sopa de Hueso le dañara la suave piel de la mejilla, se le retorcía al sonreír. Los ojos habían perdido el lustre pero ganado en profundidad. Leves manchones se extendían como continentes en su piel.

Los vecinos supieron permanecer alejados de la casa, dejar que el ambiente se hiciera menos denso entre madre e hija. Rondaron por los alrededores de la casa como buitres a la espera de signos de muerte.

Para asombro de Graciela, Mercedes había llenado la casa de animales perdidos. El potente huracán de unos meses antes había destruido casi todos los bohíos de la casa y, como explicó Mercedes encogiéndose de hombros, los animales habían empezado a aparecer por todas partes. Graciela recordaba en efecto que un airado San Zenón había destrozado el precioso jardín del convento y derrumbado el crucifijo del tejado. Y ahora, en su casa, una cabra se abría paso a bocados a través de la cocina. Dos chanchitos jugaban bajo la que fuera la cama de Graciela y Casimiro. Cinco gallos se perseguían entrando y saliendo del cobertizo del baño. Aun así, Graciela encontró la casa más estéril que nunca. Sentía la ausencia de Casimiro; la mirada hosca de su hija revelaba malas noticias.

—¿Y eso? —preguntó Graciela señalando un gastado póster clavado en la pared de la cocina. Seis discípulos *davincianos* miraban en torno a sí. Los ojos de Graciela se vieron atraídos por Juan, que se inclinaba en actitud casi cordial hacia un Judas Iscariote de mirada lasciva.

Mercedes se encogió de hombros.

—*La última cena.* Me lo dio Odepia. ¿Te acuerdas de ella? Mercedes siguió a su madre por toda la casa. Graciela acarició jarrones de cerámica y otros nuevos complementos de la casa mientras una gallina picoteaba alrededor de sus pies.

—¿Y ese olor? —Como siempre, tenía buen olfato—. ¿Quién está aquí? ¿Dónde está él?

Mercedes agachó la cabeza. Había estado esperando el momento adecuado.

—Papá murió. El año pasado —murmuró.

Había muerto, explicó, de vainas de hombres, sangre en la orina, alcohol quizá, nadie lo sabía con certeza. La hierba en su tumba estaba alta, y ella no había tenido fuerzas para cortarla. Graciela miró con mayor fijeza a la criatura que alumbrara durante una tormenta. Entonces se dirigió hacia la silla favorita de Casimiro y se sentó. Del respaldo de la silla colgaba la talla en miniatura del caballo. Graciela palpó con los dedos uno de los pequeños cascos.

—¿Dónde está? —preguntó, y se sorbió la nariz.

—Papá está en el huerto, cerca de casa de Alfredo. —Mercedes señaló la dirección.

En ausencia de Casimiro, a Graciela le pareció que las sombras engullían cualquier vestigio de luz. Quizá los animales de Mercedes, que rondaban por la casa como niños, habían venido a reinstaurar el carácter juguetón de Casimiro. La penumbra en el cuarto procedía más bien de la insistencia de Mercedes en cerrar los postigos para así poder concentrarse en la oración en cualquier momento del día. De alguna forma el alborozo de Casimiro conseguía penetrar la oscuridad: una hucha de hojalata que abría la boca para tragarse monedas «*a la* funcionario horacista», un móvil de dientes de perro, y el caballo en miniatura que sostenía Graciela.

—No me sorprendería que hubieras dejado que un caballo de verdad pisoteara mi cama —soltó exhalando un suspiro, y volvió a colgar la talla de la silla.

Le era más fácil fingirse enojada con Mercedes por los animales, por los cambios en la casa. De esa manera, la culpa por su propia ausencia, y los pensamientos sobre Casimiro, no hacían mella en ella. Graciela se inclinó hasta que la cara casi le tocó el regazo y se empapó la falda de chillidos. Mercedes se quedó mirando a su madre, abrió la boca para hablar y volvió a cerrarla cuando, instantes después, Graciela se levantó de la silla y se secó el rostro con la falda.

Inspiró profundamente.

—Bueno, ¿qué hay de nuevo aquí?

—Mamá... alguien más vive aquí.

—Por favor, no más animales, Mercedes.

—¡Andrés! —llamó Mercedes.

Graciela se volvió para ver emerger de detrás de la cortina que separaba el dormitorio de la salita a un hombre bajito con los ojos verdes más claros que hubiera visto nunca.

—¿Y esto? —quiso saber, de nuevo sin aliento.

—Encantado de conocerla, señá Graciela —dijo Andrés con una voz más alta que él. Le tendió una gruesa mano.

—Tú, seas quien seas, llámame señora —contestó ella, temerosa de entrelazar sus dedos con aquellos tan rechonchos.

Mercedes se acercó a Andrés y le tomó la mano en la suya.

—Mamá, éste es mi esposo. Y ésta es nuestra casa. Si quieres quedarte eres bienvenida.

Vaya insulto tan elocuente para oírlo en mi propia casa, se dijo Graciela. Pero como había advertido que las arrugas en la boca de Mercedes desaparecían al aparecer Andrés, se volvió lentamente hacia él.

—¿No pudiste esperar a ser un chin mayor, Mercedes? —preguntó con la mirada clavada en los ojos de Andrés.

—Tú no esperaste —respondió su hija.

Graciela, ya agotada de llorar, del convento, de la vida, cerró los ojos. Cuando los abrió, encaró a Andrés.

—Si eres tú quien haces deleitar a mi hija, entonces hazlo mejor de como lo hice yo.

# Una sabia

*1930*

—Entiérrame desnuda. Sin trapos. Sin flores. Sin rezos. Sin lágrimas.

La válvula aórtica de Graciela había quedado debilitada por el proceso natural de la sífilis. Para entonces todo el mundo lo sabía. La ciudad había visto al mismo monstruo arrasar con el Gordo y Flavia, la mujer de las masas fritas, marineros, burdeles enteros, e incluso con aquella gente de buena reputación que «llevaba su musiquita por dentro».

Mercedes y Andrés dormían en la salita para que Graciela pudiese vivir con comodidad los que seguramente eran sus últimos días. Con el retorno de Graciela y los animales rondando por ahí, la casa les parecía un circo a los visitantes que acudían llevados más por el asombro que por la preocupación. Día y noche, los murmullos de Graciela llenaban la casa. Su letanía: un yanqui echó raíces en ella usando lavanda, tomillo y una caja de luz que ahora la había dejado ciega. Cuando las llagas de los pies no la molestaban demasiado, vagaba por ahí arrastrándolos y derribando con los espasmos de las manos las figuritas de galleta de Mercedes. Cuanto más ciega se volvía, creía ella, más fácil le resultaba ver.

«No le tengo miedo a la muerte», decía, con una plácida sonrisa que la hacía más hermosa de lo que nadie la hubiera visto nunca. Entonces emitía un jadeo ante un dolor en el vientre que venía acompañado de ásperas náuseas. «Si vieran lo que yo veo querrían venirse conmigo.» Y hablaba continuamente de un militar que estaba ascendiendo para hacerse con el poder, un demonio que reclamaría el manto de Dios y arrojaría la nación como carnada para los lobos. Los visitantes escuchaban a esa hija pródiga sin saber si sus palabras eran fruto de la demencia o las de una sabia.

Una mañana muy temprano, unos meses después de su llegada, un aneurisma catapultaría a Graciela hacia esas nubes con las que siempre había comulgado.

El despuntar de la mañana a través del techo de cinc y madera era brillante. Graciela se tironeó de la bata, retorciéndose hasta que volvió a sentir la piel fresca contra las sábanas. La bata resbaló hasta el orinal en el suelo.

Estaba corriendo. Sentía el frescor de la almohada en las manos cobrizas, de un cobre que el mar, el maléfico mar, había vuelto verde. La almohada de suave algodón tenía el aroma del campo de caña de azúcar en que su olvidado abuelo le sostuviera la mano de niña. Largos tallos que antaño le ocultaran de las antorchas que recorrían la noche. Las piernas de Graciela se apretujaron bajo las sábanas.

«Graciela» —volvieron a ella las palabras de su abuelo cimarrón—. «Chivo que rompe tambor paga con su piel.»

Su piel. Piel ron de laurel que antaño resplandeciera como fruta encerada bajo las lámparas.

Graciela vio a Mercedes dentro de un pájaro volando hacia atrás a través de las nubes.

Saboreó la acidez de una manzana en un beso en el banco de un parque. Los dientes de Casimiro en sus labios la hacían atreverse cada vez a dejar a Mercedita al cuidado de la comadre Celeste.

«Comai Celeste» la de zapatos prestados y vestido prestado y maternidad prestada.

La tos de Graciela golpeó la cabecera, donde se había formado un surco. Secó la flema con una toalla.

Su toalla, la toalla de Casimiro. Una vez Casimiro. Casimiro bajo hierba alta. Su Casimiro en sus tics nerviosos. Graciela se incorporó para tocar el vacío de la almohada junto a la suya.

«Así, bobos.»

Un hombre en un almacén. Graciela había deseado arrancarle la caja de las manos. Sostuvo la toalla contra la luz. Encuentra otra vez a ese hombre, al yanqui. Deja que el yanqui sostenga el vestido esta vez. Deja que Silvio les deje solos en el almacén lleno de humo con la tierra agrietada y el cielo. Solos ella y el yanqui, quien podría habérsela llevado a las nubes, a los barcos, donde podría haber usado largos vestidos de encaje y un parasol y hablado de forma confusa pero linda.

Linda. Sostuvo en alto el crucifijo, a la luz. Lindo ámbar del dulcísimo Jesús. De sor Elisa. Adiós, Elisa.

Tuvo una premonición de su nieta deshilando colibríes en una cortina, de pies en una cama. Graciela se preguntó por qué iba a darle Mercedes el crucifijo a una niña tan desagradecida. Niña que no le besaría las manos por las mañanas. Niña que no lavaría los bloomers después de cada baño, que asistiría a la escuela pero no sabría escribir una sola letra.

Graciela se recostó de nuevo en la almohada. Hacía calor y, hasta en su enfermedad, captó el olor al dulce sebo de su propio cuero cabelludo. Las sábanas se le enmarañaron hasta que apoyó la cabeza en la otra almohada. En la de él, la de Casimiro, con el misterioso cangrejo en su próstata liberado de sus quehaceres por el agotamiento, tras haberle dado tijeretazos a su vida, y con el ron agujereándole en el hígado. Muchas veces ella también había dejado su almohada fría y seca.

Graciela siempre había huido en tiempos de sequía.

Sus toses hicieron más profunda la mancha en la pared. Otra vez sed. Siempre sed. El vaso en la mesita de noche estaba vacío.

En la cocina, Mercedes preparaba la poción de los sueños —el *morir soñando*— para su madre después de que Andrés se hubiese levantado para hacer sus rondas de primera hora vendiendo boletos de lotería. Trituró la avena, buena para los intestinos; sirvió la leche, buena para los huesos; exprimió las naranjas, buenas para los resfriados; puso una pizca de vainilla, buena para la lengua. Una almendra, buena para la sabiduría y la energía. Un pellizco de canela bastante mala para la presión; y una, dos, tres, cuatro cucharadas de azúcar, mala para la sangre.

Mercedes llevó el brebaje al dormitorio, donde Graciela yacía bajo las sábanas. La claridad del cuarto la hizo entrecerrar los ojos. Corrió las cortinas de la ventana, dejó que la lámpara de queroseno arrojara un resplandor más suave.

—Mamá.

La boca de Graciela estaba abierta cuando Mercedes retiró las sábanas.

—Te lo espumé y está dulce-dulce como a ti te gusta —dijo mientras dejaba el vaso en la mesilla de noche. Las manos de Graciela reposaban en ella, el vaso vacío hecho añicos en el suelo. Cuando Mercedes se inclinó para recoger los fragmentos, advirtió la bata empapada en orina.

—Un día de éstos vas a llevarme contigo a una tumba temprana —dijo. Negó con la cabeza como si tuviera más de catorce años.

Se sentó junto a la cama y movió levemente a Graciela. Tras acariciarle las ondas de cabello y palmearle las hundidas mejillas, se santiguó.

Sin deseos de llorar, Mercedes cubrió el cuerpo desnudo con las sábanas. Una sed repentina la hizo beber del vaso. También le dio al cadáver un poco del brebaje, dejando que se derramase por un costado de la boca. Luego barrió los fragmentos de cristal, vació el orinal y escurrió la bata. «Buena mano 'e lavandera», le había dicho Santa una vez. Tras pasarle al cuerpo un trapo jabonoso, lo vistió con una bata limpia y le sujetó el cabello con peinetas.

Entonces no le quedó otra cosa que hacer que difundir la noticia.

Aquella noche, el primero y único médico de la ciudad cerró su maletín. Como últimamente había oído hablar del curioso caso de la sabia y pródiga mujer que había predicho el reciente ascenso al poder del jefe de la Armada, Rafael Trujillo, el doctor Juan Ibiza, a riesgo a caer en manos de la errante pandilla de secuaces de Trujillo, había viajado kilómetros para ver el cadáver de Graciela. Con aires de poeta frustrado, confirmó a la multitud congregada en la casa que el alma de Graciela había sido robada por la *Treponema pallidum*, personificación de dolencias humanas, terrible asesina de indígenas y nobles por igual. En el estrecho dormitorio, el doctor Ibiza se secó la nuca mientras Andrés le pagaba con varios boletos de lotería.

El coro de dolientes entornó el primer misterio del rosario en la casa atestada:

*Dios te salve María, llena eres de gracia.*

Los dedos de Mercedes engullían las cuentas del rosario de cristal. El cuerpo de mamá Graciela, envuelto como una tortilla, yacía en el ataúd acolchado, rodeado de lirios y claveles, gardenias y gipsofilias, muy semejantes a los volantes de su vestido turquesa. En la cara interior de la tapa, Mercedes había metido una destrozada copia del sudario de Turín que le diera el padre Orestes, como si esa primitiva reproducción de Jesucristo pudiera asegurar el ascenso de Graciela a las nubes.

La monotonía de la llamada y la respuesta del Avemaría hacían vacilar las llamas de las velas y parpadear los faroles.

*El Señor es contigo.*

«Si no te encueras, nada te servirá en la vida», le dijo Graciela en cierta ocasión a Mercedes...

*Bendita tú eres entre todas las mujeres.*

... hablando del riesgo...

*Bendito es el fruto de tu vientre, Jesús.*

... con un gesto de esas manos cobrizas...

*Santa María, madre de Dios, ruega por nosotros pecadores.*

... que se cerraban alrededor de una taza de té cada mañana.

*Ahora y en la hora de nuestra muerte.*

Amén. En el segundo misterio, ante la visión de las manos de su madre, Mercedes se interrumpió para tomar un sorbo de agua. Y fue agua, en lugar de aire, lo que se le atascó en la garganta. Dejó que los rezos continuaran sin ella, para así poder entregarse finalmente a unas lágrimas contra las que había luchado a lo largo de todo el grandioso discurso de su tío antes de las letanías del rosario. No podía evitar abrigar dudas sobre el apasionado mensaje de Fausto sobre la dicha eterna de Graciela después de la muerte, sobre su pasaje al reino de Dios, pese a las tribulaciones de su vida, honorables hermanos y hermanas en el Señor.

El Fausto, pendejo de antaño, se había mudado a otra ciudad y madurado hasta convertirse en un hombre con mucho estilo que ocasionalmente hablaba en funerales, fiestas de cumpleaños, bodas, o en cualquier parte en que el don del parloteo abriera bolsillos. Había transcurrido mucho tiempo desde la última vez que alguien de la familia le viera, de forma que Mercedes había sentido alivio cuando apareció el primer día de velatorio. Pero no vio nada del Fausto de antes en el hombre que se dirigió a los congregados como quien se abriera camino a machetazos a través de secretas mazmorras del idioma español. Mercedes vio a Mai sentarse más recta en la silla cada vez que Fausto conquistaba un grupo de complicadas consonantes. Y contuvo una risita cuando los ásperos ronquidos de Pai hicieron que hasta él mismo despertara sobresaltado. En cierto punto Fausto interrumpió su ensueño verbal y su mirada se clavó en Mercedes. Las lágrimas acudieron de inmediato a los ojos de ella.

A su lado, Andrés tendió una mano hacia arriba para asir la de ella. Los sollozos llegaron como lluvia repentina, y luego cesaron.

—No llores si no quieres, Meche —susurró Andrés.

Lo que quedó fue una calma aceptación, al contrario que con la muerte de Casimiro el año anterior. La muerte de Casimiro había sido más simple, le había pertenecido sólo a ella. Su llanto por él la había inundado durante semanas para acabar conduciéndola al regazo de Cristo. Pero con su madre había muchos detalles de que ocuparse. La peluca tenía que serle devuelta a Celeste, así como los zapatos. Y le preocupaba que no hubiera suficientes bollos y bebida de avena para todo el mundo, incluidos los rezagados que esperaban comida gratis.

Mercedes se apartó de Andrés para secarse los ojos. Sus dedos pasaron rápidamente las cuentas del rosario que se había perdido. Cuando encontró el camino de vuelta a la oración, su voz pronto se elevó por encima del resto.

Entre las miradas intensas de la multitud, los ocasionales chillidos y desmayos teatrales, después de que el refrigerio se hubiesen devorados, Mercedes se acercó lentamente al ataúd. Había escamas de maquillaje en la cara de su madre y el vestido se veía hundido donde antes hubiera amor y leche, tanto tiempo atrás. Mercedes sintió el impulso de pasarle un paño por el rostro, quizá para recrear la cara demacrada de Jesús. Con naranjas dulces, leche, canela y vainilla de pronto en la lengua, Mercedes recordó a Graciela llevándose las manos al pecho y encogiendo los hombros cuando algún problema en su cabeza no encontraba solución.

«¡Ilumíname, Señor!», exclamaba entonces. ¿La habría iluminado finalmente Dios en la hora de su muerte?

Mercedes tomó el crucifijo de madera del pecho de Graciela. Palpó la lacia peluca: una cola de burro, un rizo de perrito en lugar de consoladora aspereza. Le quitó la peluca y luego los zapatos.

—Pensé que te habías olvidado de eso, mi'ja —resonó la voz de Celeste a su espalda.

Aún había migas de pan en las mejillas de Celeste. La mujer inclinó la cabeza en una breve plegaria sobre el cuerpo de su amiga, y luego arrebató la peluca y los zapatos de manos de Mercedes.

Mercedes aulló, liberando la candente rabia que había contenido. Arqueó un brazo acabado en un puño que debió de cerrarse sobre el pecho del cadáver, y golpeó. Celeste le sujetó los brazos, y entonces Andrés y Odepia se las arreglaban para apartar aquella maraña de mujeres del ataúd. Mai y Pai, que hubieron permanecido sentados en silencio durante todo el velatorio, se afanaron en arreglar el cabello ensortijado y en darle forma al pecho aplastado para devolverlo a la vida.

# Mercedes y Andrés

*1937*

Con el tiempo, Andrés aceptó que Mercedes trabajara con Mustafá. Le dijo a Mercedes que nunca le había gustado cómo se suavizaba la cara de uva pasa de Mustafá cuando ella llegaba a la tienda por las mañanas. Mercedes sabía que a Andrés tampoco le gustaba que pudiera hablar de cuentas con Mustafá. Y, por supuesto, mayor aún era su desagrado por su relación con los muchos hombres que rondaban por la tienda. La conexión de Mercedes con la tienda, sin embargo, proveía a su hogar de muchos más productos básicos de los que disponía un hogar corriente. Mustafá la dejaba quedarse con cualquier mercancía dañada, con cualquier excedente, con lo que fuera que necesitara; con tanto, de hecho, que muchos vecinos preferían «tomar prestadas» de Mercedes unas onzas de harina por aquí y una botella de tónico por allá que comprárselos a Mustafá. Además, como Mercedes le señalaba a Andrés, su relación con la tienda le había permitido a él vender los boletos de lotería sobrantes que le habían puesto oro en los empastes, un oro que le había provocado el horrible hábito de echar la cabeza atrás y reír abiertamente en público.

—Si ésa es la voluntad de Alá, Mercedes, esto será tuyo cuando yo muera —le decía Mustafá siempre que el duelo se apoderaba de él. En esos días confundía los nombres de sus clientes; Mercedes tenía que volver a contar los cambios por él o limpiar allí donde le fallaban las manos; Mustafá se sentaba en el taburete detrás del mostrador, con los ojos perdidos bajo cajas de piel.

«¡Me voy a Monte Cristi!» —Saltó del taburete un día en que se había cortado el pulgar con una hoja al abrir un paquete de pasta de guava recién entregado; después de haber llamado Santa a Celeste, y Celeste a Santa; para horror de Mercedes, a ella la había llamado Adara. Sí, coincidió ella, un viaje era lo que necesitaba, un descanso de la tienda para refrescar su agotado espíritu. De hecho, explicó Mercedes, la hermana de Andrés, Odepia, se había mudado allá a casa de la familia de su esposo. Mustafá, después de todo, nunca acudía a los festivales, nunca salía de la tienda, ni siquiera cuando ésta cerraba; y el bohío de detrás no era más que un lugar donde reposar la cabeza. En Monte Cristi, dijo Mustafá, tenía un próspero hermano mayor que cada año le mandaba una postal con saludos. En esa ocasión iba a aceptar la invitación de tantos años de su hermano para visitar el rancho. Mustafá decidió confiarle la tienda a Mercedes durante dos semanas, y sin decírselo a ella «mojó las manos» a unos pocos amigos de confianza de la policía local para que le echaran un vistazo extra al local mientras él no estuviera.

Fue a finales de septiembre y primeros de octubre de 1937 cuando Mercedes experimentó el poder de su autoridad. Tenía veinte años, y era una joven de labios finos que se oscurecían cuando se enfurecía. Con Mustafá ausente, los clientes pusieron a prueba la voluntad de Mercedes. El primer día tuvo que reducir a un adolescente que había saltado el mostrador después de que la policía local hubiera hecho su ronda diaria. Y el segundo día se encontró una serie de candados parcialmente limados. El terror de Mercedes era encontrarse un día como le sucediera a Mai años atrás, en tiempos de los yanquis, con el cañón de una pistola rascándole entre el pelo. Los vecinos le habían prometido mantenerse alertas a cualquier «movimiento» extraño en los alrededores de la tienda, pero Mercedes intuyó que le aguardaban problemas, que se planeaban atracos, incluso en el seno de la supuesta policía. Andrés la acompañaba cada mañana, la visitaba por la tarde y estaba ahí por las noches, cuando cerraba. Antes de morir, Graciela le había hablado de la pistola bajo el tanque de agua, y desde entonces era la leal compañera del vendedor de lotería.

«No puedo vivir así, con este miedo constante», le dijo Mercedes después de semanas sin tener noticias de Mustafá. Andrés creía que Mustafá tenía alguna clase de relaciones que aseguraba la protección del local en medio de tanta hambre. Quizá los turcos, como Yunco sugiriera años atrás, proporcionaban protección de los ladrones, o de policías sinvergüenzas, o de sanguijuelas de las poblaciones circundantes.

El generalísimo doctor Rafael Leónidas Trujillo Molina, Benefactor de la Patria y Padre de la Patria Nueva, inició su mandato de treinta años inmediatamente después de la partida de los americanos en 1930; había ganado las elecciones con más votos que gente con derecho a voto había. Durante los últimos siete años, muchos, incluida Mercedes, habían fingido devoción hacia el hombre endiosado cuyo retrato se exigía que colgara en todos los hogares. La capital, Santo Domingo, se convirtió en Ciudad Trujillo.

El miedo de Mercedes durante la ausencia de Mustafá se vio ampliado 18.000 veces con las noticias del genocidio de los haitianos que vivían en la frontera entre la República Dominicana y Haití. Octubre se inició con treinta y seis horas de carnicería en las que soldados dominicanos borrachos, por órdenes de Trujillo, empuñaron los machetes y dejaron una presa de cuerpos humanos en la ribera occidental del río Dajabón. Los rumores se filtraron hasta la tienda de boca en boca; las noticias llegaron más rápido si cabe con los muchos haitianos aterrorizados que buscaron refugio del horror en una azucarera propiedad de los yanquis en el pueblo siguiente.

El ejército había utilizado machetes para que el campesinado dominicano pudiera participar espontáneamente en la masacre. Las decapitaciones fueron lugar común. Y en las poblaciones fronterizas, el hedor a sangre humana competía con el aire. Tenían lugar matanzas en familias dominicanas con parientes haitianos, semihaitianos o de piel oscura.

El viejo Desiderio, con su habitual actitud morbosa, se había precipitado hacia la tienda tras su pasaje por el bar de Yunco para contribuir al fondo de información.

—Pero esos haitianos nos han estado contaminando demasiado tiempo con su lengua, sus supersticiones, su sudor —opinó Mercedes mientras las pornográficas descripciones de Desiderio atraían un público considerable.

A Mercedes no le preocupaba lo que nadie pensara de sus opiniones. Dios tenía sus propios medios de exterminar a los infieles y sus maldades, y no siempre eran agradables, le explicó a la multitud congregada en la tienda. Como soldada de Dios, aceptaba la fealdad y la necesidad de la guerra.

El viejo Desiderio dijo que ninguna cháchara sobre Dios ni nada, absolutamente nada, que esas pobres criaturas hicieran podría justificar las atrocidades que habían tenido lugar esos últimos días: que el Dajabón fluyera tan rojo de sangre que hasta los perros salvajes recorrieran kilómetros para participar del festín, que las mujeres embarazadas fueran violadas y luego destripadas como ganado, que centenares de supervivientes aún se apiñaran en los hogares de no pocos dominicanos mientras él hablaba.

—Y pensar que el perejil determine el valor de la vida 'e uno —comentó Desiderio negando con la cabeza. Se frotó la barbilla y le quedó un poco de baba en las comisuras de los labios.

Mercedes observó con desprecio la piel oscura y las anchas facciones de Desiderio. Se acordó de aquel niño haitiano que solía pedir limosna en la tienda cuando Adara vivía y se preguntó si él o alguno de sus parientes estarían obstruyendo el Dajabón.

—Pues qué suerte tienes de poder pronunciar correctamente «perejil» —le dijo al viejo Desiderio—. De lo contrario, tu sangre bien podría haberse mezclado en ese río. —Sin mirarle, Mercedes le apartó los brazos de un empujón y limpió las manchas de sudor del mostrador. Los que se arremolinaban en torno enarcaron las cejas.

—Lo que un chin de dinero le hace a una jeva, ¿eh? ¡Na' de misas domingueras o del amor de Cristo pa' esta mercader avariciosa! Ese Mustafá sí supo dónde elegir a su vaquita.

Desiderio le guiñó un ojo a Mercedes y se quitó el sombrero antes de salir del local.

—¡Fuera de aquí si no compran nada! —les gritó Mercedes al resto de curiosos. Las manos habían empezado a temblarle, y destapó una botella de cerveza.

Unos meses más tarde, Mustafá apareció en la tienda, con los ojos más hundidos que Mercedes le hubiera visto nunca. Le había mandado una postal anunciando su regreso inminente, y ella la había leído con una mezcla de alivio y decepción. Había un muñón purpúreo donde antes estuviera su mano izquierda, y el tajo en su coronilla aún no había cicatrizado.

Mercedes no se atrevió a preguntarle por las heridas, pues sabía que de hacerlo menoscabaría el orgullo de Mustafá y comprometería su posición en la tienda. Mercedes y Andrés habían estado dirigiendo el negocio con eficacia, mejor de lo que Mustafá y Adara lo hicieran jamás. Habían reorganizado los productos en los estantes y pedido artículos más populares. A Mercedes se le había ocurrido llenar viejas latas de manteca con flores y alinearlas delante del local. También le pidió a Andrés que instalara una tarima con techo de paja donde la gente pudiese sentarse a disfrutar de un bocado o una bebida. Andrés asimismo pintó el local de un rosa brillante y, como abejas, la gente de los pueblos de alrededor había empezado a hacer el trayecto para comprar allí. Pronto Yunco empezó a quejarse de que perdía clientes en su bar.

—Te encargaste muy bien de mi negocio —le dijo Mustafá a Mercedes cuando cuadraron los libros y comprobaron que los beneficios habían aumentado.

Mercedes advirtió su envidia, su alegría, su rabia, su ofensa, todo ello en el temblor del brazo sin mano. No logró reunir el valor para preguntarle cómo se había visto involucrado en el horror en el oeste; la respuesta estaba dolorosamente grabada en su piel violácea, en su incapacidad de pronunciar *perejil*.

Fue durante esa época de prosperidad y tristeza cuando Mercedes experimentó el primer acceso de celos. Siempre había creído que su control sobre Andrés era seguro con lo de sobrepasarle más de veinte centímetros y su éxito en la tienda. Se percató entonces de que había añadido más empastes de oro a sus dientes y de que reía con aplomo cada vez mayor. Hasta que un día Mercedes vio a su competidora.

La mujer se había incorporado con andares de pato al grupo que solía sentarse bajo el techo de paja los domingos mientras Mercedes se tomaba un descanso para acudir a misa.

Tan alta como Andrés, su abundancia se meneaba tras ella bajo las faldas amarillas que le gustaba llevar. Llevaba pintadas sus minúsculas uñas, y sus sombreros con estilo anunciaban su llegada desde kilómetros de distancia. La Vedette, la llamaban por su voz gorjeante. Los domingos bochornosos, la Vedette se subía a la mesa y cantaba boleros que atraían a la gente de los cerros circundantes, y que, para la sorprendida consternación de Mercedes, bombeaban más dinero a la tienda.

—Pero y ¿a quién no le gusta la Vedette? —preguntó Andrés con un destello en la mirada. Y Mercedes sintió un pánico que no había experimentado en mucho tiempo.

Cuando hacían el amor, Mercedes envolvía con brazos y piernas el cuerpo entero de Andrés hasta que él perdía el impulso de penetrarla.

«¿Qué pasa, es que no soy tan chiquita y refinada?», sollozaba en la oscuridad. Es que temía que ella se lo tragara entero, respondía Andrés con una carcajada que a Mercedes la hacía sollozar aún más. Deseaba tener los brazos más cortos, un trasero gelatinoso, caminar con ese andar de pato tan encantador.

Pero la Vedette continuó haciendo sus apariciones dominicales con su séquito de admiradores. La izaban como a una muñeca encima de la mesa, y Mercedes se preguntaba si también le darían cuerda, carajo. Su voz era un grito a pleno pulmón que rebotaba en los cerros y convertía los ojos de Andrés en un líquido verde y nebuloso. Y entonces un día, tras una canción de cuna al estilo tirolés, la Vedette pidió a nadie en particular un trago de ron con miel y un chorrito de limón para suavizar su garganta.

—¿Tú te crees que esa poción de amor va a funcionar, estúpido? —le dijo Mercedes a Andrés cuando él se precipitó hacia el mostrador para preparar la bebida.

—Sólo hago mi trabajo —respondió él.

Cuando le ofreció ceremoniosamente la bebida a la Vedette, ella le midió con la mirada y la tragó sin pestañear. La Vedette se incorporó de nuevo y cantó la clásica balada de la mujer celosa con la cuchilla de carnicero.

Mercedes había sentido la familiar oleada de rabia en el pecho, un bombeo que le aspiraba toda cordura. Todo pasó muy rápido. Mercedes no había esperado que el vaso golpeara a la Vedette. La cara de la Vedette había esbozado una expresión curiosa, con la canción atravesada en la garganta, y como una muñeca rota había caído de la mesa. Todo el mundo se apiñó alrededor de ella, Mercedes incluida, cuando los ojos se le pusieron en blanco.

—¡Fue un error! —exclamó Mercedes mientras le enjugaba un hilillo de sangre de la frente con sus propias manos. Lo lamentaba de veras, en especial al ver arder la decepción y la vergüenza en el rostro de Andrés.

—Ojalá tuviera yo una mujer que me quisiera tanto —comentó uno de los hombres con un silbido cuando se llevaron a la Vedette, todavía gorjeando débilmente sus canciones.

—¡Por lo menos no te tiré el vaso a ti! —le dijo Mercedes a Andrés durante el subsiguiente combate a gritos en casa.

—Voy a mirar a las mujeres hasta el día en que me muera. Y no habrá Dios ni Trujillo, ni mujer ni vaso que me impida hartarme de hacerlo —aseguró Andrés.

Mercedes era libre de continuar con sus pequeñas conversaciones con hombres en la tienda, dijo Andrés, sin que él anduviese persiguiéndolos con vasos. Vive y deja vivir.

## Ismael

*1950*

Dos décadas después de la muerte de Graciela, Mercedes y Andrés concibieron al hijo que mucho después les metería en un avión hacia un nuevo país. A Mercedes, de treinta y tres años, la embargó la alegría cuando su cuerpo se convulsionó a causa de las náuseas y experimentó la sensación de tener hielo picado en los pechos. Todo el mundo había aceptado sin comentarios sus veinte años sin hijos con Andrés. Y ese silencio satisfacía a Mercedes, porque desde el mismísimo principio había hecho que su vida con Andrés fuera asunto suyo y de nadie más. Nadie se había atrevido a preguntarle cuándo iba a bendecir a Andrés con un hijo. La pregunta les obligaría a imaginarles a ella y Andrés haciendo el amor. En vida, Mai había sido la única persona que hablara abiertamente de niños. Con la desfachatez que proporciona la edad, Mai se aseguraba de expresar en cada ocasión su alivio de que Mercedes no hubiera permitido a Andrés ponerle una criatura «extraña» en su seno; Mai se conformaba con ser la bisabuela de los muchos niños diseminados por Fausto.

El retrato del Generalísimo Doctor Rafael Leónidas Trujillo Molina, Benefactor de la Patria y Padre de la Patria Nueva, pendía a la entrada de la tienda. Uno más pequeño colgaba de un rincón especial en el interior, donde Mercedes tenía un altar siempre respirando con flores blancas frescas, agua de alcanfor y una vela blanca. La Virgen de la Altagracia y el patrón de los comerciantes, san Francisco de Asís, completaban el trío.

—Mercedes, ¿tú no crees que con un retrato del general baste? —le había preguntado Andrés muchas veces.

—Andrés, cuidadito con lo que dices de nuestro Benefactor, especialmente aquí —advirtió llevándose un dedo a los labios. Los oídos del mozo de almacén que acababan de contratar andaban flotando por ahí.

Había demasiada gente ansiosa de acabar con su prosperidad, en especial después de que Mercedes heredara el negocio del fallecido Mustafá. Algunos habían intentado, en más de una ocasión, arrancar o pintarrajear el principal retrato del local; cuando tal cosa sucedía (siempre por la noche), Mercedes siempre se aseguraba de que la vieran reemplazando amorosamente el retrato.

—Si quito a san Francisco, el negocio se nos va. Si la Virgen se va, mi barriga se va. Y si Trujillo se va, todo se va con él.

El discurso diario quedó reducido a susurros para impedir que los cielos se resquebrajaran, pues el más trivial de los intercambios podía provocar que pedazos de cielo se desmenuzaran y perdieran su divinidad.

Andrés dejó de incordiarla por los superfluos retratos.

—Hoy va a llevarme a la ciudad el doctor Ibiza, el que vino a ver a Graciela durante... aquella época —le dijo Andrés cuando yacían en la cama.

—Baja la voz —le susurró Mercedes.

Andrés dijo no saber por qué el doctor Ibiza confiaba en él lo suficiente para informarle de que una tal doctora Angelina Torres había sido la primera de los profesionales en desaparecer en la próspera población vecina de La Cigüeta. La mujer había atendido a los pobres sin cobrar y era bien conocida por sus ambigüedades e insinuaciones. Desapareció después de decirle a unos pacientes que sólo limpiándose las orejas podrían curarse la ceguera.

Y, en la misma población, el arquitecto Ricardo Pérez se evaporó después de hacer de anfitrión de una reunión dominical para intelectuales que disfrutaron de comida y bebida y hablaron con excitación de una idea futurista llamada televisión. Tras unos tragos de más, Pérez criticó la estética de las obras públicas del régimen.

El propio doctor Ibiza trataba con frecuencia a los esbirros del Benefactor y sus familias sin cobrarles.

—Ya te dije, sólo hace falta la palabra de algún canalla para que uno de nosotros acabe con las uñas arrancadas —le susurró Mercedes en la oscuridad—. Mucha cautela con mucho cuidado con lo que decimos, incluso a ese doctor Ibiza.

—Sí, Meche, pero yo no voy a vivir como un conejo. Y tampoco me escondo detrás de Dios —repuso Andrés y metió una mano bajo la bata de ella para palparle el vientre hinchado.

Techo de cinc y pintura turquesa. Empastes de oro y zapatos de piel. Jamón dulce y cubitos de hielo. Un coche. Polvos para la cara y jabón de lavanda. Lápiz de ojos y pulseras. Un sombrero de encaje amarillo y un bolso a conjunto. Una lavandera, mujer de la limpieza y cocinera. Soluciones para alisar el cabello y cremas decolorantes. Figuritas de galleta sobre la mesa de café. Una cabaña extra y una nueva letrina. Una radio y luz eléctrica. Un hijo primogénito, Ismael, llamado así por el próspero padre del difunto Mustafá.

# Amalfi

*1987*

Amalfi le dijo a Mercedes y Andrés que era una mujer adulta que podía cuidar condenadamente bien de sí misma y de su hija, si ese asqueroso de Porfirio Pimentel, abogado, no podía hacerlo. No era la primera vez que le hablaba a su madre con semejante desparpajo. Lo que más le sorprendió a Mercedes, sin embargo, fue que Amalfi dirigiera su rencor también hacia Andrés, un hombre cuya voz nasal y su terquedad compensaban su estatura.

Amalfi dijo que se quedaría. No pensaba moverse de su país.

—¿Cómo puede una mai soltera arreglárselas sin su familia cerca? —había dicho Mercedes con un suspiro mientras observaba a su hijo mayor, Ismael, saltar sobre una maleta a rebosar para cerrarla. ¿Por qué tenía Amalfi que trastocarles los planes? La mayoría de gente se habría peleado ante la oportunidad de huir del pueblo e irse a una ciudad como Nueva York. Mercedes se rascó la mejilla hasta dejarse parche de piel seca.

—La culpa es tuya, Mercedes —dijo Andrés, con sus saltones ojos de un gris verdoso—. Insististe en ese animal para Amalfi, como si lo quisieras para ti.

—Ah no, pues ahora la dejó vomitando mierda antiamericana —comentó Ismael con una risita. Dijo saber de mujeres como su hermana que, después de soltar ocurrencias patrióticas, habían acabado trabajando en las zonas francas. Hablaba como si Amalfi no estuviera en el cuarto.

Era Ismael quien había incitado a todo el mundo a ese frenesí por Nueva York. Sin la ayuda de nadie, había pasado por todo el proceso de solicitar visados para todos, incluida la bebé Leila. Y, por irónico que fuera, fue el visado de Amalfi el primero en ser aprobado.

—Me hizo llevarla hasta el aeropuerto. Pérdida de mi tiempo y mi dinero.

Mercedes observó a Amalfi quitarse los rulos del pelo.

—Ay, por favor. Vas a despertar al bebé con tus quejas —dijo Amalfi.

Al principio, Amalfi había salido corriendo con Mercedes a comprar un juego de maletas, las había llenado con sus mangas de repostería, rulos para el pelo, vaqueros elásticos y libros de texto. Por un tiempo Mercedes toleró las obsesivas fantasías de Amalfi sobre Nueva York, su inspección de estantes de libros y revistas relevantes en la biblioteca. Hasta que una minúscula semilla de duda pareció brotar en todas direcciones. A Amalfi le preocupaba tener que dejar sus estudios de pastelería en la Escuela de Capacitación Femenina María Trinidad Reyes, abortada con ello la promesa de un próspero negocio de repostería. Y después de hablarle a Mercedes de una pesadilla en que un avión al que subían se estrellaba «como en las películas», Amalfi le compró a Andrés un boleto de lotería con el mismo número que el vuelo tuviera en el sueño (567). Entonces se quejó de que su cráneo fuera incapaz de absorber una nueva lengua, otra cultura.

—¿Para qué ir a Nueva York? —preguntaba siempre que en las noticias informaban de nieve en Nueva York o de su astronómica tasa de criminalidad. Y le contó a Mercedes de una adivina que le había asegurado que en efecto viajaría, aunque la misma mujer había pronosticado un presidente negro en el futuro de la nación.

Mercedes había traído al mundo a Amalfi el día del asesinato, en 1961, del Generalísimo Doctor Rafael Leónidas Trujillo Molina. Con el miedo como un vapor, en las calles se habían susurrado rumores sobre su muerte, aunque nadie se atrevía a dar muestras de alegría después de tres décadas de entumecedora dictadura. Mercedes había temido, en cambio, el parto a sus cuarenta y cuatro años, había temido que su segundo vástago fuera el que llevara el gen de enanismo de Andrés. Ya no le preocupaba Ismael, que tenía entonces once años, pero su segundo embarazo había venido con una miríada de complicaciones.

Presa de unos dolores de parto tan cegadores como un mar blanquecino, Mercedes había mordido las cuentas de cristal del rosario e imaginado su propio cuerpo transparente, con el corazón latente bajo las costillas, el esponjoso tejido cerebral dentro del cráneo. Había contemplado con incredulidad la maraña de sus vísceras y el bulto donde el bebé se ocultaba de la partera.

—Empuja, maldita sea —dijo la partera.

¿Maldiciendo en medio de un alumbramiento?

Mercedes empujó, trató de imaginar sus propias manos masajeando el bulto para apartarlo de su corazón. El dolor la había arrojado a un sueño muñeca rusa muy real en el que el bebé, con musgo marino rodeándole el cuello, tenía otra criatura debatiéndose en su interior. Y Mercedes soñó que sus propias manos buscaban dentro de sí, y luego dentro de su bebé, entre su malla de carne y hueso, para liberar a la criatura que más hondo yacía.

Mercedes despertó al sentir la mano de la partera en el cuello del útero, forzando a salir al escurridizo bebé. Todo lo que tenía que hacer era empujar, maldición, y dejar salir al bebé. Y ella sola, tan sola, empujó hasta que una mancha de sangre le tiñó el blanco del ojo y su esfínter floreció. La furia de sus esfuerzos la hizo sentirse como si acabara de empujar a la humanidad entera un poquito hacia adelante.

—Una niña —dijo la partera—. Una niña normal llamada Amalfi —exclamó dirigiéndose al círculo de gente que rezaba al otro lado de la cortina.

Y ahora, más de veinte años después, Mercedes se encuentra con que los dominicanos huyen en hordas del país, para servir de alimento a los tiburones que viven tanto en la tierra como en el mar; con que el verde se ha convertido en el color del amor; con que el turismo es el nuevo azúcar de la nación (en la década de los ochenta, cualquier sitio es mejor que el hogar). Las oscilante economía les obliga a ella y Andrés a cerrar la tienda, tras décadas de comercio.

Los secos parches de eczema en las mejillas de Mercedes se le extienden a la cara interna de los codos en esos tiempos tumultuosos.

«Te has puesto demasiada blandita», la reprendió Andrés cuando ella dejó de intentar controlar a su hija. Pero qué podía hacer Mercedes cuando Amalfi, alumna número dieciocho de la Escuela de Capacitación Femenina María Trinidad Reyes, y novia número treinta y cinco del abogado Porfirio Pimentel, se rebajaba a invocar a cada santo del panteón de dioses haitiano para fulminar a ese abogado mal nacido hijo 'e puta por haber revuelto el panal que llevaba entre las piernas.

«Amalfi, ésta será una buena oportunidad para empezar de nuevo, con la chichí.» Mercedes no cesaba de intentar hacerla cambiar de opinión sobre la ida a Nueva York. Sólo unas semanas antes habían subido todos al Volkswagen de Ismael para llevar a Amalfi al aeropuerto. Amalfi iba a viajar primero para tratar de encontrarles a todos vivienda y empleo.

—Todavía no lo puedo creer —había dicho Ismael, que

adelantaba camionetas atiborradas de gente y aves de corral en carretera flanqueada por una larga hilera de palmeras rotas.

—No te pongas celoso, mi'jo —repuso Mercedes desde el asiento de atrás cuando vio que Amalfi no podía evitar una sonrisa ante el refunfuño de Ismael; Amalfi sería la primera en cosechar oro en calles extranjeras. Su cabello enlacado daba saltos y se ajustó el ceñido top de profundo escote—. Y mira, llámanos seguido llegues al aeropuerto en Nueva York —le dijo.

Ismael escupió por la ventana. Mercedes estudió el brillo en las puntas del corto afro de su hijo y se preguntó cuánto faltaba para que él también se fuera.

—Y tú asegúrate de que el dinero que mande se use exclusivamente en el cuidado de Leila —repuso Amalfi hincando un índice en el hombro de su hermano. Se volvió para mirar a Mercedes en el asiento trasero—. Ya sé cuánto le gusta jugar a Isma, y cómo tú y papá pueden ser demasiado generosos con otra gente.

—Ah, no te preocupes, nos plantaremos en el casino con tu dinero ganado a sudores —se burló Mercedes con frialdad.

En la distancia Mercedes oyó el estruendo de los aviones. La brisa que entraba por la ventanilla llevaba el olor acre a basura quemándose y agua salada. También distinguió el olor a cemento de los muchos proyectos en construcción del presidente ciego. El honorable Balaguer, ese hijo de puta. Pero no pensaba meterse en otra discusión con el acérrimo balaguerista Ismael. En lugar de ello, cerró los ojos y trató de imaginar Nueva York a través de su nariz. Suavizante de ropa. Vestíbulos de hotel perfumados. Leche pasteurizada. Cuando abrió los ojos, por el retrovisor lateral vio a un hombre musculoso mezclar algo en una carretilla. Adelante, peón ciego, añade más cemento y otra paletada de arena, se dijo. Hunde un dedo en la masa, prueba el azúcar moreno antes de verterlo en moldes para hacer castillos imaginarios que lleguen hasta las nubes. Diles adiós, Amalfi, a los proyectos de construcción perpetuamente inacabados.

—Uf, me preocupa lo mucho que te vas a divertir con mi dinero, Ismael —dijo Amalfi mientras, Mercedes veía pasar zumbando esqueletos de edificios.

—Por favor, no empiecen ahora otra pelea —intervino Mercedes con voz cansada, maternal.

Ismael aparcó el coche poco después y con su habitual diligencia sacó las maletas de Amalfi. Ella se reajustó el top y se aplicó una nueva capa de lápiz de labios. Mercedes deseó que hubieran llevado a la chichí a despedir a Amalfi. De no haber estado Leila tan irritable con esa infección de oído...

En el aeropuerto hacía un calor sofocante. Mercedes oyó hablar a los escuálidos mozos de maletas y limpiabotas el güiri-güiri que Amalfi tendría que aprender en cuanto el avión aterrizase al otro lado de las aguas. Se pasó la lengua por la dentadura postiza y se le hizo difícil aceptar cualquier otro lenguaje que la obligara a meterse bolas de caucho en la boca.

Mercedes podía distinguir fácilmente a los turistas que llegaban, pálidos y con camisas de estampados hawaianos, de aquellos que se iban, que llevaban guayaberas y flamantes bronceados. Había lágrimas, familias enteras que se abrazaban, amantes que se daban largos besos (¿llegaban o se iban?). ¿A qué sabría su propio adiós? Le dolía la cabeza de tantos besos y abrazos que le había dado a Amalfi la noche anterior, cuando no creía que soportara ir al aeropuerto. En medio de la noche se había acercado sigilosamente a Andrés, sollozando. Y supo que él tenía tanto miedo de comportarse de la misma manera que le cedió su sitio en el coche y la animó a acudir al aeropuerto en su lugar.

En la tienda de souvenirs, Mercedes observó a Amalfi deslizar sus manos manicuradas por pequeños barcos de madera y cerámicas, flores de nailon y loros de papel maché. El olor a moho y a madera frotada con arena, a yeso y perfume barato la hizo sentir de pronto envidia de su hija. Deseó haber podido viajar antes, en especial en los días en que la tienda les había permitido más lujos a ella y a Andrés. Pero en aquellos tiempos, Trujillo rara vez permitía salir del país a nadie de sus orígenes y, además, se habían visto absorbidos por el negocio, luego habían tenido a Ismael, y después a Amalfi...

Se detuvieron en bares para comprar queso frito y mentas de frutas. Mercedes nunca había estado en un aeropuerto y permaneció de pie en la puerta de embarque, la respiración acelerándose ante la perspectiva de que su niñita fuera izada hacia los cielos por esas bestias plateadas que se alineaban al otro lado de los enormes ventanales. El estruendo hacía estremecerse el suelo y le aceleraba el corazón.

Ismael no paraba de consultar el reloj. Habían llegado dos horas antes de la salida prevista.

—Vuelvo ahora —dijo de pronto.

Mercedes y Amalfi le observaron retroceder en la multitud con los andares en extremo majestuosos de un empleado de azucarera que trabajase en la oficina y no en la refinería o en los campos.

Volvió al cabo de poco, para sorpresa de ambas, con tres vasos de papel con jugo de lima. Cada uno saboreó su bebida como si fuera la última vez que aquel sabor agridulce fuese a glasearles los paladares. Mercedes sacó un pañuelo del bolsillo y secó con ternura el sudor de las mejillas a Amalfi, junto con la gruesa capa de maquillaje y lápiz de labios.

—No, mi maquillaje...

Mercedes continuó

—Bébete el jugo.

—Isma, ¿me imaginas a mí hablando güiri-güiri? —preguntó Amalfi riendo. Tenía las mejilla relucientes como manzanas allí donde Mercedes le había pasado el pañuelo.

Ismael soltó un bufido y se golpeó la palma con un paquete de cigarrillos.

—Déjame fumar uno —pidió Amalfi para sorpresa de Mercedes.

Ismael sacó otro cigarrillo y lo encendió para ella. Amalfi fue de pronto una sofisticada mujer viajera de cuyos labios rojos salía una línea recta de humo. Mercedes observó a sus hijos inhalar sin toser, para luego exhalar largos penachos de humo frunciendo los labios como fumadores mundanos.

—¡Amalfi! —exclamó Mercedes—. Quién sabe qué más vas a querer probar por allá.

—Tía Odepia me contó que tú fumaste por primera vez a los ocho... así que ya voy con retraso —ironizó Amalfi, y se retocó el peinado.

—Toma, mamá, fúmate uno —dijo Ismael embutiendo un cigarrillo entre los labios de Mercedes.

—Ay, ¿quieres mandar a esta vieja a la tumba antes de tiempo? —protestó Mercedes, pero Ismael le encendió el cigarrillo al ver brillar los ojos de Amalfi.

—No se lo digan a Andrés —les pidió Mercedes sintiendo tras la primera calada las mismas náuseas que aquella vez tanto tiempo atrás. Se sintió triste al tratar de conjurar el recuerdo de Casimiro en plena partida de Amalfi. El cigarrillo se le cayó de la mano.

Junto a ella, Amalfi ya no fumaba y los brazos cruzados le levantaban los pechos.

—Hace falta que vayas, por nosotros, por el futuro, por Leila —dijo Mercedes, y le frotó la espalda.

—¿Todos esos sentimentalismos otra vez? —terció Ismael.

La voz de Amalfi se quebró.

—Mamá, ¿oíste hablar de esa civilización de la Atlántida que desapareció hace mucho tiempo bajo el mar? —preguntó con lágrimas aflorándole a los ojos.

—¿De qué diablos estás hablando? —quiso saber Ismael. Encendió otro cigarrillo.

—Sí, el continente entero desapareció, y pronostican lo mismo para esta isla —continuó Amalfi. El rímel se le corrió en torno a los ojos.

—Lees demasiadas revistas estúpidas —opinó Ismael.

—Cómo que no puedo ser una cobarde y largarme. Alguien tiene que quedarse aquí y...

—Amalfi, ya basta. Mira, la gente ya empezó a hacer cola.

Mercedes se levantó y tironeó del brazo de su hija.

Por la megafonía restallaron instrucciones para el embarque. Mientras la multitud de pasajeros se movía en torno a ellos, Amalfi permaneció sentada, con las piernas cruzadas. Ismael agarró las maletas y se dirigió hacia la puerta.

—¡Vamos, Amalfi! —Se situó en la cola y les hizo señas vehementes.

Amalfi siguió sentada mientras Mercedes, acalorada y mareada por el cigarrillo, se quedaba de pie a su lado. Siguió la mirada de Amalfi hasta una mujer con vestido de lentejuelas que tiraba de su hijo porque el niño se negaba a ponerse en la cola; el niño llevaba una cadenilla de oro en el cuello. Y vio a un hombre más adelante sacar un botellín de ron para echarse un trago rápido; una jeva flacucha, de no más de quince años, que le daba un beso de película a un hombre blanco de mediana edad que sostenía los billetes de ambos. A una mujer anciana en una silla de ruedas le colgaba un largo hilo de saliva que su chaperona no se molestaba en limpiar. Un hombre abría y cerraba frenéticamente un maletín.

—Me quedo —anuncio Amalfi—. Me quedo aquí.

—Amalfi, por favor —dijo Mercedes, pero por mucho que tiró de ella no consiguió levantarla del banco.

Con los ruidos penetrantes de los aviones tensándole los hombros, Mercedes retrocedió y abandonó sus intentos.

## Nueba Yol

*1987*

Cuando Amalfi decidió que era su destino quedarse y hacer de la República Dominicana su Atlántida, le dieron el visto bueno al visado de Ismael. Hizo planes y se trasladó a Estados Unidos en 1986, con la idea de traer a Mercedes, Andrés y Leila —con la fácil autorización de Amalfi— una vez estuviera instalado. A través de una complicada red de amigos en posiciones altas y bajas, había acelerado la aprobación de los visados de la familia, que iba a formar parte del mayor grupo inmigrante que se asentaría en Nueva York en la década de los ochenta. Ismael no perdió el tiempo y se buscó trabajitos de pintor y moldeador, de pinche y planchador, de barrendero y repartidor. Los números que veía en sueños los jugaba en la lotería, tanto en la legal como en la ilegal, desde la Bolita al Palé. Un año después, con lo ganado con el sudor y la suerte, mandó a buscar a Mercedes, Andrés y la pequeña Leila. A través de otra red de compañeros de trabajo y amigos, Ismael les había asegurado a sus padres un pequeño apartamento en Washington Heights.

«Le enseñaremos a Amalfi que aquí hay un futuro mejor», dijo cuando la última de las maletas estuvo vacía.

Aunque se alegran de reunirse con su hijo un año más tarde, la inmensidad de Nueva York hizo que el pesimismo fuese calando en Mercedes y Andrés. Las condiciones en que vivían no encajaban con las alegres descripciones de Ismael. A sus setenta y tantos, se sentían como si empezaran desde cero. Y ¿cómo iban a ser abuelos en suelo extranjero?

En los apretados asientos del avión, con la comida intacta, Mercedes había advertido lo decepcionante que resultaba el cielo; se suponía que la niebla al otro lado de la ventanilla era una nube. Al contrario que mamá Graciela en sus buenos tiempos, Mercedes descubrió que prefería los viajes individuales e internos a los externos. El mundo dentro de nuestras mentes no tenía límite, se dijo. Había observado un alerón de metal moverse en el ala del avión, un ala que sólo podía llevarles relativamente lejos. A lo mejor, después de todo, Amalfi había estado en lo cierto al quedarse. Mercedes había cerrado los ojos para no llorar delante de Andrés.

Menudo como era, pocas cosas impresionaban a Andrés, en especial a su edad. A Mercedes siempre le gustó que Andrés fuera más grande que este mundo. Había mirado por la ventanilla cómo se hundía la isla debajo de ellos, y bostezado como si estuviera acostumbrado a que su universo entero se convirtiese en una motita verde. Se comió los diminutos alimentos y no tuvo problemas en pedir una segunda ración a la azafata. Aquellos que osaban hablar con él pronto olvidaban su propia incomodidad. Sin avergonzarse para nada de su enanismo, cómodo en su propia piel, Andrés era quien era.

Leila, de tres años, se había dormido en brazos de Andrés mientras Mercedes se preguntaba qué futuro le esperaba a su nieta. Le había arrancado a su hija la responsabilidad de criar a Leila porque en Amalfi adivinaba la misma distracción que la hiciera no confiar en Graciela; bastaba con ver la rapidez con que Amalfi había accedido a separarse, aunque fuera temporalmente, de Leila. Las temblorosas manos de Mercedes aferraron el rosario contra el vuelo lleno de turbulencias hacia Nueva York. Contemplando por la ventanilla la miríada de puntitos luminosos debajo de ellos, Mercedes no podría haber imaginado integrar su vida en esa vasta red moteada. Durante el aterrizaje, Mercedes masticó hielo con la dentadura postiza mientras Andrés observaba tranquilo los parches de tierra que se extendían debajo. Cuando los pasajeros aplaudieron con alivio, Mercedes aplastó aún más los cubitos de hielo, hasta que el frío le hizo doler la boca. Ella y Andrés se dieron un prieto abrazo, con Leila debatiéndose entre ambos. En el aeropuerto, en la confusión de documentos e inspecciones, Leila y el equipaje, Mercedes se ciñó más las cuentas del rosario en torno a las muñecas. Cuando las escaleras mecánicas se aplanaron bajo sus pies profirió un grito, el vértigo agitándose en su estómago. Un tacón de aguja hundió uno de sus zapatos de lona como un cuchillo el pan fresco, de forma que sintió uno de sus callos como un dedo aparte. Delante de ella, una mujer fornida le dijo un *lo siento.*

—¡Con *lo siento* se cree que lo arregla todo! —exclamó Mercedes dándole un empujón—. Bendito sea Dios, Andrés, ¿qué nos espera aquí, en el nombre del cielo?

Habían hecho falta las manos firmes de Andrés para calmarla.

El crucifijo de ámbar de Mercedes le pende de un cordel atado a la cintura. Está de pie ante una cacerola humeante. Unos codos grisáceos le tapan la cara. En el otro brazo está encaramada Leila, con el rostro contraído a medio llorar. La cadera de Mercedes aparta a la niña de los fogones al tiempo que contempla el sancocho a través de la mitad superior de sus bifocales. El prieto moño compensa el glamour perdido. El blanco inmaculado detrás de ella se ve quebrado por un solitario calendario de pared, obsequio de la carnicería Salcedo. En el estante, con un marco de madera, seis discípulos *davincianos* miran más allá del sancocho hacia donde la escena termina, cortada en Juan, que se inclina en actitud casi cordial hacia un Judas Iscariote de mirada lasciva.

... y *permanecerán con Él, y predicarán en Su nombre. El Espíritu les concederá el poder de sanar a los enfermos y expulsar a los demonios.*

¿Por qué Andrés siempre le tomaba fotos cuando se la veía tan rendida?, se preguntó Mercedes tras el chasquido del obturador de la cámara. Pensándolo bien, lo mejor sería mandar esa fotografía, incluso aunque en este país a uno podían quitarle a una criatura por la menor de las infracciones. Pero sí, Andrés debería mandar la fotografía a casa para que Amalfi y Odepia vieran lo bien que les iba en Nueva York, gracias a Dios. Mercedes tapó la cacerola y le tendió a Andrés una Leila que daba berridos para que le desenredara las manitas del crucifijo.

Sí, ella y Andrés quizá hubieran sido más astutos veinte años atrás, se dijo Mercedes; ella con su mente de contable y él con su asombrosa habilidad con las predicciones en la lotería. Pero ahora no pensaba que fuera demasiado tarde para haberse trasladado allí. ¿Quién dijo que el viajar era sólo para los jóvenes? De hecho, la mudanza había vuelto a inflamar la excitación entre ella y Andrés. Se sentían satisfechos de compartir los más simples descubrimientos: los videojuegos y la lotería puertorriqueña en la bodega de la esquina, una rampa en el pasillo que engullía la basura, pequeños discos negros que eliminaban las cucarachas como por arte de magia, un canal más de habla española en la televisión. Era excitante inventarse otra vida juntos, y justo cuando pensaban que iban a fundirse en la rutina de la vejez, se encontraron de golpe siendo padres otra vez.

# Círculos

El fantasma de Graciela no es sombra, o escalofrío, o estatua que caiga de un altar. No es sábana blanca con ranuras por ojos, o aullido en el viento. No está en los inquietantes toques de luz de un retrato o en el tic de un nervio.

Su fantasma está en la plenitud del vientre de una rana, en el círculo de palomas, en el torrente del río. Está enroscado entre la trenza de berenjena y salmón del nacimiento.

—Bésame la mano, Leila, y pídele la bendición a tu difunta Graciela. «Bendición, la más grande bisabuelota de todas...»

—Somos felices desnudas, Leila.

«Mi desnudo es demasiado feo, gran bisabuela.»

—Ah, y ¿a quién le importa en esta vida?

«¡Quiero ser una mujer.»

—¿Entonces, Leila, quítate ese pellejo.

«Baje ya de esas nubes, bisabuelota...»

—Quítatela. Hasta el fondo, buena malcriada.

«Vaya afrodisíaco, todo esto de los desnudos.»

—¡Ah! A los viejos no le vengas ahora con palabrotas.

«Todo el mundo me toma en serio cuando enuncio algo.»

—Despójate de los problemas de la vida.

«¿Qué quedará de mí entonces?»

—Huesos.

«Un esqueleto de 206 piezas.»

—Rómpelo.

«¿Volverá a ensamblarme el culo?»

—Por supuesto.

«Míreme: sólo cerebro, entrañas, pulmones, corazón.»

—Guarda el corazón. ¿Qué hay por dentro?

«Ventrículos y las venas cavas...»

—No.

«... las válvulas y la aorta...»

—No, Leila, desangremos tu corazón pa' encontrar la verdad.

## Leila

*1998*

*Nueva York*

—Leila Pimentel.

—Presente.

Leila estaba en clase de biología, y muy presente. Era la única asignatura que le había valido un sobresaliente en el boletín de notas y le había hecho ganarse ropa nueva. El resto de asignaturas podía irse al carajo por lo que a ella concernía, como le había explicado a la señorita Valenza en una entrevista entre padres y profesor en la que faltaban los padres. En general, mantenía, era una epistemofílica cuyas ansias de conocimiento nada tenían que ver con las notas.

Ese día estaban estudiando el sistema circulatorio, tras un recorrido de un mes por el cuerpo humano. Leila sonrió cuando la señorita Valenza dijo que el corazón era más o menos del tamaño de un puño. Cuando la señorita les pidió a los alumnos que se tomaran el pulso unos a otros, el compañero de asiento de Leila pensó que había contado de más.

—No; es sólo que estoy culeca —dijo Leila sólo para verle ruborizarse.

Ventrículos, las venas cavas, las válvulas y la aorta. Le gustaba cómo sonaban las *v* y *a* en su boca y repetía las palabras para evitar pensar en él. Miguel Ulloa Hernández: el hijo de puta que sometía a tensión ese músculo que se suponía debía latir setenta y dos veces por minuto durante el resto de su vida.

La privacidad era un lujo. La cama de Leila estaba en la salita y Mercedes y Andrés dormían en el cuarto. En un rincón entre el sofá y la butaca había un sitio en que casi todas las tardes el sol trazaba un rombo en el linóleo.

Leila aún seguía enojada con ellos porque no la habían dejado salir con Mirangeli y Elsa. Mercedes y Andrés eran buenos con ella, pero a medida que Leila se hacía mayor el abismo generacional les hacía tener que hablarse a gritos a través de orillas opuestas. Sus abuelos, no importaba lo fuertes y lúcidos que parecieran, pasaban de los ochenta y se estaban preparando para dar el paso hacia la otra vida, mientras que Leila no estaba sino empezando a mojarse los pies. Su tío Ismael acudía a menudo a oír las quejas de Mercedes y Andrés, así como a mandonear a Leila y darle un tirón de orejas de ser necesario. Siempre trataba de actuar como el padre que no era. Después regresaba a su vida de dinero y mujeres. Hasta la asistenta que se ocupaba de Mercedes y Andrés durante el día empezaba a endilgarle demasiados sermones a Leila. En ocasiones así, Leila deseaba que su madre no se hubiera quedado en la República Dominicana como una maldita cobarde, y que su padre no hubiera sido semejante pendejo.

Leila se sentó con Mercedes a escribirle una carta a Amalfi.

*Querida Amalfi...*

Qué difícil se le hacía a Leila transformar las divagaciones de Mercedes en cartas pulcramente redactadas. Mercedes le dictaba como si Amalfi estuviera sentada junto a ellas en el cuarto.

—Este saludo va para ti en unión a la familia, espero que goces de buena salud...

—... y Amalfi, amor mío, no paro de decirle a esa asistenta que deje ya de comprarme medias... estoy de medias hasta el cuello.

El español recorría penosamente la memoria débil y breve de Leila y sus manos lentas; un guión lleno de anchos espacios y borrones. Al principio incluyó fielmente cada «eh» de Mercedes y sus risas ocasionales (escritas como «ja, ja, ja» en burbujas de tira cómica). El proceso era: asimilar las palabras que emitía con atropello Mercedes, recordarlas, traducirlas al inglés para otorgarles significado en su propia mente, retraducirlas entonces al español y, finalmente, escribirlas de manera pulcra y correcta en la hoja, y todo el tiempo alerta a la siguiente descarga.

«¡Diachele, más despacio, 'Buela! ¿Qué fue lo que dijo?»

Mercedes estiró el cuello para escuchar y respondió con su retraso habitual.

—¿Pa' qué vas al colegio? ¿Cómo empiezo ahora otra vez desde el principio?

Mercedes soltó un bufido, y luego seleccionó los retazos de cotilleos para Amalfi: más robos en el edificio, un sueño sobre montones de pequeños conejos, el especial de pescado en Key Foods, tu hija que ni siquiera puede escribir una carta decente.

«¡'Buela, le dije que más despacio, cónchole!»

—... y dile a Amalfi también que le mando un champú con Isma para que le deje el pelo bueno y veinte dólares, pero no para que se los papée algún novio suyo...

Mercedes señaló la libreta de hojas sueltas en el regazo de Leila.

*...para ti sola, y no para el que te hace el cunilingus, Mamá,* escribió Leila.

—Rezo por que estés bien, Amalfi. ¿Cómo te va el pie?

*Mama, ¿cuándo coño vas a venir a verme, joder?*

—¿Qué estás escribiendo ahí? —preguntó Mercedes, advirtiendo el cambio en el ritmo del bolígrafo—. Deberíamos haberle pedido a la asistenta que lo hiciera —añadió, y se tironeó del vestido.

«'Buela, a Mamá no le importamos. Esto es una pérdida de tiempo», gimoteó Leila.

Pero Mercedes llevaba diez años mandándole cartas a Amalfi, pese a la frustración de Leila y Andrés, pese a la artritis y la miopía. Cuando Mercedes había llegado a Nueva York se había impuesto la obligación de comprender ese trajín de mandar cartas. Aunque Amalfi les enviaba ocasionalmente queso blanco para freír o exuberantes acondicionadores de pelo con conocidos que viajaban a Nueva York, todos sabían que nunca se uniría a ellos.

Leila volvió a subirse de un salto a la cama de Mercedes con la mano apretada en un puño.

—¡Quita esos ténis de mi cama, muchachita!

Leila rió ante su alarma y se quitó las zapatillas de deporte con los pies. Lanzó la bola de papel al otro extremo de la habitación, contra el espejo. Mercedes aguzó la mirada y meneó lentamente la cabeza.

—Qué vainas que haces... —dijo, para luego quitarse la dentadura postiza y dejarla en un vaso sobre la cómoda.

Leila cruzó los brazos, y luego volvió a descruzarlos para arrancar hilillos de la cortina.

—Si no quieres hacerme favores, vete —dijo Mercedes con un ademán, y soltó—: Y ya te matá'n el chivo, mirate esos círculos negros debajo de los ojos.

«¿Qué?» Leila se precipitó hacia el espejo sobre la cómoda.

—Ya sé que estás menstruando —repuso Mercedes.

«'Buela, ¿cómo lo sabe?»

—Sé más de lo que tú crees, muchachita.

Mercedes le dio un codazo para apartarla y abrió un cajón de la cómoda. Sacó algo envuelto en papel de seda, una especie de bola de papel. Luego se instaló en la cama, donde Leila estaba ahora sentada, a deshacerla con sus manos nervudas. Un crucifijo de ámbar reposaba en el lío de papel como un caramelo de miel engastado en oro. Mercedes lo acercó a la lámpara para que Leila viera los delicados miembros de los ácaros atrapados en resina.

—Es de Puerto Plata, me parece. Mamá me lo dio antes de morir, cuando tenía más o menos tu edad. Pero en aquellos tiempos no sabíamos bien nuestras edades, porque los padres a veces esperaban años antes de declarar oficialmente tu existencia a las oficinas gubernamentales. Sí, debía de ser como tú, quizá más rellena, porque yo era rellenita, ¿sabes?, ya era como una mujer incluso antes de la menstruación. Tenía una mente sagaz y todos los hombres me andaban detrás, pero me decidí por Andrés porque si algo sé hacer es casarme bien, elegir a uno que sabes que nunca te traicionará. Temprano, asegúrate de tener bien guardados los cuchillos de cocina, de forma que sea él quien tenga que pedirlos para usarlos. Tienes que ser lista, mi'ja, en esta vida tienes que sabértelas todas.

Los ojos de Mercedes se habían vuelto lechosos y sin la dentadura postiza sus labios se veían fruncidos. Leila detestaba que Mercedes se perdiera en sus recuerdos.

«Yo también si soy lista. La señorita Valenza me dice que debería considerar bien lo de una carrera médica porque me gusta la biología. ¿Y no puedo ser simplemente buena en eso?» Leila hablaba aunque sabía que su abuela no podía entenderla en inglés.

Pero Mercedes continuó como si Leila no hubiera hablado.

—Sé lista, mi'ja. Aquí, en este país, no puedes tener demasiados muchachos, sin gente cercana que te ayude a criarlos. Allá, cualquiera, el tendero o el carnicero, tenía todo el derecho a halarte la oreja si te veía en el camino equivocado. Pero aquí no tienes a nadie. En este país todo lo haces sola. Por eso es que aquí la gente se vuelve loca, olvidan al Señor. Recuerda, Leila, los ojos del Señor son lo bastante grandes como para ver todo lo que haces.

«Bueno, pero ¿quién le dio el crucifijo a mamá Graciela?» Leila tuvo que preguntarlo dos veces, pues Mercedes se estaba hurgando la oreja con una uña.

—Se lo dio una monja o un cura, algo así. Ahora que soy vieja hay que reconocer que Mamá era tan lista como yo, por haberme parido sólo a mí. Así podía empacar y largarse cuando quería... ¿Te conté que me engendró con un hombre elegante y de la más pura raza? Creo que Amalfi tiene esa fotografía guardada por ahí...

De la garganta de Mercedes emergió un ruido hueco cuando se metió una horquilla de pelo en la oreja.

«'Buela, se va a destrozar la estereocilia del oido!» exclamó Leila mientras acariciaba con un dedo el crucifijo. Era perfecto para llevarlo sobre un corazón atribulado. Deseó meterse la cruz en la boca.

«Guau. Parece vitamina E.»

—Ámbar auténtico, mi'ja. Flota en el mar.

Permanecieron en silencio unos instantes, admirando la minúscula ventana que tenían en las manos. Mercedes le contó que Graciela también había estado a punto de comerse la cruz.

—Recuerda siempre las cosas que te cuento.

«No, 'Buela, yo vivo el presente. Todo el mundo me anda diciendo siempre que recuerde vainas que nunca viví, o que me prepare para quién sabe qué futuro.»

Mercedes bostezó.

Para Leila, aquellos que llevaban consigo el pasado llevaban a los muertos, y aquellos que perseguían el futuro morían de paro cardíaco.

«¿Puedo llevar yo el crucifijo?» le preguntó con cautela a Mercedes en español.

—Ya es tuyo, mi'jita linda.

—Capullos que florecen tarde duran más —le dijo Andrés a Leila.

«Pero yo quiero florecer ahora, hombre», mascculló ella.

Leila y Miguel estaban en el sótano, ocultos en el laberinto de gruesas paredes. Él la sobaba buscando una redondez que no estaba ahí. Ella gimió, temerosa y excitada ante la posibilidad de que el conserje del edificio les pillara y corriera escaleras arriba a contárselo a sus abuelos. Les imaginó precipitándose escaleras abajo con el tío Ismael para pegarle a Miguel y luego azotarla a ella con el cinturón, y entonces Mercedes haría escribir a la asistenta una larga carta de «ya te lo dije yo» para Amalfi.

Leila sintió una deliciosa lluvia de agujas. Los dedos de Miguel describían ahora círculos en su piel tensa. Se sintió húmeda y excitada mientras le chupaba el lóbulo de una oreja. Parecía un hombre agradable, se dijo, haciendo una mueca y gustándole a la vez la forma despreocupada en que la mano de él hacía suyo el vello recién salido allá abajo. Trató de ocultar su sonrisa cuando su otra mano se le deslizó bajo el top y le pellizcó los pezones, como si estuviera manoseando a la mujer casada que le había dado tres hijos. Una lluvia de agujas. Le estudiaba cada mañana a través de la mirilla cuando salía a trabajar, y al principio había pensado que sería más misterioso. Pero ahí, contra la pared, su mística se reducía a su boca sofocando la de ella. Forcejearon contra la pared hasta que el crujir de las puertas del ascensor les separó.

Una mujer le cantaba a su hijo de camino al lavadero al otro lado de la pared. Un eco de risillas. Leila se sintió aliviada, demasiado aturullada para continuar. En realidad no sabía qué hacer ahora. No podían hacer*lo* en el sótano. En una ocasión había besado a un chico de manos suaves llamado Danny en el campamento de verano de la Asociación Cristiana de Jóvenes, y en un veraneo de infancia en la República Dominicana, ella y su primo tercero Alex se habían palpado mutuamente bajo el cajuil de mamá Graciela. Leila había decidido que no le gustaba besar y, para su asombro, había leído en un libro que a la gente como ella se les llamaba filemafóbicos. Este hombre no parecía estar curándola. Pero mientras se arreglaba el pelo y se ajustaba otra vez el sujetador, Miguel le dijo que era linda; la sopa de paloma de Mercedes debía de estarla engordando para que hiciera a un hombre engañar a su mujercita. Miguel era carne, más carne que los Danny o los Alex de sus fantasías recicladas. La próxima vez, Leila le pediría ir a otra parte. No contra la pared. Estaba a punto de pedirle el número de teléfono, pero él le puso un índice en los labios. Shhh. Y antes de que ella se escabullera para tomar el ascensor de vuelta a la realidad, Miguel le dio a Leila su flamante tarjeta del trabajo.

Dos años de la vida de Leila no estaban en los álbumes familiares; tras su decimosegundo cumpleaños, parecía evaporarse. A partir de entonces no quiso más fotos de aniversario. Ahorró el dinero de la ayuda estatal de sus abuelos negándose a posar para los retratos anuales de la escuela, y los amigos aficionados a la fotografía la tildaban de vampiro por su ausencia en las instantáneas que tomaban. Cuando se veía en fotografías, era como si estuviese contemplando a otra persona, no a la que ella recordaba ser en el momento de la foto. Pero, como decía Elsa, el problema era que Leila era demasiado «acomplejada... ¡sólo quédate ahí y sonríe, estúpida!».

En la mañana de su decimocuarto cumpleaños, Leila hojeó los álbumes. Arrancó las fotografías de los aniversarios y las alineó en el suelo para ver cómo había crecido para convertirse en el tallo de frijol que era ahora, pese a los platos repletos de arroz con frijoles, las montañas de pasta y los gigantescos triángulos de pizza. Su ficha de estadísticas médicas confirmaba que era planistética, que tenía el pecho plano como una tabla.

«La sopa de paloma y la malta alemana deberían ponerte bien gordita, muchachita glotona», decía Mercedes cuando un top insinuaba los minúsculos bultos en el pecho de Leila.

Cada sucesiva fotografía captaba a Leila ante el mismo armario y sonriéndole al mundo. Ordenó las fotos, con la mofletuda instantánea de un rosa brillante de cuando tenía un año debajo del montón y, encima, la fatídica de los doce años con un abultado flequillo. Sus dedos hojearon las doce rodajas de su vida. En aquel entonces una mayor sensación de ser ella misma le había permitido mirar directamente a la cámara. Una criatura sonreía en la imagen inicial en la que tendía una mano hacia un pastel decorado. Foto tras foto, Leila se iba estirando bajo banderines de *Feliz Cumpleaños* (que a partir del sexto año se convirtía en *Happy Birthday*). Con cada imagen los rostros se llenaban, los peinados se aplanaban, y Mercedes y Andrés se arrugaban, mientras que el aparador detrás de ellos permanecía inalterable durante todo el crecimiento y las evanescentes sonrisas de Leila. Cada año, el pastel se transformaba en una muñeca, un conejo, un corazón.

El rombo de luz de sol había desaparecido hacía mucho. Mercedes y Andrés se fueron a la cama temprano, como de costumbre. Dormían cómodos y confiados, sabedores de que su nieta se acostaba tarde porque estudiaba duro para su futura carrera médica.

Leila estaba hecha un ovillo ante el televisor, con el sonido apagado. Su pulgar estaba posado sobre el botón de desconexión en el mando a distancia, las orejas paradas por si oía crujir el suelo al otro lado de la puerta del dormitorio. Había rebobinado varias veces la cinta de vídeo que Mirangeli le dejara para ver esa parte. La parte en que una multitud de cuerpos desnudos se retorcían en aceite como un foso de voraces serpientes. Una mujer con pechos como melones se deslizaba bajo un hombre con una cara como la de

Miguel y el trasero de un caballo. Leila se había mordido las uñas hasta los pulpejos.

Finalmente, después de pasar rápido la escena de una monótona felación, la cinta se detuvo. El corazón le latía como un puño en el pecho. Tres pisos más arriba, Miguel estaba probablemente en la cama con su esposa, y sus tres hijos dormirían como benditos.

Un niño contestó el teléfono.

—Buenas noches, ¿puedo hablar con el señor Miguel Hernández, por favor? —pidió Leila. Oyó una tos, y luego a la minúscula vocecilla llamando a papi.

—¿Aló?

Su voz por teléfono era más ronca de lo que había esperado. Leila se imaginó a Miguel de pie con una mano en la cadera, quizá con el pecho desnudo y calzoncillos boxer.

—Reúnete conmigo en el sótano. En diez minutos.

Leila colgó. Su lengua buscó la uña de un dedo para luego detenerse en la cutícula.

Mientras rellenaba las sábanas de su cama con cojines del sofá, Leila meneó la cabeza ante semejante cliché. Se lavó los dientes con gestos bruscos y se peinó un poco el cabello sujeto en una coleta. Las luces de la salita se apagaron. Amortiguó con un brazo el sonido de la ruidosa cerradura y el iluminado pasillo hizo que le dolieran los ojos.

Leila esperó. Cada vez que la puerta del ascensor se abría en el sótano se le desbocaba el corazón. Al cabo de un rato, el calor en su interior empezó a silbar. Se apoyó contra la pared contra la que habían estado la última vez, justo donde un vándalo había desconchado la pintura gris.

—¿De dónde sacaste el número de mi casa?

Miguel llevaba unos boxer a cuadros y una camiseta interior de pico.

—Tengo mis recursos —contestó ella con un leve jadeo de sorpresa.

—Se supone que estoy tirando la basura —dijo él, y le hincó un dedo en la cinturilla de los tejanos.

Las caderas de Miguel la inmovilizaron contra la pared. Su lengua era más gruesa de lo que Leila, recordaba. Los calzoncillos de él señalaban hacia delante.

—Chúpamela.

Sus manos la empujaron hacia abajo por los hombros. Leila chupó. Y cerró los ojos. Disfrutó de ello, hasta que empezó a ahogarse. Aquella vaina no era nada fácil.

Sus miradas no se encontraron mientras Miguel le limpiaba las comisuras de la boca con la palma de la mano.

—No vuelvas a llamarme a casa —dijo—. Te llamaré yo, ¿de acuerdo?

Leila asintió con la cabeza. La mayor parte del calor se le había evaporado en el vientre, pero aún había brasas al rojo. Un beso en la mejilla y, con el susurrar de sus chancletas, Miguel se esfumó con la misma facilidad con que había aparecido. Leila esperó a oír las puertas del ascensor al cerrarse, y luego subió a saltos las escaleras para preparar su examen de biología.

El corazón de Leila es un músculo en forma de pera, ligeramente mayor que un puño apretado. En el centro del sistema circulatorio, bombea sangre a todo el cuerpo a un ritmo de unos cuatro litros por minuto. Su corazón pesa doscientos treinta gramos y late a un promedio de setenta y dos veces por minuto. Al abrirse y cerrarse, sus válvulas producen el «bum-bum... bum-bum» de un corazón sano.

# República Dominicana

*1998*

La visita en masa de vuelta a la República Dominicana fue concebida por Ismael con la misma espontaneidad con que les arrastrara originalmente a todos a Nueva York. Pasaba tanto tiempo viajando entre Santo Domingo y Nueva York que Mercedes lo llamaba el Piloto. Para satisfacer su insaciable necesidad de posesiones, trabajaba duro diseñando jardines en Long Island, y en su apartamento se hizo una estantería de cristal para exhibir su colección de zapatillas de deporte. Riquezas temporales. Con la visión de comprarse un rancho en la República Dominicana (una casa completa con chimenea y bidé), Ismael también se confiaba a la lotería, a lo que él llamaba «inversión de alto riesgo». Rascar la superficie plateada de las tarjetas con una moneda, rellenar boletos de apuestas en las tiendas de comestibles, examinar las tapas de los refrescos y contemplar en lo alto las pantallas de la lotería instantánea en un bar-restaurante le daba la oportunidad de destacar del resto. Con su flamante dinero, cuando lo ganaba, podía tragarse la angustiosa sensación de anonimato que le acosaba. Entretanto, se conformaba con premios como latas gratis de Coca-Cola, diez dólares aquí, una licuadora allá.

Había animado a Mercedes y Andrés a ir con él en el siguiente viaje, por el bien de Leila; le daba la sensación de que debía ver a su madre.

—Viajar de vuelta, después de tantos años...

Mercedes estaba preocupada y Andrés negaba con la cabeza. Ismael insistió.

—Leila necesita a su madre. Se lo advierto, los niños crecen salvajes en Nueva York.

Ya que Amalfi no había querido viajar a Nueva York en los once años transcurridos desde que emigraran, entonces todos tendrían que ir a verla, puesto que alguien tenía que mantener unida a esa pequeña familia, concluyó Ismael.

Ismael obtuvo un modesto crédito bancario para emparse en cadenillas de oro y camisas de seda antes del viaje. Leila le observó tratar de empacar en una maleta los veinte desodorantes Avon que pretendía vender.

Leila enterró de nuevo su aprensión ante el encuentro con Amalfi en el ajetreo de comprar ropa nueva y empacar y pesar maletas. No sentía deseos de lidiar con una figura autoritaria más, por no mencionar la remota posibilidad de tropezar con su padre.

«Tío, pareces un maldito árbol de Navidad», dijo, todavía enojada ante la insistencia de Ismael. Se sentía excitada, sin embargo, por el viaje en avión. Y la posibilidad de un romance de verano, le había asegurado su amiga Mirangeli, era dato seguro para cualquier neoyorquina que volviera al suelo nativo. Hombres elegantes y mayores que llevaban zapatos con borlas y pantalones y muchísima colonia, hombres de voces ásperas y pechos musgosos, chabacanos según los estándares neoyorquinos, pero a Leila le parecían muy atrayentes.

La fotografía de su pasaporte revelaba una sonrisa incompleta, como si la cámara le hubiera succionado la otra mitad.

No fue amor a primera vista. En el porche de una casa turquesa de madera de palma estaba una mujer gorda meciéndose en una silla de tensas tiras de plástico. Al abanicarse con una mano y saludar con la otra, la piel suelta de sus antebrazos se agitó. Se veía dorada y abundante en un vestido floreado y chancletas.

—¡Tu pelo, amorcito! Antes tenías una linda mata de pelo. —Fueron las primeras palabras que Amalfi le dirigió. Y Leila se encogió cuando su madre le hundió los dedos en el «rodete despeinado» y empapado en gel.

El trayecto desde el aeropuerto en camioneta había sido largo y polvoriento. Cuando el vehículo serpenteaba a través de la espesa vegetación, el polvo carmesí tornó cobriza a Leila. Pudo tocar los árboles y sentir el viento, y en todas partes se percibía el olor a hojas quemadas.

Lo que manchó el recuerdo de Leila de aquel verano fue el omnipresente polvo carmesí y sus incesantes peleas con Amalfi. Éstas empezaron con la distribución de regalos: utensilios de repostería, dulces, accesorios para el pelo, zapatos, vaqueros, vestidos. Amalfi cruzó los brazos cuando Leila desplegó sobre la cama una camiseta de *I love NY* para ella.

—Sabrá Dios que lo hiciera yo misma cuando trabajé en la zona franca —se burló Amalfi cuando leyó la etiqueta de «hecho en la República Dominicana».

Leila, Mercedes y Andrés la miraron, horrorizados, cuando Amalfi procedió a explicarles que ya no le daba la gana que la explotaran.

Tras dejar ese empleo en un lugar en que se explotaba a los trabajadores, Amalfi había montado su propio negocio. Gracias a Dios, les aseguró a todos, había elegido quedarse en Santo Domingo. Había acabado por convertirse en la mejor alumna de repostería de Miriam de Gautreaux, motivo por el cual su cuerpo se había expandido como el pan, con el éxito cada vez mayor de su negocio de preparación de pasteles. Creía que, aunque todo el mundo utilizaba los mismos ingredientes, gracias a los poderosos brazos que había desarrollado sus pasteles segregaban una droga de la forma en que la harina se casaba con la leche, los huevos abrazaban la mantequilla y el ron besaba al azúcar. Con ese dinero, Amalfi les mostró que era capaz de remodelar la vieja cocina: había puesto electricidad, un horno, una nevera, los motivos de gallos. No dejaba de afirmar que creía en el progreso. También, en nombre del progreso, había comprado una pasola para hacer el reparto de sus pasteles.

Luego tuvo lugar el asesinato del bienamado de Leila: un pollo que se había aficionado a seguirla desde el mismísimo día de su llegada. Semanas más tarde, Amalfi lo guisó y lo sirvió acompañado de arroz, frijoles y ensalada. Sólo después de que Leila se lo hubiese comido con fruición, Amalfi soltó una risilla y le dijo que estaba en el proceso de digerir a su «noviecito de verano».

Hubo la pelea sobre el aguacate.

—¿El aguacate una fruta? Mira, mi amor, no me vengas dándote aires desde el regazo del imperialismo ni a tomarme por una boba —le había dicho Amalfi mientras revolvía el sancocho. Y entonces y allí mismo, Leila había decidido que odiaba el sancocho, detestaba tener que sorber aquel líquido denso y roer las acartonadas raíces como una puerca. Comida de chancho, eso era. Comida de esclavos.

«Buela, gracias a Dios que me rescataste a tiempo de esta puta chiflada» murmuró Leila por lo bajo.

—Quédate aquí conmigo, mi amor —dijo Amalfi.

Leila se sintió traicionada cuando Mercedes se quejó a Amalfi del deterioro de los dominicanos que vivían en el extranjero, en especial de los jóvenes, que vivían fuera del matrimonio y vestían como vulgares fulanas, incluidos los muchachos. Y olvidaron el español y dejaron de peinarse y se convirtieron en negros que menean la cabeza al son de esa horrenda horrenda música.

—Tú querías que yo viviera allá, que criara a Leila allá, que hablara una lengua que suena como cuando la gente mastica goma —repuso Amalfi.

Leila había fantaseado que corría por las playas y bailaba merengue la noche entera durante las cinco semanas, en lugar de sorber jugo de lima en el porche mientras pasolas que levantaban polvo hacían chirriar los neumáticos en el camino principal. No, no se le permitía conducir la pasola de su madre hasta la ciudad. Ismael la había llevado a comprar helado Bon una noche, pero se pasaba la mayor parte del día llenándoles los ojos a muchachas cazafortunas, crisófilas, ninfómanas y anisonogamistas, muy probablemente de la misma edad de Leila. Ahí estaba sentada, con la piel perfumada de guava, las luces fluorescentes del porche zumbando de insectos desconocidos para ella. Sus abuelos estaban ya en la cama, su madre horneando magia en la cocina. Leila deseó tener una gran familia con primos de su edad con los que salir por ahí, como hacía Mirangeli.

Otros días observaba las nubes formar montículos en el cielo. Aparte de algunos cerros, parecía que el cielo fuera todo lo que había. En una ocasión vio a una mujer descomunal rodar a través del cielo. Una mujer de muslos macizos que se le disolvían bajo el vientre y se convertían en brazos, luego en una segunda cabeza, hasta que era un dragón, luego un coche, y después un río de leche. Por nada del mundo iba a dejar Nueva York para irse a vivir con esa mujer corpulenta que olía a donuts en un país tan aburrido y atrasado como ése. No había un solo jevo buen mozo a la vista, y sabía que los papis tenían que estar en alguna parte de esa mitad de la isla. Leila agachó la cabeza y gritó de puro aburrimiento.

—¿Por qué me escribes esas vainas horribles en las cartas de tu abuela? —le preguntó Amalfi a Leila una noche mientras le enseñaba a exprimir el glaseado en forma de flores.

Se suponía que el glaseado debía enroscarse hasta formar pétalos de rosa blancos y regulares encima del pastel. Era un pastel para prácticas que Amalfi le había dado a Leila. Las flores de Leila salieron mustias y disparejas.

—Planta bien los pies en la tierra, mantén el codo firme. Es una buena lección vital, mi amor —dijo Amalfi.

«No sirvo para esta mierda!» exclamó Leila en inglés, y roció con el glaseado toda la superficie del pastel.

—No me vengas otra vez con ese güiri-güiri —repuso su madre—. Responde a mi pregunta.

«Antes respóndeme tú por qué nunca contestaste las cartas» soltó Leila. Sus dedos destrozaron las flores parejas con que había empezado Amalfi.

Culpa. Y orgullo. Respuestas simples y sin embargo complicadas.

—Siempre me sentí una cobarde por no irme con los demás, por que ésa fuera mi voluntad. Y ahora aquí estamos, tú casi una mujer... El tiempo no perdona. Aquí estoy yo, estampando camisetas que se venden para luego volver a mis manos, preparando bizcochos del azúcar que hacemos y que ni siquiera es nuestro.

—¡Pero por qué no nos contestas!

—Ay, Leila, ¿qué puedo decirles? «Hola, aquí me va estupendamente con mis bizcochos y soy más feliz que nunca, muchísimas gracias.»

Leila vio estremecerse la barbilla de su madre justo como lo hacía la suya, a punto de llorar.

—No hagamos un pastel de prácticas. Hagamos uno de verdad juntas, tú y yo —propuso Leila.

Rodeó torpemente con los brazos a Amalfi y las dos se abrazaron brevemente.

# El jardín (de las delicias)

*1999*

—Los capullos que florecen tarde duran más. —Y con esas palabras Mercedes y Andrés desbarataron una vez más los planes de Leila de salir con sus amigos.

Leila se arrepintió de haber pedido permiso antes de que los platos estuvieran lavados, secos y bien dispuestos en el armario. Hizo rechinar los dientes para refrenar las insolencias que le quemaban la lengua.

—Sólo recuerda que no hace mucho que te limpiaba esas nalgitas —dijo Mercedes al oír un leve rechinar de dientes.

Leila colocó entre tintineos los últimos platos en su «dormitorio», como había llamado al aparador en tiempos más felices y menos complicados.

—A los quince años, debiste darte más respeto —añadió Mercedes—. No te creas que no hemos oído los bochinches de ti y ese canalla del 4B.

«¿De qué está hablando? Ay, Dios mío, si yo ni siquiera sé quién vive en el 4B.» Leila tiró del trapo con ambas manos para dejarlo bien tenso.

—Pues ése es un bestia, con esa cara tan linda que le ves, y el día que yo oiga su nombre y el tuyo pronunciados juntos, que Dios Todopoderoso lo permita, llamaré a Ismael y te encontrarás otra vez en un avión —dijo Mercedes con un puño hendiendo el aire. Entonces blandió las hojas de eucalipto que había estado lavando ante Leila, quien volvió a pasar un trapo sobre los fogones y la encimera hasta que las viejas féculas y burbujas de grasa desaparecieron.

Después de preparar té para Andrés, Mercedes apagó las luces de la cocina, dejando a Leila allí de pie con el trapo hecho una pelota en las manos. Eran las nueve de la noche y ya se estaban apagando las luces en la casa. El regalo de cumpleaños de Leila aún estaba por abrir sobre la mesa. Sabía que era un par de zapatos chabacanos que sus abuelos le habían comprado a la mujer del quinto piso que vendía artículos robados.

Leila fue a la salita y apagó la televisión. No tenía ganas de ver a un travesti relatar la historia de su vida, o el estreno del culebrón *Pobre María, rica María*. Viernes por la noche. Oía un staccato de fondo retumbar en alguna parte al otro lado de la ventana. Fuera, los tacones repiqueteaban en la acera.

La ropa pulcramente doblada que había guardado en el armario de plástico y una mesa de café impoluta no habían conseguido garantizarle el permiso para salir. Se había hecho la cama, lavado las bragas sucias que ocultaba bajo la almohada y alineado sus animales de peluche entre los cojines. Y había hecho todos los deberes de la escuela durante el día.

«¿Qué coño miras tú?», soltó Leila propinándole un bofetón a un cerdito, que aterrizó sobre el montón de libros que había en el suelo.

*Biología viva, primera edición* y onduladas novelas románticas de bolsillo se hallaban embutidas en una caja de leche al pie de la cama. Leila resopló de aburrimiento y autocompasión. Consideró brevemente releer una de las páginas previamente dobladas de las novelas de bolsillo, una en la que la desvergonzada muchacha ateniense, como preparación al matrimonio, se precipita al mundo del amor.

Se levantó ágilmente y agarró la mochila. En el bolsillo pequeño había un sujetador y una braga de satén rojo. La mujer del quinto piso había sacado de contrabando una docena de conjuntos de ropa interior para Leila de una fábrica donde se explotaba a los trabajadores. El guardarropa de plástico se estremeció cuando Leila buscó un par de mallas negras y el bustier de lentejuelas (de rockera punk), restos de disfraces de Halloween muy intencionados. Un cepillo de dientes y unas medias de nailon color café se enrollaron con la ropa interior, y Leila estuvo lista. El cerdito la miraba desde el ojo que le faltaba.

Leila se examinó en el espejo del baño. El pelo se le había empezado a encrespar en las raíces y maldijo sus genes una vez más. Las cejas se le estiraron cuando recogió toda aquella abundancia en una coleta en la coronilla. Con manos expertas formó una bola con la masa de cabello y se aplastó con vaselina los pelillos sueltos cerca de las sienes. Una vez se hubo sujetado los pendientes de oro en los lóbulos de las orejas y aplicado un poco más de vaselina entre las entradas del pelo, sonrió con satisfacción ante la imagen que había creado. De perfil. De frente. Por detrás. Una risa fingida. Una ceja arqueada. Un lamerse los labios seductores. Unos pasos de baile.

Leila dio un respingo al oír toser a Andrés en el dormitorio, donde sabía que a Mercedes la estaba arrullando la televisión. A *Pobre María, rica María* aún le quedaban treinta minutos de emisión para presentar a su María, acosada por la pobreza y sin embargo cautivadora, que encontraría amor y riquezas en otros ciento veinte episodios.

Leila apagó las luces de la salita. En la oscuridad, se sentó en la cama y una vez más embutió cojines del sofá bajo las sábanas.

El aire en el exterior estaba inusualmente caliente para la época del año. Vio a Miguel apoyado contra la fachada del edificio con las manos en los bolsillos como si la estuviera esperando. No se habían visto desde el episodio del sótano de semanas atrás.

—¿Adónde vas?—preguntó él. Sólo se movieron sus ojos.

«Mira, yo no tengo papá, ¿oíste?», repuso Leila. Una sonrisa le temblaba en la voz.

Miguel se quedó callado con unos ojos entrecerrados que hicieron que a Leila las palabras le borbotearan en la garganta.

«El Pavo Real. Búscame allí», dijo Leila, y le guiñó ambos ojos.

Washington Heights, Nueva York, el mundo palpitaban ante ella. Multitudes ávidas de primavera rondaban en escalinatas y esquinas. La música del cielo color ciruela la hizo sentir ebria de libertad. En la distancia vio el resplandor del puente George Washington. Brillaban farolas donde debía haber habido estrellas. Leila alzó la mirada y sintió el batir de unas alas. Recorrió a la carrera las diez calles hasta la casa de Mirangeli.

—¡Te soltaste, cabrona! —Mirangeli hizo una extasiada bola de chicle. Elsa también estaba allí.

—¡Me tuvieron que ver! Salí así mismito por la jodida puerta —repuso Leila chasqueando los dedos—. Así, y ya.

Las tres dieron saltos como conejas.

—Lo tendrías que haber hecho hace tiempo. —Elsa se sopló las uñas húmedas.

—La próxima vez que mis viejos se vayan a Dominicana, volveremos a hacer esto. Como una tradición —propuso Mirangeli.

Compararon atuendos. La minifalda y el top de Mirangeli generaron aplausos. El vestidito negro de Elsa y las botas hasta la rodilla arrancaron varios «oooh». El bustier y las mallas acampanadas de Leila provocaron «diablos». No fue así con los zapatos.

—No me sorprende que ese tipo rompiera contigo —le dijo Elsa mientras tiraba de una de sus botas con tacón de aguja.

—Y no me extraña que el enano ese te jodiera en la clase de gimnasia por soltar tanta mierda —repuso Leila.

—Bueno, en realidad son unos zapatos chulos, ¿okey?

—intervino Mirangeli al ver a Leila morderse el labio—. No están tan mal. Sólo que yo no me los pondría.

Elsa se deslizó el vestidito sobre los pechos prominentes.

—Como quieras —concluyó Leila embutiéndose servilletas en el bustier.

Entonces las tres se derrumbaron en la cama, riendo. Mirangeli puso el último merengue a todo volumen en el estéreo y sacó unas cervezas.

—Bueno, Leila, ¿has visto a tu viejo colega? —preguntó Mirangeli antes de echar la cabeza atrás para tomar un largo sorbo de la botella.

—No, está demasiado ocupado asegurándose de que su familia esté bien provista en todos los aspectos afectivos.

—Qué cursi eres —soltó Elsa.

—Cállate, El —espetó Mirangeli, y se volvió hacia Leila—. Pero nunca me enseñaste lo bien que besa.

Leila se acercó a Mirangeli, le echó atrás la cabeza y le dio un beso largo y profundo.

—¡Par de malditas asquerosas! —exclamó Elsa arrojándoles una bota.

—Tienes celos porque no estás sexualmente liberada —repuso Leila mientras se reaplicaba lápiz de labios. No era la primera vez que besaba a Mirangeli.

—¿Cómo vamos a ir al club, estúpidas? —Mirangeli cambió rápidamente de tema.

—En taxi. No pienso hacerme carreras en las medias en el metro —gritó Elsa desde el baño.

Mirangeli deshizo el rodete de Leila y peleó con su cabello con verdaderas ganas.

—A veces, Leila, hay que hacer que te sangre la frente pa' dejar esta mierda tiesa.

Cigarrillos mentolados. Más maquillaje. Un poco de ron. Pasos de baile estudiados. Cheerios. Un rápido presupuesto común. Una llamada excéntrica. Otra para pedir un taxi para ir al Pavo Real.

⁝

El Pavo Real: un encuentro de esas aves. El letrero de neón en forma de un pavo real en todo su esplendor tenía plumaje suficiente como para que la cola en el exterior siguiera creciendo. Los que bailaban estaban ocupados, y también los camareros. El aire acondicionado se esforzaba en disipar la vaporosa nube de sudor, alientos a menta y fragancias entremezcladas. El culto al cuerpo se celebraba con vehemencia mientras todo el mundo apuraba el estridente licor importado de los últimos grupos de música.

Leila gritó al ver a los llamativos cantantes. Las tres muchachas se habían abierto paso entre la multitud bailando el shimmy hasta llegar al borde de la plataforma elevada. Desde su posición estratégica veían las manchas de sudor en los trajes amarillos de los cantantes. Leila y Elsa asieron con fuerza los brazos de Mirangeli cuando los cantantes adelantaron las entrepiernas hacia la multitud revoloteante. «Ay, ay, mi negra. No me gustan las mujeres prestadas.» Mirangeli ladeó la cabeza y esbozó una sonrisa perezosa con sus labios soplachicles.

Un dedo le tocó el hombro y Leila se volvió en redondo, almibarada como jarabe, el corazón le latía contra los resbaladizos fajos de servilletas de papel. Corbata de seda y chaqueta azul marino. ¡Miguel! Pero cuando Leila alzó la mirada hacia su cara, la nariz se ensanchaba donde ella la recordaba estrecha, la mandíbula era más suave, la línea del nacimiento del cabello se curvaba donde había sido recta, y más pelo se le ondulaba en un pulcro bigote. ¿Miguel? En realidad Leila no había esperado que acudiera, impecablemente vestido y habiendo mandado al diablo los boxer y las chancletas.

Miguel bailaba bien, maniobrándole con suavidad el cuerpo. Leila controlaba los giros para que el bustier siguiera en su sitio. Olía el jabón en la piel de Miguel y la menta en su aliento. Por la forma en que su mirada se perdía en la distancia más allá de ella, decidió que era mucho mayor de lo que había pensado al principio; quizá tenía algo de dinero y había llegado en un bonito coche y... el merengue acabó con una avalancha de trinos al piano.

Se separaron. Él le dio las gracias como si sus dedos nunca le hubiesen pellizcado los pezones, y se alejó con una arrogancia que la excitó. Cuando Leila volvió con Mirangeli y Elsa, estaban tomando bebidas de vistosos colores y susurrándoles a dos muchachos con pinta de estar ligeramente verdes.

—¡Ya tienen bebidas y todo! —exclamó Leila después de que Mirangeli y Elsa se negaran a bailar con los muchachos.

—¿Con esos idiotas?—Elsa aspiró con los dientes apretados.

—Sí, pero estabas chupando de esa bebida como si fuera un ripio. —A Leila le gustaba demostrarle que podía ser igual de malhablada que ellas, igual de coprofílica.

—¿Ése es el tipo con el que dijiste que habías roto? —le preguntó Elsa.

—Ajá, pero ahora volvimos a emparejarnos, así que no estropees las cosas con esas grandes tetas que tienes, baticolpiana.

—Si lo tuvieras tan agarrado no tendrías que preocuparte, manganzona —repuso Elsa y meneó los pechos.

En el escenario, la orquesta estaba al rojo vivo. Los trombones y saxos parecían tragarse los pulmones de los músicos, y el teclado comerse los dedos. El giratorio cantante principal tenía el cuerpo firme y flexible de un nadador, y tenía los dientes salidos. Pidió silencio a todos los instrumentos a excepción del bajo, la tambora y la güira. Al compás del coro, se quitó el chaleco meneando las caderas en un ritmo mucho más lento. Las mujeres chillaron. Los hombres observaron con los brazos cruzados. Elsa y Mirangeli bajaron sus bebidas y Leila se mordió el labio.

—¡Mujeres! ¿Se divierten? —Y el cantante tendió el micrófono para amplificar el «¡Sí!». Se enjugó la frente y marcó con un pie el ritmo machacón—. ¡Dicen que los hombres se enamoran con los ojos, y las mujeres con los oídos!

El micrófono chirrió.

—Bueno, pues esta noche la Banda Canaria va a hacer que todo el mundo se enamore. ¡Ésta va para las mujeres! ¡Un! ¡Dos! ¡Tres!

Leila saltó de vuelta a la vida, llena de entusiasmo. La música la hizo desplegar más las alas. A pocos metros, Elsa parecía desdichada, apretada como estaba contra un bailarín de ojos saltones. Los labios naranja de Mirangeli envolvían otro vaso de plástico y murmuraba algo a un hombre de pelo demasiado engominado. Leila examinó los cuerpos que la rodeaban en busca de la inconfundible chaqueta azul marino.

—¡Ahora es el momento de que los hombres se enamoren!

El micrófono zumbó.

—¡Necesitamos una muchacha atrevida que suba al escenario y devore unos cuantos corazones! ¿Quién quiere amooooor?

Leila tendió una mano hacia el cantante y él la izó al escenario.

—¿Tu nombre, muñequita? —arrulló en el micrófono.

—Cheri —respondió Leila arrullando a su vez, con una voz muy diferente de la habitual. Contempló los dientes salidos del cantante y le llegó una vaharada de halitosis.

—¿Hay alguien aquí a quien quieras enamorar, Cherrisita? —El sudor moteaba las mejillas del cantante. Sus ojos estaban apagados.

—A un tal Miguel que anda por ahí —suspiró Leila en el micrófono.

La música se enlenteció cuando el cantante atacó el clásico merengue de la mujer celosa con la cuchilla de carnicero. Cuando llegó el momento de menearse y machacar el cuerpo, Leila lo hizo como había practicado en casa. Con vítores crecientes, sus caderas hicieron vibrar la maraña de cables sobre el escenario.

Pronto una mano blandengue le tocó la espalda.

—Gracias Cherrisita. ¡Mirad qué carnicería, todos esos corazones rotos por ahí! ¿Tenemos alguna rompecorazones más?

Y Leila fue bajada del escenario.

Abajo, Leila se sintió tímida. Mirangeli y Elsa la rodearon como si acabara de conquistar el mundo.

—¡Qué loca! —Mirangeli la pellizcó.

—Se te han caído las servilletas. —Elsa le señaló los pechos con la cabeza, para luego volverse y tropezar.

Leila vislumbró a Miguel apoyado contra la barra, y abandonó a sus amigas, presas del hipo. Anduvo con paso firme, con la cabeza alta y las caderas relajadas. Al pasar por su lado, captó su breve mirada a través del humo de su cigarrillo. Leila pidió al barman una Presidente y éste hizo un guiño hacia el escenario, sonriendo por haberla reconocido. Le sirvió la cerveza sin dirigirle una mirada a la muñeca, que no lucía la cinta para la consumición. Miguel la observó llevarse la botella a los labios.

—Hola, Cheri —dijo al acercarse.

—¡Oh! ¡Te andaba buscando! —repuso Leila, rápida como un reflejo.

—Yo estaba aquí, esperando todo este tiempo. —Bebió un largo sorbo, cerrando un ojo como hacía el tío Ismael durante las partidas de dominó.

Leila tomó otro trago para olvidar a su tío.

—La última vez que estuvimos juntos te hice esto... —Leila bebió un largo trago de labios del presidente.

—¿Saben tus abuelos que eres tan traviesa? —repuso Miguel.

—¿Saben tu mujer y tus niños que tú eres tan malo? —replicó ella.

Miguel cruzó los brazos. Miró impaciente en torno a sí.

—¿Con quién estabas?

—Oh... con nadie. Sólo estoy yo.

Su cerveza parecía gaseosa.

—Cómo puede una muchacha tan joven y bonita...

—¿... como yo estar sola?

Miguel aguzó la mirada.

—Así que eres una de esas sabelotodos. Bueno, ahora veo. Tenía unos ojos vidriosos en los que Leila, con un hormigueo en las mejillas, se vio reflejada como un pollo al horno. Y rió porque realmente sus ojos titilaban como diamantes.

—¿Te ríes de mí? —quiso saber él, aparentemente divertido por la forma en que el bustier de Leila se movía cada vez que ella se inclinaba.

La botella de Leila estaba vacía.

—Sólo me río, señor Miguelito. ¿Sabes que me gustan los presidentes?

—No, por favor. No más política de Bill Clinton por hoy, aquí no —rogó él con un ademán.

—Pre-si-den-tes. Presidentes frías y verdes... —La voz de Leila fue puro gorgorito—. Y los lóbulos de las orejas. También voto por ellos. —Oh, qué ingeniosa se sentía.

Miguel pidió otra ronda de cervezas al camarero de los guiños.

—Podrías habérmela pedido sin rodeos. Yo soy directo, no demasiado poético —añadió.

—Conmigo tendrás más, mucho más —ironizó ella pasándose los dedos por los labios, como en el popular anuncio de cerveza. Luego añadió su propio lametón a la botella, antes de dejarla caer al suelo, donde se hizo pedazos.

—Ups.

La orquesta se había marchado a su siguiente actuación

y un discjockey pinchaba discos para la multitud cada vez menos abundante. Mirangeli y Elisa, a través de su propia neblina, encontraron a su amiga perdida. Se detuvieron a cierta distancia de la barra, vocalizando mensajes lascivos. Leila miró más allá de ellas. Sus amigas bailaron un poco más entre el menguante público antes de ponerse en la larga cola del guardarropa. Leila se quedó sola.

—Puedes llamarme Migo. Como en amigo —le había dicho Miguel a Leila en el bar.

—O como en «*me go*» contigo...

Y fue entonces cuando ella supo que no había vuelta atrás. Fue libre de inclinarse con intranquilidad para besar a Miguel de lleno en los labios, aunque la bilis le amargó la garganta. Conversación, la cola del guardarropa, el frío fuera del Pavo Real, el tambalearse hasta el coche de Miguel: todo pasó tan rápido como en las diapositivas sobre el catecismo, en que el significado completo del Cuerpo y la Sangre parpadeaba en fotogramas.

«¡Niños de la luz, venid y cantad conmigo!»

Leila tenía el cabello alborotado y la laca que llevaba había atraído pelusa. Cantó en voz alta y desafinada en el sedán de Miguel.

—Te gustan jovencitas como yo, ¿verdad? —dijo, y levantando un índice añadió—: Don Miguel, damas y cabaretes, es todo un efebofílico...

—Loca, loca, loca. —Miguel la apartó del salpicadero antes de poner en marcha el motor.

Leila volvió a canturrear la melodía de *Niños de la luz*.

La mano libre de Miguel le acarició las mallas.

Leila veía pasar zumbando las farolas. Los edificios iban y venían como monótonos telones de fondo de dibujos animados. Leila quiso que la velocidad aminorase para que hubiera un *bip*, y luego el fotograma siguiente. *Bip*, el Cáliz y el Pan. *Bip,* su cuerpo pasando bajo un banderín de Feliz Cumpleaños. *Bip,* los semáforos que cambiaban con rapidez lanzándoles a toda velocidad de Maniatan al Bronx.

¿Qué dirían ahora Mirangeli y Elsa?

—¿Es *jevy* tu mujer Carmen?

—Ajá.

Miguel volvió a poner la mano en el volante para tomar el cerrado desvío del aparcamiento del Garden Motel. Su mano había estado sobando el hombro de Leila, pero ella no sentía aún las mismas vibraciones que cuando habían estado en el sótano. Un perro ladró en un apartamento distante, y en el suelo se oyó el crujir de la gravilla. Garden Motel; Leila articuló las palabras en silencio.

—Sal del coche, Cheri —ordenó Miguel.

Un contenedor de basura en el aparcamiento la hizo recobrar la sobriedad.

No había jardines en el Garden Motel. Enredaderas de plástico pendían de las paredes con paneles de madera. El hombre calvo de recepción les hizo entrega de una llave sujeta a un llavero lila, y Miguel pagó de inmediato la habitación.

—¿Qué me dice del descuento a partir de las cuatro de la mañana? —Leila señaló el letrero encima del hombre calvo. Miguel tiró de ella asiéndola del hombro.

—Sólo con el cupón del periódico —explicó el recepcionista fijándose en los delgados miembros de Leila. Entonces se encogió de hombros y les deslizó un vial relleno con un condón—. Pásenlo bien —y se sumergió de nuevo en su periódico.

La habitación 32 era deprimente. Una cama llena de protuberancias. Nada de muestras de lociones y jabones para que Leila se embolsillara, y desde luego no había Biblia en la mesita de noche.

—Apuesto a que los hoteles en Dominicana son mejores que éste. —Leila inspiró con los dientes apretados y quitó un hilo suelto de la colcha marchita.

Miguel bajó las cortinas venecianas. Cuando Leila se levantó para explorar el armario, él la atrajo hacia sí de los hombros y la arrojó sobre la cama.

—¿Por qué siempre me agarras de los hombros?

—Quítate la ropa, cuerito —repuso él, y le dio una palmada en los muslos.

Sonriendo, Leila le besó, pero él la volvió boca abajo y le quitó los zapatos, que salieron volando hacia el lavabo y rompieron el espejo.

—Migo, por favor, bésame aunque sea —gimoteó Leila contra las flores descoloridas.

Las mallas se le hincaron en las piernas cuando Miguel se las bajó para quitárselas. La volvió boca arriba para meterle una mano por el escote del bustier.

—¿Papel? —bufó cuando Leila se estremeció en la penumbra desnuda que arrojaba la lámpara. Las servilletas de papel cayeron sobre la moqueta y Leila se cubrió los pezones—. Falsa —dijo Miguel, dándole un sopapo—. ¿Qué otras mentiras me has contado, Carmen?

—¿Carmen?

Miguel se sentó a horcajadas sobre ella mientras forcejeaba con el resto de su propia ropa. Leila recordó haberse tropezado una vez con un dólar de plata en la acera que resultó ser un círculo de escupitajo. Miguel estaba ahora en calzoncillos, arrancándole las horquillas del pelo. Leila luchó contra él hasta que todo lo que quedó de ella fueron jadeos e imágenes mentales de Mercedes deshaciéndole amorosamente los rodetes junto al cerdito de un solo ojo.

—Pensé que habías dicho que podías darme más, mucho más —gruñó Miguel en su axila.

Una neblina. Nada de lágrimas. No iba a llorar. En lugar de ello, sus piernas se abrieron e hincó las uñas en la espalda de Miguel. Cuando él arremetió para vencer su tensión, Leila sintió que se convertía en caucho. El condón permanecía sin tocar en la mesita de noche, mientras el cabecero golpeteaba contra una muesca que había desgarrado el papel de girasoles de la pared. Leila les vio a ambos. Fue testigo del hombre encima de la muchacha, las piernas de ella retorcidas debajo de él, sus recién estrenados pechos aplastados. Hacía una mueca cuando él hundía los pies en el colchón con cada embestida, las nalgas de caballo bien apretadas; los ojos de Leila reflejaban una gran sorpresa, y entonces su cara se extinguió.

—Vete al carajo, Carmen. —El hombre yacía inmóvil sobre la muchacha, sollozando en silencio entre los jadeos del clímax.

—Me gustas. Eres dura para ser una vainita tan flaca —dijo Miguel más tarde con un dedo acariciándole un pezón—. Podría matarte aquí, ¿sabes? Agarrar una percha del armario, envolverte con ella el cuello y derramarte sobre esta colcha.

Leila quería ir al lavabo. Cuando había vuelto en sí, Miguel estaba incorporado sobre un codo, jugueteando con su cabello. La forma en que antes había sollozado la asustaba más que esas amenazas vacías.

—Podría arrojarte por la ventana como ese alemán le hizo a un cuero allá en Boca Chica —continuó Miguel, y le tiró del escaso vello púbico.

—Estamos en un tercer piso —dijo ella, fijándose por primera vez en la alianza de boda. Era un anillo feo, de oro deslucido. El poco miedo que le quedaba se lo enjugó con el dorso de la mano—. Además, este sitio es tan barato que ni siquiera tiene perchas.

—Dura, dura, dura, esta muchachita. —Miguel rodó hasta ponérsele encima. Leila sintió la agudeza de sus dientes en los hombros, aunque los recordaba pequeños y redondeados como los de un niño de cinco años.

—Y ahora ¿qué? Afuera está oscuro —dijo él, y volvió a morderla, esta vez con suavidad.

Ganándose su confianza con besos dulces, pronto se volvió rudo de nuevo. Sus gritos fueron guturales, mientras Leila ascendía flotando hasta el techo y esperaba junto a la barra de la cortina.

Después, se retorció para salir de debajo de sus ronquidos. En el espejo roto del baño, la luz fluorescente reveló una cara hecha añicos con los ojos rodeados de verde y manchas violáceas en el cuello. El pelo parecía hilo. Leila se lavó la sangre coagulada. Luego se metió el dedo índice profundamente en la garganta, pero el espasmo que sintió no le revolvió el estómago. Se preguntó si los espíritus de Andrés y Mercedes estaban observándola mientras sus cuerpos yacían dormidos en casa. Pero sus abuelos probablemente estaban demasiado distraídos en su mundo de ensueños para captar sus secos jadeos en un motel del Bronx. Fue entonces cuando Leila se echó de veras a llorar.

Cintas de vídeo picantes a altas horas de la noche. Novelas románticas arrugadas en su estantería. Fanfarronear en el almuerzo. Se sentía engañada, y odiaba a Mirangeli y Elsa por su estupidez respecto a Eso, y maldecía a la señorita Valenza por enseñarle cosas sobre Eso, y condenaba a todo el mundo por festejarlo.

Leila se vistió; cinco minutos para reconstruir el moño que originalmente requiriera tanto acicalarse.

Miguel estaba despatarrado en la cama, medio envuelto en las sábanas. Leila le vislumbró el ombligo, que sobresalía cual oliva violácea; no había nada verdaderamente temible en él, pese a su cuerpo grande y su mandíbula ancha. De tener la fuerza de un toro para estrangularle, ¿lo haría? Más bien sentía el abrumador impulso de hundirle una larga aguja en medio del pecho, donde su esposa ya parecía haberlo hecho. Abrirse camino hasta el corazón, callada y pacientemente, hasta que sus válvulas cardíacas crujieran como los engranajes de un reloj roto. Se estremecería una sola vez. Moriría lentamente. Entonces, como una vampiresa, ella se marcharía del Garden Motel.

Se sentó en la cama para ver si Miguel se movía. Sus ronquidos eclipsaban los del camión de la basura en la calle. La mañana era húmeda y sin embargo sorprendentemente apacible después de la noche que había soportado. Hasta los días tenían su lado soñoliento, se dijo, hincándose el alfiler de gancho de sus pechos improvisados en la piel dura del pulgar. El zumbido de los coches de primera hora quebraba la quietud; la luz matutina era plateada en la parte hundida del pecho de Miguel. Con cautela, Leila deslizó el alfiler de gancho por esa parte, recordando el vial del condón sin abrir y preguntándose si algún pequeño virus ya se estaba multiplicando en sus propias células (¿o se trataría sólo de su cipridofobia?).

Miguel despertó con un respingo.

—¿Qué? ¿Qué pasa?

Se rascó el pecho al sentarse.

—Quiero irme ahora —dijo Leila con los brazos cruzados.

—¿Ya? ¿Así que se acabó la diversión?

Bostezó, demasiado soñoliento para discutir. Se enjuagó la boca en el baño como un caballero (como Leila contaría más tarde) y se vistió con tanto esmero como ella imaginó lo habría hecho la noche anterior.

—No estás encojoná' conmigo, ¿de verdad? —dijo una vez estuvieron en el coche.

Miguel le dio un tierno pellizco en la mejilla. Leila miró por la ventanilla: persianas de tiendas gemían en cada esquina. Se preguntó si Mercedes se habría levantado ya para esperar a la mujer que le llevaba la santísima Comunión los domingos, pero no, hoy era sábado. Para Leila, era como si el fin de semana entero ya hubiera transcurrido.

—Oh y mira, Carmen ya sabe lo tuyo, así que no me busques problemas. Pero en tu casa es otra historia.

Su labio inferior se curvó hacia abajo cuando se encogió de hombros.

—Ya llévame a casa —murmuró Leila.

Miguel la dejó a dos calles de su edificio. Cuando la puerta del coche se cerró tras ella, sintió que la resaca le aferraba la cabeza y la hacía describir círculos.

—¡Diablo! —exclamó Mirangeli al abrir la puerta. Tenía los ojos hinchados por el sueño—. ¿Por dónde te metiste, cara 'e fuiche? Estaba rezando por ti.

—Déjame usar tu teléfono —dijo Leila.

Hicieron falta unos cuantos timbrazos para que contestara la voz áspera de Andrés. Ella le dijo que se había levantado muy temprano para ir a la biblioteca a acabar un trabajo para la escuela —soltó su excusa con precipitación— y que estaría en casa por la tarde, y que por favor le dijera a 'Buela que limpiaría el resto del apartamento en cuanto llegase.

—Sabe más el Diablo por viejo que por Diablo —respondió Andrés en un tono que Leila nunca le había oído—. Quizás yo no hable mucho, pero conmigo no se juega, ¿me oíste? Ven a casa ahora mismo, buena desgraciá'...

Leila colgó. No le tenía miedo a su abuelo; qué demonios, si ni su propio padre ausente podía decirle una mierda. ¿La mataría realmente Andrés si se quedaba embarazada? Por lo visto a eso se reducían todos sus temores respecto a ella. Por supuesto, era probable que también le preocupara que la hubiera raptado algún violador...

Leila no tenía la menor intención de volver a casa enseguida.

Ante un cuenco de cereal, Mirangeli volvió lentamente a la vida.

—¿Cuándo vuelven a casa tus padres? —quiso saber Leila.

—En una semana. Abuelita llamó diez veces para asegurarse de que no estoy en nada feo.

Mirangeli parecía tan simplona.

—¿Dónde está Elsa?

—Con resaca. Vomitó encima de mi colcha, esa pendeja. Bueno, cuéntame, Leila, ¿cómo besaba?

La voz matutina de Mirangeli sonaba como la de un hombre. Ya no tenía los ojos inyectados en sangre. Ahora estaban rebosantes como aquella vez que le había pedido a Leila una demostración de su episodio con Danny y Alex.

—Ni siquiera te has lavado los dientes, y ahora tienes todo ese cereal en la boca... —murmuró Leila. Más que nada, lo que deseaba para sí era una buena limpieza de pulmones llorando en el regazo de Mirangeli.

—¿Qué coño pasó, entonces? —preguntó Mirangeli, todavía masticando.

Después del Pavo Real, Miguel la había llevado al hotel Mariott en Westchester. Besaba mejor que cualquier tipo al que hubiera conocido: despacio, resiguiéndole los dientes y los labios con la lengua, chupándole los labios, mordisqueándole la barbilla. En el hotel, el servicio de habitaciones era excelente: comieron canapés y bebieron vino de verdad mientras veían tórridas películas por cable que él pagó sin mostrarse tacaño. Se dieron un baño de burbuja y Miguel le peinaba el cabello en espumosos volúmenes blancos.

—Pero ¿y lo otro cómo estuvo? —Mirangeli se levantó para girar como una loca en su pijama de lunares. Era ella quien en cierta ocasión le había revelado a Leila el mito de Santa Claus.

—Estuvo bien —respondió Leila, con su cereal sin probar, ablandándose en el cuenco.

—¡Ah, no!

Miguel no estaba mal, pero no era tan bueno como Daniel, el del campamento cristiano con su ya sabes qué de cuarenta centímetros.

Cada detalle ensanchaba la úlcera de repugnancia de Leila.

—Pues vaya suerte has tenido, tipa —repuso Mirangeli sin advertir la mueca que esbozaba la boca de su amiga.

Bajo un edredón perfumado por el chicle de Mirangeli, Leila se revolvió en la cama. Leves calambres le impedían dormir, le recordaban la noche anterior. Cerró los ojos. Dejó que la respiración le llegara al estómago hasta que la oleada de oxígeno la hizo dormirse. Sus sueños fueron un collage de imágenes confusas: dos lagartos que copulaban, cumulonimbos en forma de barcos, pequeñas manos morenas que partían una manzana, el mapa del mundo en un rostro, una varita de menta dentro de una taza de café, lavanda enmarañada en vello púbico, una sombrerera, piel manchada de mercurio, un bebé sin peinar debajo de una silla, un corazón de escayola que sangra envuelto en espino...

Tras permanecer una semana en casa de Mirangeli, Leila despertó una tarde con trocitos de cereal aún remetidos entre los dientes y el sabor a leche agria prendido en la garganta. Mirangeli roncaba junto a ella, su cabello una salpicadura de rizos enmarañados en la almohada. La televisión bramaba en la salita, la radio balbucía en la cocina, y Leila descubrió que Mirangeli había dejado todas las luces del apartamento encendidas, pese a la luz del día. Cómo echaba de menos el orden de su propia casa, el tranquilizador murmullo del programa cristiano de la radio de su abuela. Su abuelo estaba probablemente hecho un ovillo en la cama, siempre completamente tapado a excepción de los pies. Cuando Leila encontró por fin el abrigo en el montón de ropa sucia de Mirangeli sobre el sofá, se lo abrochó tan rápido que se hizo un rasguño en el centro de la barbilla.

## Reunión

*1999*

Mercedes y Andrés recibieron a Leila sin armar escándalo, casi con naturalidad, como si siempre hubiesen sabido que regresaría a casa una semana después con la certeza de un bumerang. En su prisa por encontrarse con sus amigas la semana anterior, se había dejado las llaves y se vio obligada a llamar al timbre. Cuando Mercedes se acercó a la mirilla, se sintió aliviada al ver la imagen convexa de una Leila que parecía el payaso tonto de un circo, que sacaba la lengua y bizqueaba sin aparentar preocupación alguna. Para cuando Mercedes quitó la cadenilla, abrió la cerradura de en medio y por fin quitó el largo pasador de acero, estaba rendida. Pero comportarse como si no hubiera echado de menos a su nieta se le antojó el mejor castigo a la agotada Mercedes. Los años habían erosionado su necesidad de venganza; aceptaba que la justicia de Dios Nuestro Señor y Salvador siempre sería infinitamente más sabia que la suya. Por su parte, Andrés consideró agarrar a Leila de una oreja y darle una tunda que probara que aún estaba en condiciones de hacerlo. Pero en la cara de Leila vio que la vida ya había hecho ese trabajo.

Leila no les explicó a sus abuelos los motivos de su ausencia. Durante semanas les pidió la bendición, algo que antes no había hecho siempre. Por las noches, Mercedes quedaba asombrada al ver un par de pantaletas limpias colgadas sobre la bañera cual bandera blanca. Mercedes y Andrés estaban seguros de que Leila había llevado alguna clase de cruz hasta el Calvario para luego regresar.

El día en que Leila decidió por fin volver a casa tras su estancia de una semana en casa de Mirangeli salió temprano. Andrés y Mercedes habían estado llamando a casa de Mirangeli, pero al cabo de unos días habían desistido de seguir regañando a través del contestador automático a Leila y a esas que se hacían llamar amigas suyas y que no le hacían ningún bien. En su último mensaje amenazaban con llamar a Ismael, e incluso con llamar a Amalfi a Santo Domingo si Leila no regresaba para finales de esa semana.

Cuando Leila despertó ese sábado en casa de Mirangeli, la ciudad estaba bañada en luz. A través de las sucias ventanillas del tren que la llevaba a toda velocidad hacia el centro vio Manhattan desplegarse debajo de ella. El estruendo de las vías le produjo un consuelo poco corriente. Los edificios parpadeaban a través del reflejo de su nariz. Cuando el letrero de la estación de su casa le pasó rozando la boca, Leila no sintió ganas de ponerse en pie. Dejó que su parada llegara y pasara a través de su entrecejo fruncido. Más tarde, un mosaico brillante le moteó los ojos y, llevada por un impulso, Leila bajó del tren.

La tienda de objetos de regalo del museo estaba enclavada en una caja de cristal bajo la arcada. Junto a la puerta, un loro mecánico en una jaula de bambú chillaba con elegancia «Buenos días» por las noches y «Buenas noches» por las mañanas, una atracción que vendía souvenirs y chucherías turísticas con mayor rapidez que entradas del museo.

Leila permaneció de pie en umbral, temerosa de rozar un globo terráqueo de aspecto muy antiguo y hacerlo caer para derribar tableros de ajedrez de ónix, romper viales de arena de colores, aplastar gorras de *I love NY*, volcar lámparas estilo Tiffany con muchachas victorianas alojadas en el cristal, liberar tahitianas desnudas de las tazas de Gauguin y desparramar las postales de ninfas como un juego de póker echado a perder.

Leila jamás podría haberse llevado a Mirangeli o Elsa a un lugar como ése, donde ganó una partida de ajedrez contra sí misma, hojeó libros pantagruélicos sobre dinosaurios para mesitas de café y trató de resolver un endiablado rompecabezas que había en exposición. Finalmente, al cabo de una hora de curiosear, una empleada en extremo educada le preguntó a Leila si estaba segura de no necesitar ayuda.

—Mira, perra, no voy a robar nada, ¿okey? —espetó Leila poniendo los ojos totalmente en blanco.

Decidió que sólo quería irse a casa y hacerse un ovillo en su camita plegable con una barrita de dulce en una mano y el mando a distancia en la otra, con Mercedes oyendo la radio en la cocina y Andrés leyendo en el cuarto.

El tren acababa de salir de la estación cuando Leila pagó el billete y salió al andén. El eco de su tos sonó hueco, y sólo había un hombre de pie frente a ella, en el andén que llevaba al centro. El sonido de un goteo en alguna parte la arrulló mientras caminaba de un extremo al otro del andén. Trató de no pensar en qué iba a decirles a Mercedes y Andrés sobre su ausencia leyendo los anuncios de películas y los profanos graffiti garabateados sobre las caras de las celebridades. Anuncios a tamaño natural le contaban a Leila cómo obtener un crédito, dónde encontrar una hipoteca, un lugar estupendo para estudiar artes culinarias, le hablaban de un nuevo fármaco contra el sida que tonificaba las células T de la gente atractiva, una advertencia de la corporación de transportes que la instaba a no tirar el envoltorio del chicle en las vías del tren, una pared en blanco.

Se levantó una brisa cálida y el andén se estremeció con el rugido que se avecinaba. El polvo le voló a los ojos. Leila subió al último vagón y miró por la ventanilla hacia la nada.

Aquella sensación empezó de nuevo. Sonrió. Había pasado una buena temporada desde la última vez que la experimentara. El familiar aleteo en el lado izquierdo de su pecho se tornó más cálido...

*Tuve que hacer una cola bien larga pa' nacer. Aun así, la vida me ofreció un trato 'e mierda. No escuches a quien se invente vainas mágicas sobre mí. Siempre traté de vivir como yo quería. Jamás pretendí ser una buena mujer. Jamás traté de ser una mala. Tan sólo viví como quería vivir. Olvida las malas lenguas. Están en la puerta de al lado, en la sopa, incluso en tu propia cabeza. Algún alma débil siempre anda tratando de meterte su lengua en la boca, límpia como la semilla de un chichí. Tú, óyeme bien. Mi vida fue más sal que chivo. Viví entre el recuerdo y los deseos... pero ¿qué puede hacer un pie dentro de un zapato apreta'o? Hazlo mejor de como lo hice yo.*

Leila echaba de menos a Mercedes y Andrés, a Ismael y Amalfi, e incluso a la bisabuela que nunca conoció. Se sacó el crucifijo de mamá Graciela del bustier y se lo llevó a la boca, y la inundó el deseo irreprimible de amarles, de hacer felices sus vidas antes de que todos se volvieran pellejo, y luego cenizas bajo tierra.

# Agradecimientos

Agradecimientos a todos los santos:

Siempre primero y ante todo a Dios y a los ancestros. 'Ción abuela y 'ción abuelita. A mis padres, Israel (aristócrata natural) e Isabel (lectora rapaz), por la Vida, por transmitirme el amor a los viajes y al conocimiento a través de la literatura, y por continuar enseñándome la importancia de la educación y la integridad. A mis hermanos por su entereza: María Isabel (siempre alentando, mujeraza del momento), Israel junior (el realista, mi admirado hermano pequeño), y a Alexander (alma artística). Todos me apoyan e inspiran con sus dones únicos. A mi prima Alejandra, siempre en la onda. A John Olmo: por ser testigo y por OMO. A Jackie Estévez, por alimentarme con su *joie de vivre* y una larga, genuina amistad (¡además de las fotocopias!). A Sheron Johnson, genio creativo y cómplice, por marcarnos el camino hacia adelante, pluma y cámara en mano A Annecy Baez, por tu amistad y por exhibir las muchas posibilidades creativas de la Mujer. A Josefina Baez, ¡mujer!, por tu guía y tu deliciosa malicia. A Angie Cruz, «la otra pez», por el obsequio que es Women in Literature and Letters (WILL) y por estar unidas por la aleta de la hermandad. A Juleyka Lantigua, continúa cociendo tus talentos... ya te llegará el momento.

A la comunidad de Williamsburg, Brooklyn (¡Los Sures!), en particular a la parroquia de la Transfiguración, por el espíritu de comunidad en que me criaron. A la Biblioteca Pública de Williamsburg, que me transporta a otros mundos. A El Puente, por el dulce aroma del espíritu adolescente. A Gerard Moss y a la señora Heinlein, quienes creyeron en mí como escritora. A Elzbieta Ettinger: usted me enseñó cómo ponerle alas al dolor. A Decima Francis, Brenda Cotto-Escalera, Maureen Costello, Bruno Aponte, por exponerme a las maravillas del escenario. A Marie Brown, gracias por introducirme en la comunidad literaria neoyorquina. Gracias a Fred Hudson, a Martín Simmons y al Frederick Douglas Creative Arts Center por las cosas mágicas que están haciendo en el Uptown y por todas partes. A Arthur Flowers, el jardinero que trabajó la tierra cuando todo esto era solamente una semilla. A Daisy Cocco de Filippis, madrina de nuestra literatura: tu varita mágica continúa con sus destellos. A las mujeres de Tertuliando y a las guerreras de WILL, por esas manos de partera. A Silvio Torres Sailant (y al Instituto de Estudios Dominicanos de CUNY), por pavimentar tantos caminos. A Carolina González, mujer por excelencia. A Maureen Howard por su perspicacia, su fe y su generosidad. A Helen Schulman, siempre honesta, siempre certera, siempre firme. A Jaime Manrique, ¡vaya poder el de un sílabo de escritores colombianos! A Magda Bogin, que divertidos saltos de una lengua a otra. A Beverly Lowry y Patricia O'Toole por enseñarme cómo hurgar en la historia. A Richard Peña, por tu recorrido de las pantallas de cine latinoamericanas. A Romulus Linney; le abriste las bocas a mis personajes. A Meri Nana-Ama Danquah: me ayudaste a asir de nuevo la pluma. A Junot Diaz (tigre extraordinario) y Edwidge Danticat (hermana de pluma), por unir las manos de nuestros países a través de sus obras creativas y públicas. Y mi eterna gratitud a todos mis alumnos de escritura por ser mis maestros.

A la Universidad de Columbia, por sus inestimables recursos, incluido el Hertog Fellowship y a todos mis compañeros de escritura. A Marita Golden y la Fundación Zora Neale Nurston/Richard Wright, que con setecientos dólares y un sueño empezaron a despertar a las escribas de la Diáspora. A Lenora Todaro y Joy Press del *Village Voice Literary Supplement* por la fe (¡y los libros!), y gracias al personal de la National Book Foundation por rodearme de inspiración.

Al National Hispanic Scholarship Fund por facilitarme los cursos de posgrado. Al National Arts Club por honrar mi trabajo. Al Van Lier Fellowship en el Bronx Writer's Center (¡Leslie Shipman y Laurie Palmieri!) y al Money for Women/Barbara Deming Memorial Fund: todos mantuvieron a una mujer embarazada alimentada, escribiendo y cuerda. Gracias a los fondos de International Residencies for Artists (IRA), yo puedo a mi vez dar las gracias a la Fundación Valparaíso por concederme un mes de creatividad sin trabas en España. A la Authors League Fund por su generosidad. A Sherine Gilmour, Eileen Lamboy y Dawn Lectora: fabulosas muchachas que me vigilaron las espaldas.

Thank you, gracias, merci a Gloria Loomis por ser la bulldog más dulce, inteligente, super sensible, y más alentadora por estos lados. A Katherine Fausset, por toda tu paciencia. A Jenny Minton, editora, gracias por tu buen ojo, rápido ingenio y por haber creído en el libro cuando otros dijeron que no (¡y por ese título!). A Adam Pringle y Megan Hustad, ¡vaya si tienen paciencia!

Y una gracias especial a mi compatriota Patricia Antón por esa traducción tan sabrosa, tal igual a Valerie Miles por su interés en mi trabajo.

Este libro está dedicado a Olivia Monet Olmo, que me enseñará para siempre el verdadero significado de la Creación.

## OTROS LIBROS DE VINTAGE ESPAÑOL

### EL AMOR EN LOS TIEMPOS DEL CÓLERA

por Gabriel Gárcia Márquez

De jóvenes, Florentino Ariza y Fermina Daza se enamoran apasionadamente, pero Fermina decide casarse con un médico de muy buena familia. Florentino está anonadado, pero es romántico. Su carrera en los negocios florece, y aunque sostiente 622 pequeños romances, su corazón pertenece a Fermina. Cuando por fin el esposo de ella muere, Florentino acude al funeral con toda intención. A los cincuenta años de haberle profesado amor a Fermina, lo hará una vez más. Con sagacidad humorística, García Márquez traza la historia excepcional de un amor que no ha sido correspondido por medio siglo.

Ficción/Literatura/1-4000-3467-1

### CARAMELO

por Sandra Cisneros

Todos los veranos, la familia de Celaya "Lala" Reyes —tías, tíos, mamá, papá y los seis hermanos mayores de Lala— se apretujan en tres carros y, en un enloquecido viaje desaforado, viajan desde Chicago hasta la casa del abuelito y la abuela enojona en la Ciudad de México. Luchando por comprender el lugar que ocupa de este lado y del otro de la frontera, Lala es una sagaz observadora de la vida familiar. Pero cuando comienza a contar la historia de la vida de la abuela enojona, la narrativa se convierte en un torbellino que explora el arte de contar cuentos, las mentiras y la vida misma.

Ficción/Literatura/1-4000-3099-4

### CUENTOS FOLKLÓRICOS LATINOAMERICANOS

compilado por John Bierhorst

Extendiendo a viente países y quinientos años, desde los mitos coloniales más tempranos hasta los cuentos orales coleccionados en el siglo XX desde el sur de California, Florida, Texas y Nuevo México, EE.UU., esta collección es la tradición folklórico de América hispanohablante en su totalidad. Colocado en forma de un velorio, el más común foro público de contar cuentos, *Cuentos folklóricos latinoamericanos* conserva los matices y expresivos idiomáticos de esos narradores originales cuando nos proveen unos de los más provocativos e emotivos cuentos desde la tradición oral.

Folklore/Estudios Latinoamericanos/0-375-71397-2

POR EL AMOR DE PEDRO INFANTE

por Denise Chávez

Pedro Infante. Irresistible galán de la pantalla grande. Su imagen provoca mareos y suspiros de añoranza a las mexicanas y le proporciona a Tere Ávila, Secretaria del Club de Admiradores de Pedro Infante #256, el ideal soñado con que mide a los varones, por demás reales, de su existencia. Tere vive en Cabritoville, Nuevo México, un pueblito fronterizo donde no caben secretos, y sabe muy bien que no podría ocultar su amorío con Lucio, el hombre casado que la trae loca. Tere emprende la búsqueda del sentido de su vida como soltera, mirando videos de las películas de Pedro Infante, y empezando a separar la lujuria y el amor verdadero, la ensoñación cinemática y el destino rasposo y complicado que a ella le pertenece si lo quiere.

Ficción/Literatura/0-375-72765-5

VUELO DEL CISNE

por Rosario Ferré

El amor y la lealtad son puestos a prueba en esta novela llena de brío y agudeza. Se trata de la historia de una bailarina mundialmente famosa que, en el 1917, visita a Puerto Rico en gira artística y se enamora locamente de un atrevido revolucionario al que la dobla la edad. Al enomararse, rueda por el piso su antigua doctrina, 'el artista debe anteponer siempre su arte al amor' y pierde el respeto de sus jóvenes bailarinas, quiénes juzgan que Madame las ha traicionado. A esta desleatad a los idealas artísticos se entreteje la agitación de los disturbios políticos locales, en los cuáles Madame y su grupo también se ven involucrados.

Ficción/Literatura/0-375-71385-9